Bernd von Hersel – Der dritte Krimi
Karl Dernauer und die Kurgäste

© 2019
Copyright by
Kontrast Verlag
D-56291 Pfalzfeld
www.kontrast-verlag.com
1. Auflage
Alle Rechte vorbehalten
Titelgestaltung: Bajo
ISBN 978-3-941200-72-2

Bernd von Hersel

Der dritte Krimi

Karl Dernauer und die Kurgäste

Kriminalroman

Das Werk, einschließlich seiner Teile, ist urheberrechtlich geschützt. Jede Verwertung ist ohne Zustimmung des Verlages und des Autors unzulässig. Dies gilt insbesondere für die elektronische oder sonstige Vervielfältigung, Übersetzung, Verbreitung und öffentliche Zugänglichmachung.

Prolog

Das Klopfen gegen die Zimmertür wurde energischer – begleitet von einer Stimme, die mit wachsender Lautstärke immer hysterischer einen Frauennamen rief.

Mehrere Türen auf dem Gang wurden fast gleichzeitig geöffnet. Einige Menschen steckten nur vorsichtig ihren Kopf durch einen schmalen Spalt, andere eilten auf dem Flur zu dem großen Mann, der völlig von Sinnen zu sein schien.

Ein Stimmengewirr war zu hören. „Herr Bernstein, was machen Sie denn da?" „Sind Sie noch ganz bei Trost?" „Eine Unverschämtheit ist das, so ein Lärm um diese Zeit!"

Auf einen Schlag verstummten alle. Der große Mann hatte drei Schritte Anlauf genommen und sich dann mit voller Wucht gegen die Tür geworfen, die der rohen Gewalt nachgab und jetzt schief nur noch in der unteren Angel hing. Arthur Bernstein rappelte sich vom Boden auf, rieb sich die schmerzende Schulter und blieb mitten im Raum stehen.

Von seiner Eva keine Spur.

Auf der Anrichte lag ein leicht zerknitterter Zettel, auf dem in ungelenker Schrift nur ein Satz stand: *Keine Polizei, wenn Sie Ihre Frau lebend wiedersehen wollen.*

Ungläubig drehte Arthur Bernstein sich um und blickte wortlos in eine Gruppe von Kurgästen, die wie gebannt in der kaputten Tür standen und seinen leeren Blick völlig verstört wahrnahmen.

Kapitel 1

Karl Dernauer klappte den Deckel seines Laptops zu. Er lehnte sich in seinem Schreibtischstuhl zurück, einem voluminösen Ungetüm, das er sich vor Jahren aus dem Nachlass eines Onkels gesichert hatte. Leicht trommelte er mit den Fingern auf dem Terrassentisch vor sich hin. Ihm war ein Einstieg in seinen neuen Roman gelungen, der ihm gar nicht so schlecht gefiel.

Mit geschlossenen Augen lauschte er einige Minuten den nicht zusammenpassenden Geräuschen. In seinem kleinen Garten war alles still, die Vogelmännchen hatten Mitte September ihr werbendes Gezwitscher schon seit einiger Zeit eingestellt. Aber von der Straße her hörte er durch das noch dichte Laub der Büsche und Bäume – neben unterschiedlichen Fahrgeräuschen – immer wieder Wortfetzen.

Früher wäre er sich sicher gewesen, dass sich da zwei oder mehrere Passanten unterhielten. Heutzutage war es aber auch denkbar, dass ein einzelner Fußgänger in sein Smartphone quasselte. Dass viele Leute es für interessant hielten, irgendeinen Mitmenschen per Telefon live miterleben zu lassen, dass sie im Begriff waren, einen Zebrastreifen zu überqueren, befremdete ihn sehr häufig an der schönen neuen Kommunikationswelt.

In seinem Häuschen klapperte es, dann hörte er ein Schaben, dann einen Moment lang nichts. Es folgten mehrere Schritte, dann ein undefinierbares Knistern. Seine „Perle" war offenbar in der Küche angekommen. Frau Winter legte heute eine Doppelschicht ein, da sie – bedingt durch Urlaub und Krankheit – in seinem Haushalt rund anderthalb Monate lang nicht für die angemessene Reinlichkeit hatte sorgen können. Karl war froh, dass jetzt alles wieder seinen gewohnten Gang ging. Ihr Wirken im Haus war auch der Grund dafür, dass er seinen Schreibtischstuhl ins Freie transportiert hatte – ein schräges Bild war das: dieses Monstrum auf der Terrasse.

Obwohl – „gewohnt" war ja eigentlich der völlig falsche Ausdruck. Es hatte sich viel verändert in den letzten Monaten seines Lebens, das zuvor lange Jahre zunehmend von immer langweiligerem Müßiggang dominiert war. Er hatte zwei komplette Kriminalromane geschrieben. Außerdem hatte er sich – mehr als zehn Jahre nach dem Tod seiner Frau Monica – neu verliebt. Und das mit der emotionalen Intensität eines Teenagers, obwohl sein sechzigster Geburtstag unaufhaltsam näher rückte.

Seine Gedanken wanderten zu Gabriella. Sie hatten ein inniges schönes Wochenende hinter sich, obwohl der Anlass eher trauriger Natur gewesen war. „G."s Mutter war gestorben, und Karl hatte seine neue Liebe mit einem spontanen Besuch in ihrer Heimat Südtirol überrascht. Das „G." kam ihm in den Sinn, Gabriellas Unterschrift unter ihrer ersten vertraulichen Nachricht. Er lachte bei den folgenden sprunghaften Erinnerungen zufrieden in sich hinein: Wie schnell sich doch das Leben grundlegend ändern konnte … In seinem Fall nun eindeutig zum Positiven.

Als Karl die Augen wieder öffnete, war er sofort im Hier und Jetzt angekommen. Diese Woche würde von schriftstellerischer Schaffenskraft geprägt, so viel stand fest. Zum einen aus innerem Antrieb, zum anderen, weil die Umstände es nahelegten.

Sein bester Freund Hub würde ihn nicht vom Schreiben abhalten, da er spontan aus einem geplanten Kurzurlaub eine längere Auszeit gemacht hatte. Er hatte Karl Dernauer nur kurz per SMS informiert, dass er zwei Wochen lang die Sonne genießen und faulenzen werde. Wo er das tat, hatte er nicht mitgeteilt. Karl gönnte es Doktor Hubertus von Steenberg. Zwei komplizierte Mordfälle lagen hinter ihm, zu deren Aufklärung der Oberstaatsanwalt allerdings weniger beigetragen hatte als sein Freund, der jetzt als Krimiautor aktiv war.

Gabriella hatte eine knallharte Woche als Oberärztin im Krankenhaus vor sich. Es war noch Urlaubszeit, und sie musste und wollte jetzt kompensieren, dass Kollegen für sie Zusatzschichten übernommen hatten, weil sie aus familiären Gründen aus dem Dienstplan gefallen war. Sie würden sich deshalb in den nächsten Tagen überhaupt nicht sehen, was Karl sehr bedauerte. Aber natürlich hatte er Verständnis dafür.

So galt es halt, das Beste aus der Situation zu machen. Karl Dernauer hatte richtig Lust aufs Schreiben. Hoffentlich ließ ihn seine Kreativität in diesen Tagen nicht im Stich. Denn eines hatte der gelernte Journalist in seiner zweiten Karriere als Schriftsteller schon mehrfach leidvoll erfahren: Die Ideen und Gedanken, die es wert waren, in einem Roman zu Papier gebracht zu werden, ließen sich nicht erzwingen. Sie kamen einem in den Kopf – oder eben auch nicht.

Er spürte, dass es für heute genug war und er deshalb den Nachmittag besser mit körperlicher Arbeit verbringen sollte. Sein Garten war in den vergangenen Wochen ähnlich vernachlässigt worden wie das Innere seines Häuschens. Während Frau Winter die Räumlichkeiten auf Vordermann brachte, würde er jetzt dem Unkraut zu Leibe rücken.

Am Abend war Karl dann rechtschaffen müde. Er gönnte sich ein schnelles Nudelgericht und legte sich, mit einem guten Glas Rotwein neben sich, in die Badewanne. Dabei sah er die ersten Seiten des neuen Abenteuers von Eva und Arthur Bernstein durch, die er am Vormittag geschrieben hatte. Als er die letzten Zeilen gelesen hatte, schlief er in der Wanne ein.

Kapitel 2

Arthur Bernstein konnte seine Entrüstung kaum verbergen. „Das kann ja wohl nicht dein Ernst sein! Was bitteschön soll daran erholsam sein, auf gutes Essen und auf guten Wein zu verzichten? So was nennst du Urlaub? Eine Woche lang Wasser und Brot – da fehlt ja nur noch ... Da kann ich ja gleich ins Kloster gehen."

Eva Bernstein war sehr erheitert. Sie hatte Protest gegen ihren in der Tat ungewöhnlichen Vorschlag erwartet, aber dieser emotionale Ausbruch ihres Ehemannes erreichte denn doch ungeahnte Dimensionen. Es war so gar nicht Arthurs Art, sich derart zu echauffieren. Eva hatte Spaß daran, noch ein wenig Öl ins Feuer zu gießen.

„Naja, dass du meine Idee in ihrer Komplexität nicht sofort erfassen würdest, war mir ja schon vorher klar. Aber ich hatte gehofft, dass du wenigstens die positiven Auswirkungen auf einzelne Körperregionen sehen würdest …" Unverhohlen starrte sie bei diesen Worten auf das kleine Bäuchlein, das sich in den vergangenen Monaten beim ansonsten immer noch sehr athletischen Mann Anfang der Sechziger gebildet hatte. Eva erzielte mit ihrer bewussten kleinen Frechheit die erhoffte Wirkung.

Arthur folgte ihrem Blick und steigerte sich noch mehr in Rage. „So weit sind wir also inzwischen. Das welke Fleisch ihres einstigen Göttergatten ist der jungen Frau nicht mehr attraktiv genug. Sie will ihn …", Arthur rang kurz nach Worten, „… sie will ihn pimpen oder wie nennen das die jungen Leute heute?" Er schnaubte hörbar, ehe er weitersprach, eher entsetzt als wütend. „Wenn es dir so wichtig ist, dass ich meinen Körper in Form bringe, dann melde mich in einem Fitnessstudio an. Oder noch besser: Wir richten uns eine eigene Folterkammer hier in der Wohnung ein. Aber Heilfasten? Einen solchen Quatsch habe ich nicht verdient."

Eva hatte ihren ironischen, bisweilen süffisanten Zug um den Mund, als sie antwortete – aber ihr Blick war gleichzeitig ausgesprochen liebevoll. „Mein Lieblingsmann gefällt mir nach wie vor ausgezeichnet, und ich möchte nicht das Geringste an seiner Erscheinung ändern, wenn er das nicht selbst will. Aber trotzdem kannst du mir doch den Gefallen tun, dich einmal einen klitzekleinen Moment mit meinem Vorschlag zu befassen. Man könnte ja über die exakte Gestaltung des Urlaubs diskutieren – ich bin da durchaus flexibel."

Die Diktion des pensionierten Richters blieb immer noch deutlich schroffer als sonst. „Fasten bleibt Fasten. Und Urlaub bleibt Urlaub. Die beiden Dinge gehören einfach nicht zusammen." Dann wurde er ein wenig versöhnlicher. „Was genau lässt sich denn da modifizieren? Morgens Fasten und ab Mittag genießen? Wenn ich nur aufs Frühstück verzichten soll, dann bin ich dabei." Jetzt grinste Arthur übers ganze Gesicht.

Eva Bernstein ging in einen fast geschäftsmäßigen Ton über, aber nicht ohne eine kleine Spitze als Entree. „Da du dich ja jetzt abgeregt zu haben scheinst, können wir also endlich in Ruhe reden. Ich meine das wirklich ernst, dass wir unseren Körpern mal eine konsequente Entgiftung gönnen sollten. Gutes Essen und Trinken sind mir genauso wichtig wie dir, ich bekenne mich auch weiterhin gerne dazu, ein Genussmensch zu sein. Aber mal eine Woche lang bewusst auf diesen Genuss zu verzichten, macht ihn doch vielleicht noch wertvoller – oder?"

Arthur kommentierte die grundsätzlichen Ausführungen seiner Frau nicht, sondern betonte den ihm selbst wichtigen Aspekt. „Was verstehst du denn unter der erwähnten Flexibilität?"

Eva nahm den Ball auf, denn sie wusste, dass sie ihr Ziel schon erreicht hatte. „Mein Vorschlag sieht eine Kombination aus Enthaltsamkeit und Genuss vor. Zuerst eine Woche Fasten – und dann eine Woche mit besonderen Genüssen."

Arthurs Züge hellten sich auf. „Und wie sähen diese besonderen Genüsse aus?"

„Wenn du ganz brav das Heilfasten mitmachst, also ohne heimliche Eskapaden, dann gönnen wir uns danach exakt genauso viele Tage auf hohem kulinarischen Niveau. Als Höhepunkt stelle ich mir einen Besuch in einem Drei-Sterne-Restaurant vor. Der ist ohnehin überfällig, unser letzter liegt schon Jahre zurück. Du erinnerst dich: Den hatten uns die Kinder zum dreißigsten Hochzeitstag geschenkt."

Es war endgültig geschehen um Arthur Bernsteins Widerstand. „Das hast du ja mal wieder geschickt eingefädelt, du gewieftes kleines Biest." Er nahm Eva in die Arme und drückte sie fest an sich. Seine Frau blickte zu ihm auf und klimperte mit den Augen. Dann kostete sie ihren Triumph auf ganzer Linie final aus.

„Und das mit dem Kloster ist nun wirklich eine absolute Schnapsidee von dir, die ich in keiner Form billigen kann."

Bei diesen Worten zog sie Arthur sanft aus seinem Arbeitszimmer in einen anderen Raum. Es war nicht die Küche.

Kapitel 3

Karl Dernauer hatte – wie in seinen langen Berufsjahren als Journalist – zunächst einmal Recherche-Arbeit vor sich, als er sich am Morgen an seinen Schreibtisch im blitzsauberen Arbeitszimmer setzte. Als Monica noch lebte, waren sie häufig in Urlaub gefahren, am liebsten in alle Ecken Deutschlands. Aber im vergangenen Jahrzehnt hatte er sein Häuschen kaum noch verlassen. Entsprechend unsicher war er. Welches Ambiente sollte er den Bernsteins fürs Heilfasten und für die folgende Genuss-Woche schaffen? Wo passten Kur und Kulinarik gut zusammen? Ihm war wie immer bei seinen Romanen wichtig, dass die Details stimmten, dass er das, was er beschrieb, entsprechend auch aus eigener Anschauung kannte.

Infrage kamen also nur Orte, an denen er selbst schon mal gewesen war. Andererseits lag das zum Teil so lange zurück, dass sich viel verändert haben konnte. Er musste also das Internet bemühen, um zu überprüfen, ob seine Erinnerungen mit den aktuellen Gegebenheiten übereinstimmten.

Bevor er aber in die digitale Welt einstieg, vertiefte er sich in die analoge. Die alten Schuhkartons mit Urlaubsschnappschüssen würden ihm gute Dienste leisten – vor allem, weil er die Angewohnheit gehabt hatte, auf der Rückseite jeweils Ort und Datum zu vermerken. Wo waren die Fotokisten überhaupt? Es wäre ihm in all den Jahren zu schmerzhaft gewesen, darin zu stöbern. Seit Monicas Tod hatte er sie nicht mehr in der Hand gehabt.

Seit er Gabriella kannte, war die Erinnerung an Monica zwar nicht verblasst, aber sie war nicht mehr negativ besetzt, sondern eindeutig positiv. Jetzt tat sie weniger weh und wurde mehr zu dem, was sich seine verstorbene Frau sicherlich gewünscht hätte: Er verspürte Glücksgefühle und Dankbarkeit für die vielen schönen Momente, die sie einander geschenkt hatten. Was nicht bedeutete, dass Karl davor gefeit war, sich von seinen Gefühlen überwältigen zu lassen. Ganz gewiss würden ihm auch Tränen in die Augen treten, wenn er in den Kartons kramte.

Es dauerte einige Minuten, bis ihm einfiel, wo er die Fotos verstaut hatte: Sie waren auf dem Speicher in einer schweren alten Truhe, die Monica mit in die Ehe gebracht hatte. Wie lange war er da nicht mehr hochgekraxelt ...

Monica hatte häufiger von der Idee gesprochen, den Speicher zu einem Studio auszubauen. Sie wollte dort ein hübsches Gästezimmer einrichten. Mit ihrem Tod war auch das Projekt gestorben. Noch immer kam man nur unters Dach, wenn man mit einem Stockhaken die Klappe mit der Holztreppe herunterzog, die in die Flurdecke im Obergeschoss eingelassen war.

Auf dem Speicher roch es muffig. Karl richtete sich auf und ließ seinen Blick einmal komplett rundum durch den Raum schweifen. In der Tat wäre es eine sinnvolle Modernisierung, das Dachgeschoss auszubauen. Man könnte hier ein einziges großes Zimmer sicherlich sehr gemütlich gestalten. Sollte er da wirklich ein Gästezimmer unterbringen? Dann sollte eine Nasszelle dazu. Und eine Wendeltreppe müsste die ausziehbare Leiter ersetzen. Und man brauchte auch einen Mini-Flur und eine Extra-Tür, sonst wäre das keine abgeschlossene Einheit.

Ließ sich das baulich in einem angemessenen Kostenrahmen verwirklichen? Und welche Gäste kämen überhaupt zu ihm? In den vergangenen zehn Jahren hatte er nicht ein einziges Mal Übernachtungsbesuch gehabt.

Eine Alternative wäre ein Studio als Arbeitszimmer. Das würde sicherlich sehr schön mit den Schrägen und freigelegten Balken. Aber andererseits liebte er sein Erkerzimmer im Erdgeschoss, in dem er derzeit seinen Schreibtisch hatte. Also stellte er zunächst einmal alle Umbaupläne zurück.

Karl setzte sich mit den Kartons, die er vom Speicher geholt hatte, an seinen Terrassentisch. Alle vier Kisten waren mit Fotos randvoll gestopft, sodass sich bei zweien sogar leicht der Deckel abhob. Manche Bilder waren ein wenig gewellt und verknickt, aber kaum eines vergilbt. Karl Dernauer tauchte schlagartig tief in seine Vergangenheit ein.

Die ersten Fotos zog er ganz willkürlich heraus, so wie sie gerade lagen. Er musste gar nicht erst auf die Rückseite schauen, um die Bilder einordnen zu können. Die Erinnerungen waren sofort präsent. Er verfiel in eine melancholische Stimmung, die aber sehr schnell wieder verflog. Karl dachte an den Grund, den er für diesen Ausflug in die Vergangenheit hatte: Er wollte sich an ehemalige Urlaubsziele erinnern, um für seine Romanhelden einen passenden Ort für ihren Kuraufenthalt zu finden.

Fein säuberlich bildete er mehrere Stapel. Nur wenige Bilder musste er umdrehen, um Ort und Datum zu überprüfen. Der erste Karton enthielt ausschließlich Fotos aus fünf Urlauben, die ihn mit Monica zu fünf verschiedenen Zielen geführt hatten. Sylt war dabei, zwei Mal Frankreich. Sie waren in Paris gewesen und an der Loire. Dann die beiden Radtouren, an der Weser und am Main entlang.

Karl unterbrach seine Recherchen und brühte sich einen Kaffee auf. Nach dem ersten Schluck lehnte er sich in seinem Gartenstuhl zurück und versuchte, sich an die einzelnen Reisen intensiver zu erinnern.

Zunächst wanderten seine Gedanken zu den Radtouren. Monica und er waren immer für ein paar Tage, maximal eine Woche, an Flüssen entlanggefahren. Immer in Stromrichtung, weil das Gefälle das Radeln ein wenig leichter machte. An der Weser hatten sie allerdings häufig mit heftigem Gegenwind zu kämpfen. Erst am letzten Tag ihrer Tour hatten entgegenkommende Radtouristen ihnen bei einem Stopp verraten, dass man an der Weser besser gegen den Strom fahre. Man habe dann häufig Rückenwind und das kompensiere die minimalen Steigungen mehr als genug. Vielleicht könnte er mit Gabriella die Tour ja mal in der anderen Richtung angehen.

Er öffnete den zweiten Karton und sortierte auch dessen Inhalt. Jetzt kamen die Stapel Südengland, die von den Städtereisen nach München und Hamburg und die von den Radtouren an der Nahe und am Rhein hinzu. Und die Fotos von der Bridgereise nach Andalusien, die er mit Monica erst kurz vor ihrem Tod unternommen hatte. Die Erinnerung an das Ambiente seines ersten Krimis gemahnte ihn, Ordnung in seine Gedanken zu bringen. Es ging jetzt nur darum, für Eva und Arthur einen Ort fürs Heilfasten zu finden. In seinen Erinnerungen schwelgen konnte er später immer noch.

Bei den Radtouren waren sie in einer ganzen Reihe von Kurstädten gewesen. Keine einzige davon sprang ihn aber als Rahmen für seine Krimihandlung wirklich an. Sein erster Entschluss war schnell gefasst: Die Geschichte sollte in Deutschland spielen, da waren bei den Ermittlungen der Hobbykriminalisten weniger Komplikationen mit ausländischer Polizei und Justiz zu bewältigen. Also packte er die Stapel aus England und Frankreich wieder zurück in die Kartons.

Auch die Großstädte passten irgendwie nicht. Plötzlich sah er Strandspaziergänge vor sich: Ja, Sylt konnte er sich gut vorstellen. Den entsprechenden Stapel blätterte er noch einmal durch und die Erinnerungen wurden sehr konkret.

Die Entscheidung war gefallen. Jetzt musste er nur noch im Internet eine passende Unterkunft finden. Heilfasten würde auf der Insel bestimmt irgendwo angeboten. Karl wurde von kräftigem Arbeitseifer gepackt: Sein neuer Roman gewann erstaunlich schnell an Konturen. Auch der zweite Teil, die kulinarische Woche, ließ sich an der Nordsee sicherlich sehr gut umsetzen.

Karl Dernauer wechselte an seinen Schreibtisch und fuhr den PC hoch. Die erforderliche Grundrecherche für den neuen Fall von Eva und Arthur Bernstein würde er sehr bald abgeschlossen haben.

Kapitel 4

Eva Bernstein reckte ihre Nase in die Luft und schnupperte. „Riecht das nicht gleich ganz anders hier? Diese Seeluft ist einfach immer wieder aufs Neue traumhaft. Findest du nicht auch, mein Liebster?"

Arthur war ein wenig mürrisch. „Also ich rieche nichts. Wir sind hier am Bahnhof von Westerland und das Meer ist locker einen Kilometer entfernt. Frag mich noch mal, wenn wir unseren ersten Strandspaziergang machen."

Eva hakte sich bei ihm unter und antwortete in schmeichelndem Ton. „Ach komm, du wirst dich schon mit unserem Kurlaub anfreunden. Außerdem beginnt die Fastenwoche ja erst morgen. Lass uns unsere Zimmer beziehen – und dann gönnen wir uns einen leckeren Abschiedsabend von der Schlemmerei. Hast du auch so Lust auf Austern wie ich?"

Ihr Mann zeigte die erwartete Reaktion. „Dazu könntest du mich überreden. Und einen eisgekühlten Weißwein dazu. Aber das wird natürlich nur eine der Vorspeisen. Schließlich soll sich der Ramadan ja lohnen."

„Dass du immer so schamlos übertreiben musst. Wir haben keinen Fastenmonat vor uns, sondern nur eine Woche. Eigentlich sogar nur sechs Tage, um genau zu sein. So wie ich dich kenne, wirst du schon den Abend des letzten Tages wieder zu hemmungsloser Völlerei nutzen."

Arthur Bernstein hatte nichts Schlagfertiges parat und zog deshalb die beiden großen Koffer seiner Frau in Richtung Taxistand. Eva folgte ihm mit seinem Koffer. Erst als der Wagen seine Fahrt zum Kurhotel aufgenommen hatte, nahm Arthur den Gesprächsfaden wieder auf. Er drehte sich zu seiner Frau auf der Rückbank um und setzte eine Leidensmiene auf. „Wobei ich gar nicht weiß, ob mein Körper das wirklich eine Woche lang durchhält. Ich fühle mich jetzt schon ganz geschwächt."

Eva prustete so laut los, dass der Taxifahrer leicht erschrak. „Ja, ist klar. Du hast ja auch im Zug außer anderthalb Lunchpaketen und dem Rumpsteak in Pfeffersoße fast gar nichts zu dir genommen. Ach doch, die vier Kugeln Eis hatte ich vergessen. Aber das hält ja alles nicht lange vor, du armer Kerl. Wir müssen zusehen, dass wir ganz schnell zum Abendessen kommen."

„So ist recht", antwortete Arthur und blickte wieder nach vorne. Für den Rest der kurzen Fahrt schwiegen alle.

Als sie am Hotel direkt am Strand ausgestiegen waren, äffte Arthur seine Frau mit in der Luft gestreckter Nase nach: „Riechst du das auch? Diese Seeluft? Einfach traumhaft ..."

Die Zimmer entsprachen ganz dem Geschmack des Ehepaares. Wann immer möglich buchten Eva und Arthur im Urlaub zwei Einzelzimmer mit einer Verbindungstür – so auch diesmal. Das hatte den Vorteil, dass sie getrennt schlafen konnten, aber jederzeit Zugang zum Raum des anderen hatten, wenn ihnen danach war, ohne über den öffentlichen Flur laufen zu müssen.

Auch der Meerblick vom Balkon aus war imposant. Dumm nur, dass es kein gemeinsamer Balkon war, sondern jeder einen eigenen hatte. „Ganz schön blöd geplant", kommentierte Eva. „Die Zimmer sind verbunden, aber die Balkone nicht. Wer kommt denn auf so einen Unsinn?"

Arthur war etwas anderes aufgefallen. „Schau mal, da steckt ein Schlüssel in der Verbindungstür. „Den lasse ich am besten gleich verschwinden ..."

Seine Frau nutzte diese Steilvorlage zu einer Frotzelei: „Kommt gar nicht infrage. Wer weiß, wofür ich den mal brauchen kann." Demonstrativ steckte sie den Schlüssel ins Schloss – natürlich an der Seite zu ihrem Zimmer.

Arthur Bernstein ging auf die kleine Gemeinheit gar nicht ein. „Ich schlage vor, dass wir zügig auspacken und dann ein gepflegtes Restaurant suchen. Ich muss heute Abend die Grundlagen dafür schaffen, dass mein Körper die bevorstehenden Torturen irgendwie aushält."

Das tat Arthur dann auch mit Konsequenz. Als Vorspeise orderte er für beide gemeinsam ein Dutzend Austern, von denen Eva ihm neun Stück zukommen ließ. Sie wollte sich, im Gegensatz zu ihrem Mann, schon ein wenig aufs bevorstehende Fasten einstellen. Deshalb nahm sie anschließend nur einen großen Salat nach Art des Hauses mit reichlich frischen Meeresfrüchten. Arthur hingegen ließ einen Fisch- und dann einen Fleischgang folgen. Und er hatte sogar noch Platz in seinem Magen für eine Käseplatte, von der Eva nur ein wenig naschte.

„Was du heute alles in dich reingeschaufelt hast – das erzählt man sich sonst nur von der Nachkriegsgeneration, die so viel nachzuholen hatten", merkte Eva an, als sie beim Digestif angekommen waren.

„Das ist ja auch ganz klar vergleichbar, außer dem Unterschied, dass das Darben vor mir liegt und nicht hinter mir", konterte Arthur Bernstein. Und danach zweckentfremdete er einen seiner beliebten lateinischen Sprüche. „Aut Caesar – aut nihil", fügte er hinzu. Der verständnislose Blick seiner Frau erzeugte bei ihm ein breites Grinsen.

„Alles oder nichts. Heute Abend alles und jetzt eine Woche lang nichts. So sieht leider mein Speiseplan aus."

Am nächsten Morgen stand die Einführung ins Heilfasten an. Arthur Bernstein schauderte bei dem Gedanken, als er noch einmal Weißwein nachgoss.

Kapitel 5

Karl Dernauer war bester Stimmung, als er am Abend seine lange Recherche- und Schreibeinheit beendete. Das Menü, das er Arthur Bernstein gegönnt hatte, hatte auch seinen Appetit angeregt. Aber ganz im Gegensatz zu seinem Romanhelden stand ihm der Sinn nach einem eher leichten Abendessen. Und nach einem schnellen, denn er war rechtschaffen müde.

Dem Fisch zu den Nudeln verpasste er eine markante Kräuterkruste. Die Spaghetti schwenkte er in reichlich Knoblauchbutter, und das bescheidene Mahl nahm er dann auf der Terrasse mit einigen Gläsern Weißwein zu sich.

Wie sollte es am nächsten Tag mit seinem Krimi weitergehen? Als er sich eine Nachdenkzigarette anzündete, stellte er überrascht fest, dass es erst der vierte Glimmstängel des ganzen Tages war. Hatte die Beschäftigung mit einem Gesundheitsthema sein Unterbewusstsein gesteuert?

Karl kramte aus einem Stapel auf seinem Schreibtisch die Notizen hervor, die er sich vor ein paar Tagen in Meran gemacht hatte. Er hatte die Handlung zwar schon sehr präzise im Kopf, aber es galt, jetzt alles möglichst klar zu strukturieren, damit der Plot danach mehr oder weniger von selbst entstand.

Was das Opfer anging, da hatte sich Karl Dernauer vom wahren Leben inspirieren lassen. Das Opfer in einem der Fälle, die er gemeinsam mit Hub in den vergangenen Wochen gelöst hatte, eignete sich nämlich sehr gut als Vorbild für das in seinem neuen Roman. Denn allein schon aus dessen Charakter ließen sich sehr verschiedene Mordmotive ableiten. Und daraus eine ganze Reihe von Verdächtigen.

Wer gemordet hatte – und warum – das war für Karl auch schon klar. Wann sollte der Mord geschehen? Welche Verdächtigen galt es, möglichst zügig vorzustellen?

Er begnügte sich an diesem Abend damit, die wichtigsten Personen des Romans in einer Tabelle möglichst umfassend zu beschreiben. Diese Form der Pedanterie war dem spät berufenen Schriftsteller ausgesprochen wichtig. Als begeistertem Leser von Kriminalromanen war es ihm immer ein Graus gewesen, wenn ein und dieselbe Person hundert Seiten später auf einmal graue statt braune Haare hatte oder Hunde hasste statt Katzen oder fünfzehn Jahre jünger oder älter war.

Eine Handvoll von möglichen Mördern sollte diesmal reichen. In sein drittes Werk wollte er neben dem Rätselcharakter erstmals auch Thriller-Elemente einbauen. Die klare Reduzierung der Zahl der Verdächtigen musste ja nicht bedeuten, dass die Lösung einfacher wurde. Aber Karl wollte sich bewusst auch einmal in einem leicht modifizierten Krimi-Genre versuchen. Für ihn selbst war die Frage, ob er dafür überhaupt Talent hatte, durchaus spannend.

Als er schon gegen einundzwanzig Uhr ins Bett ging, schlief er sehr bald ein. Seine letzten Gedanken befassten sich mit der Vorstellung des Heilfastenprogramms, auf die das Ehepaar Bernstein sehr gespannt war. Wobei bei Eva ganz klar Vorfreude spürbar war. Ihr Mann hingegen hatte eine gehörige Portion Skepsis und auch Respekt, was die angenehmen und schwierigen Seiten der bevorstehenden Tage anging. Aber Eva zuliebe wollte er sich auf die Woche mit bewusstem Verzicht einlassen. Ganz ohne Schummelei – das hatte er sich fest vorgenommen.

Kapitel 6

Arthur Bernstein schlürfte lustlos an seiner Gemüsebrühe. Von dieser faden Flüssigkeit durfte er also eine Woche lang so viel zu sich nehmen, wie er wollte. Ob Nachwürzen gestattet war? Er verwarf den Gedanken, denn er wollte sich nicht gleich zu Beginn böse Blicke von Eva einhandeln, weil er schon zum Start an etwas herummäkelte. Und auch von dem ungesüßten Tee, den er ebenfalls schon – statt Frühstück – probiert hatte, durfte er trinken, so viel er wollte. Was aber geschmacklich keine wirkliche Alternative darstellte. Das konnte ja heiter werden.

Sie waren die Ersten an dem Achtertisch gewesen, den man ihnen für die Mahlzeiten zugewiesen hatte. Wobei – Mahlzeiten im klassischen Sinne gab es ja gar nicht. Das waren eher nur Gesprächsrunden. Wahrscheinlich wird viel und laut geredet, dachte sich Arthur Bernstein. Damit man das Knurren der Mägen nicht so deutlich hört.

Als liebender Gatte versuchte Arthur, sich zusammenzureißen und solch lästerliche Gedanken nicht zuzulassen. Eva war die Woche nun mal wichtig, und auch diese sieben Tage gingen irgendwie rum. Innerhalb von zehn Minuten trudelten vier weitere Fastenwillige ein, es folgten zwei Männer, die in ein angeregtes Gespräch vertieft waren, als sie den Tisch ansteuerten und dann mit freundlichem Gruß Platz nahmen. Es stellte sich heraus, dass der eine der Chef des Hauses und der andere der Ernährungsberater war, der die Gruppe, zu der die Bernsteins gehörten, in den nächsten Tagen unter seine Fittiche nehmen sollte.

Wieder schoss Arthur Bernstein eine Böswilligkeit in den Kopf, die er sich doch eigentlich gar nicht erlauben wollte: Ernährungsberater – dass ich nicht lache. Wo nicht ernährt wird, gibt es auch nichts zu beraten. Er war froh, dass ihm das nicht über die Lippen gekommen war, als sich Volker Robesch vorgestellt hatte. Der Mann gefiel ihm auf Anhieb. Ob das auch an dem leichten rheinischen Singsang in seiner Stimme lag? Jedenfalls fühlte Arthur Bernstein direkt eine gewisse Verbundenheit zu dem schlanken Mann, der ohne Umschweife begann, die Philosophie zu erläutern, die hinter dem Programm stand, das Eva und er gebucht hatten.

„Sie werden nicht nur Ihre Körper durch das Fasten entgiften, sondern wir werden Sie gemeinsam eher ganzheitlich in Form bringen. Unser Konzept basiert auf zwei gleichwertigen Säulen: Fasten und Wandern. Vereinfacht lässt sich das so zusammenfassen: Nichts essen, viel trinken, viel laufen. Wobei das Laufen auch Spazierengehen bedeuten kann. Wir werden niemanden überfordern, sondern werden die Belastung auf jeden Einzelnen optimal anpassen. Wir wollen nämlich vor allem eines: Dass Sie Spaß haben an dem, was wir in den nächsten Tagen gemeinsam unternehmen."

Bei diesen einführenden Worten verströmte der Coach eine solche Lebensfreude, dass Arthur für einen Moment lang ein positives Gefühl bekam. Das verebbte jedoch sehr schnell wieder, als er merkte, dass er schon jetzt gewaltigen Hunger hatte. Und sein Tag war doch erst gut eine Stunde alt.

Unwillkürlich goss er sein Glas fast randvoll mit Gemüsebrühe. Und jetzt fragte er doch, allerdings in betont freundlichem Ton, den Eva auf keinen Fall beanstanden konnte. „Darf man die Brühe eigentlich nachwürzen?"

Der Ernährungsberater lächelte sehr breit. „So viel sie wollen. Gewürze sind gut für den Körper, viele unterstützen sogar die Entgiftung. Da gehen wir heute etwas andere Wege, früher waren Gewürze in der Brühe verpönt. Nur mit Salz sollten Sie sehr zurückhaltend sein."

Diese Antwort half Arthur allerdings kein bisschen weiter. Dem Getränk fehlte nämlich zu einem akzeptablen Geschmack vor allem genau das.

Auch der Chef des Hauses machte einen sehr sympathischen Eindruck. Groß gewachsen, ausgeprägte graue Schläfen, markante Gesichtszüge. Dazu eine angenehme Stimme. Alles in allem der Typ, mit dem man in einem Rosamunde-Pilcher-Film den schwerreichen Lord auf einem Landsitz in Cornwall besetzt hätte. Arthur Bernstein schätzte ihn auf ungefähr sein Alter, also so um die sechzig. Wobei der Mann über eine Spannkraft und Ausstrahlung verfügte, die unterstrichen, dass er offenkundig ein erfolgreicher Geschäftsmann war, der sich noch auf viele Jahre hin nicht aus dem Berufsleben zurückzuziehen gedachte.

Eher beiläufig erwähnte Rainer Göbel, dass sein Unternehmen, zu dem mehrere Häuser in ganz Deutschland gehörten, sich ganz auf Wellness und Gesundheit konzentriere. Er habe seine Hotelkette gezielt in diese Richtung umstrukturiert, weil er auch inhaltlich voll und ganz hinter dem Konzept stehe. „Unser Haus auf Sylt ist dabei – ohne den anderen zu nahe treten zu wollen – für mich das absolute Schmuckstück."

Arthur Bernstein konnte beim besten Willen nicht einschätzen, ob das nun die echte Überzeugung des Hausherrn war oder ob er dies als Marketing-Instrument jeweils auch an den anderen Standorten behauptete. Es klang jedenfalls glaubwürdig.

Eva hatte noch kein Wort gesprochen, seit sie an dem Tisch saßen – inzwischen schon länger als eine halbe Stunde. Offenbar war sie mit voller Konzentration bei der Sache und stimmte sich auf ihre Fastenwoche ein. Erst als die Runde sich auflöste, nachdem vereinbart worden war, sich in einer Stunde zur ersten ausgedehnten Strandwanderung zu treffen, ging sie auf den Ernährungsberater zu. Sie nahm Arthur fast die Worte aus dem Mund, die dieser selbst an Volker Robesch hatte richten wollen.

„Sie stammen aus dem Rheinland – oder? Ich kann allerdings nicht genau einordnen, woher ..."

Robesch strahlte Eva an. „Kompliment, Frau Bernstein. Das stimmt genau, Ich bin gebürtiger Heddesdorfer."

Arthur schaltete sich freundlich ein, nicht ahnend, dass er sich eine kräftige Abfuhr holen würde. „Ach, aus Neuwied sind Sie, da hat doch …" Er wollte noch ergänzen, dass dort auch der Sozialreformer Raiffeisen gewirkt habe, aber da fiel ihm sein Gegenüber schon barsch ins Wort.

„Nein, nicht aus Neuwied. Aus Heddesdorf. Dass wir seit mehr als hundert Jahren unter einer Besatzungsmacht leben müssen, das ist eine der schlimmsten Grausamkeiten der deutschen Geschichte."

Arthur Bernstein war völlig konsterniert. Mit dieser Reaktion hatte er nun wirklich nicht gerechnet.

Der Ernährungsberater wechselte amüsiert auf einen versöhnlichen Tonfall. „Die echten Heddesdorfer haben sich nie damit abgefunden, dass sie neunzehnhundertvier von Neuwied eingemeindet wurden – auch nach mehreren Generationen noch nicht. Und Friedrich Wilhelm Raiffeisen, den Sie ja sicherlich kennen, war Bürgermeister von Heddesdorf, nicht von Neuwied, als er seine Genossenschaftsidee entwickelte, die immer noch so vorbildlich ist. Und in vielen Ländern auch immer noch super funktioniert."

Der Mann gefiel Arthur Bernstein jetzt noch besser. Dieser schräge Humor war dem seinen gar nicht so unähnlich.

Zum Beginn der Strandwanderung fanden sich dann die sechs Gäste aus der Begrüßungsrunde pünktlich ein. Volker Robesch startete die Tour nach ganz kurzer Vorrede.

„Für unsere erste Tour sind wir komplett. Es kann losgehen. Am Nachmittag reist noch ein weiteres Ehepaar an, das dann auch zu unserer Einheit gehört. Viel Spaß wünsche ich Ihnen. Ach so, noch etwas: Wenn das Tempo jemandem zu stramm sein sollte, dann sagen Sie das bitte. Wir passen uns dann an. Im Zweifelsfall splitten wir die Gruppe, der Weg ist klar, immer nur am Meer entlang. Verlaufen kann sich also keiner."

Kapitel 7

Karl Dernauer entspannte sich um die Mittagszeit auf der Terrasse von dem intensiven Schriftstellervormittag. Die Beschäftigung mit dem Gesundheitsthema hatte offenbar wieder einmal in seinem Unterbewusstsein Niederschlag gefunden – ein Phänomen, das er auch schon beim Schreiben der ersten beiden Krimis festgestellt hatte. Sein eigenes Verhalten war immer wieder von den Handlungen beeinflusst worden, die er sich für seine Romane ausgedacht hatte. Diesmal bezog sich diese Wechselwirkung vor allem auf seinen Nikotin-Konsum.

Nur zwei Zigaretten hatte er im Verlauf der vergangenen fünf Stunden vor dem Laptop geraucht – ein extrem geringer Konsum. Oder lag das an seiner neuen Beziehung zu Gabriella, die eine reine Genussraucherin war? Wahrscheinlich eine Kombination aus beidem. Die Ärztin schaffte es seit vielen Jahren, oft tage- oder gar wochenlang nicht zu rauchen und dann aber – zum Beispiel nach einem guten Essen – auch gleich vier oder fünf Zigaretten zu genießen. Wobei es eigentlich gar keine echte Willensleistung von ihr war, wie sie selbst sagte. Sie hatte meist gar kein Verlangen nach Nikotin.

Entwickelte sich das jetzt auch bei ihm selbst in diese Richtung? Wäre ja nicht die schlechteste Form der Beeinflussung. Karl setzte ein breites Grinsen auf und griff nach der Packung auf dem Tisch. „Das muss aber von innen und von selbst kommen, sonst klappt es nicht", sagte er laut und paffte mit betontem Genuss ein paar tiefe Züge.

Wie sollte er den weiteren Verlauf des Tages und der Woche strukturieren? Einkaufen musste er auf jeden Fall, sein Kühlschrank und die Vorratskammer waren fast leer. Für den späten Nachmittag hatte er sich – entgegen der eigentlichen Planung – spontan mit Gabriella zu einem kurzen Spaziergang verabredet und auf ausdrücklich nur ein Glas Wein danach in der Stadt. Aber kurz sehen wollten sie sich unbedingt, beiden war die Zeit bis zum Wochenende zu lang. Morgen war Enkeltag, da fiel der Nachmittag fürs Schreiben weg.

Blieben ihm also ein Nachmittag, ein Abend, ein Vormittag – und der komplette Freitag, um mit seinem Krimi voranzukommen. Wie auch schon bei seinen beiden ersten Romanen fühlte Karl Dernauer sich zwanghaft angetrieben, weiterzuschreiben, bis endlich der Mord geschehen war. War die Gewalttat verübt, dann löste sich bestimmt wieder diese Fixierung, die sein Denken so stark prägte, dass sie ihn der Alltagswelt entriss.

Karl verspürte ausgesprochen wenig Hunger, obwohl er nur ein sehr karges Frühstück gehabt hatte. War das noch ein Einfluss des virtuellen Lebens auf das reale? Eher doch nicht, dachte er sich, denn sein Romanheld Arthur litt ja gerade unter dem Verzicht auf gutes Essen.

Erstaunlich war andererseits, dass Karl jetzt eine starke Lust auf Brühe hatte – allerdings nicht auf die fade Gemüse-Version, die er als Autor dem lieben Arthur vorgesetzt hatte, sondern auf eine kräftige Hühner-Bouillon. Und zwar auf die scharfe, mit reichlich Chili. Das war eine gute Idee. Er würde ein schönes Suppenhuhn kaufen und sich am Abend dann erst eine Kraftbrühe und dann sein Coq au vin nach Dernauer-Art gönnen.

Mit frischem Elan sprang er auf und erledigte seine Einkäufe. Eine Dreiviertelstunde später stand er am Herd und packte das Geflügel in einen großen Topf. Während das Huhn mit reichlich Gemüse und Kräutern leise vor sich hin köchelte, traf er sich an seinem Schreibtisch wieder mit dem Ehepaar Bernstein.

Kapitel 8

Eva Bernstein strotzte nur so vor guter Laune, als die sieben Wanderer nach einem strammen Marsch eine Pause an einem geschützten Plätzchen in den Dünen einlegten. In den vergangenen zwei Stunden hatte sie länger mit allen anderen Mitgliedern der Gruppe geplaudert, während Arthur sich vor allem auf Gespräche mit seinem neuen Freund, dem Ernährungsberater aus dem Rheinland, konzentriert hatte.

Es war eine von Evas herausragenden Charaktereigenschaften, dass es ihr immer wieder auf ganz natürliche Weise gelang, aus ihren Gesprächspartnern jede Menge Infos herauszuholen, ohne sie auszuhorchen. Bei der ehemaligen Journalistin gingen auch eher verschlossene Typen aus sich heraus und erzählten Dinge aus ihrem Leben, die sie ansonsten höchstens ganz engen Freunden anvertrauten.

So war es zum Beispiel auch bei der allein reisenden Frau, die ihre langen pechschwarzen Haare zu einem dicken Zopf zusammengebunden hatte. Antoinette Kempfer war vierundvierzig Jahre alt und hatte eine französische Mutter. Sie lebte als selbstständige Goldschmiedin in einem kleinen Ort in der Nähe von Tours an der Loire und verbrachte zum ersten Mal seit vielen Jahren wieder einen Urlaub in Deutschland.

Sie beherrschte die deutsche Sprache perfekt, hatte aber eine deutliche, sehr charmante französische Klangfärbung. Mehrfach brachte sie Eva Bernstein zum Schmunzeln, weil sie die eine oder andere Redewendung eigenwillig oder leicht abgewandelt benutzte. Antoinette war erfahrene Kampfsportlerin, was Eva durchaus imponierte.

Der Mann, der ebenfalls solo unterwegs war, hatte sich ihr als Lothar Frisch vorgestellt. Er war irgendwie das Gegenstück zu der Halbfranzösin: Obwohl ebenfalls erst Mitte vierzig, wirkte er deutlich älter, was sowohl an dem schütteren Haar als auch an dem verhärmten Gesichtsausdruck liegen mochte. Er machte einen schüchternen und freudlosen Eindruck und beantwortete ihre Fragen einsilbig. Immerhin hatte Eva herausgefunden, dass er nicht in einer festen Beziehung lebte.

Mit dem Ehepaar aus München hatte Eva sowohl gemeinsam als auch jeweils einzeln gesprochen. Beide dürften ungefähr in ihrem eigenen Alter sein, schätzte Eva. Ob nun eher Mitte sechzig oder Ende fünfzig, das konnte sie nicht genau sagen. Sepp Brandstetter war ein klassisch bayrisches Mannsbild und fühlte sich in dieser Rolle offenbar auch uneingeschränkt wohl. Er war ungefähr einen Meter achtzig groß und kräftig, mit einem stattlichen Bauch, den er eher stolz vor sich hertrug.

Loni Brandstetter war klein und grazil, und sie sparte nicht mit dem ein oder anderen Seitenhieb, dass sie die Fastenkur vor allem ihrem Mann verordnet hatte. Wenn Sepp eine solche Bemerkung mitbekam, dann streckte er seinen Bauch unwillkürlich noch betonter nach vorne. Trotz der Sticheleien wirkte das Ehepaar insgesamt jedoch harmonisch im Umgang.

Das Arbeitsleben hatten beide hinter sich, aus einigen Details in den Dialogen erfuhr Eva Bernstein, dass die Eheleute sehr wohlhabend zu sein schienen. Sie waren zu der Woche auf Sylt mit dem Paar verabredet, das erst am Nachmittag anreisen würde. „Der Gerd und die Martina, das sind gute Freunde von uns", hatte Sepp Brandstetter gesagt. Die offene Reaktion seiner Frau hatte Eva ein wenig irritiert. „Naja, eher der Gerd von dir und die Martina von mir", hatte Loni Brandstetter hinzugefügt. Ihr Mann verspürte offenbar Erklärungsbedarf gegenüber Eva Bernstein.

„Der Gerd und ich, wir kennen uns schon seit der Kindheit, wir sind sogar zusammen in der Volksschule gewesen. Dann hatten wir uns eine Zeit aus den Augen verloren, weil der Gerd aufs Internat gegangen ist. Aber mit Ende zwanzig sind wir uns dann wieder über den Weg gelaufen und seitdem eng befreundet. Wir waren auch oft mit ihm und seiner früheren Frau in Urlaub. Nach der Scheidung hat er dann über uns die Martina kennengelernt, die meine Frau schon ewig kennt. Das ist jetzt aber auch schon fast zehn Jahre her."

Als Eva wenig später mit Loni Brandstetter eine Weile außer Hörweite von Sepp marschierte, wurde sie von einem unerwarteten Kommentar überrascht. „Ich will dich ja nicht beeinflussen, aber du wirst es sowieso schnell merken: Den Gerd habe ich noch nie leiden können. Und ich habe Martina sogar mehrfach vor ihm gewarnt, als sich abzeichnete, dass die beiden zusammenkommen. Es hat aber leider nichts genutzt. Er ist ein Besserwisser und total überheblich. Dabei hat er sich nichts selbst erarbeitet, sondern ist einfach in eine reiche Familie hineingeboren. Wahrscheinlich hat Martina an ihm vor allem sein Geld fasziniert. Er bietet ihr halt ein Leben in Luxus. Die beiden haben sogar ein großes Haus hier auf Sylt, so eins mit Reetdach und riesigem Grundstück. Warum sie in der Woche im Hotel wohnen, kann ich mir überhaupt nicht erklären. Aber Gerd hat das unbedingt so gewollt."

Eva Bernstein konnte sich keinen Reim darauf machen, warum jemand in ein Hotel zieht, wenn er ein eigenes komfortables Haus auf der Insel besitzt. Aber sie würde Gerd und Martina ja am Abend kennenlernen, und sie war schon jetzt ganz gespannt darauf, sich ihr eigenes Bild von den Nachzüglern zu machen.

Kapitel 9

Karl Dernauer war froh, dass er fast alle wichtigen Personen in seinem Roman eingeführt hatte. Nach dem kurzen Treffen mit Gabriella würde er sich am Abend noch einmal an den Schreibtisch setzen, um alles für den Mord vorzubereiten – und im übernächsten Kapitel könnte dieser dann verübt werden.

Als er sich mit Gabriella kurz nach sechs zum Spaziergang am Rhein traf, spürte er sofort, dass sie sehr abgespannt und müde wirkte. Aber wie immer klagte sie nicht, sondern strahlte ihn in ihrer unnachahmlichen Art an.

Noch ehe Karl etwas wie „Schön, dich zu sehen ..." sagen konnte, zog Gabriella ihn an sich und küsste ihn einige Sekunden lang auf den Mund. Dann zog sie ihn schweigend zu einer Bank und sagte: „Halt mich bitte erst mal für ein paar Minuten im Arm. Das ist mir im Moment wichtiger als reden."

Selbstverständlich entsprach Karl Dernauer diesem Wunsch, der ihm auch entgegenkam. Er war sich unsicher, wie er nach dem aufwühlenden Wochenende eine Unterhaltung hätte beginnen sollen. Gabriella beendete schließlich die Schweigsamkeit.

Fast heiter klang ihre Stimme, als sie sich langsam aus Karls Umarmung löste: „Wie läuft es mit deinem neuen Kriminalroman? Du hast doch mit Sicherheit gleich am Montag mit dem Schreiben begonnen – oder?"

Karl war klar, dass sie offenkundig zunächst nicht über ihr eigenes Befinden sprechen wollte. Dieses war ihm zwar viel wichtiger als seine neuesten literarischen Ergüsse, aber als Entree in die kurze Zeit der Zweisamkeit an diesem Abend passte ihm das Thema gut. Gabriella würde ihm sicherlich signalisieren, wann sie über ihre Gefühlslage reden wollte. Oder sie würde selbst zu diesem Thema überleiten.

„Ja, da hast du mich natürlich wieder mal völlig richtig eingeschätzt. Es lief wirklich gleich super an, ich habe meine Tabelle, in der ich alle relevanten Personen charakterisiere, schon komplett fertig. Dafür allein kann man ja Tage brauchen, aber diesmal ging es extrem schnell. Was wohl auch daran liegt, dass ich im Prinzip schon die gesamte Handlung im Kopf habe: Opfer, Täter und wer es warum getan hat. Offenbar habe ich schon richtig Routine als Schriftsteller entwickelt, obwohl es ja erst mein dritter Roman ist."

„Das klingt ja toll." Gabriella zeigte sich begeistert und fragte gleich interessiert weiter. „Dann kannst du ja jetzt nahtlos schon ins Schreiben übergehen …"

Karl lachte herzhaft. „Nee – ich habe schon angefangen. Vier Kapitel sind schon fertig." Den Stolz in seiner Stimme konnte und wollte er nicht verbergen.

„Du bist wirklich ein Phänomen." Das Erstaunen in Gabriellas Blick war überdeutlich. „Aber du solltest aufpassen: Alles kann zur Droge werden – Schreiben auch. Wobei ich einräumen muss, dass es deutlich ungesündere gibt."

Karl sagte nichts. Und so fuhr Gabriella fort: „Und du bist dabei geblieben, dass der Roman im Kurgast-Milieu spielt."

„Ja, ich habe die Bernsteins in einen Kurlaub nach Sylt geschickt. Sie werden eine Woche heilfasten und in dieser Zeit wird dann ein Mord begangen."

Gabriellas Blick wechselte unmittelbar von Erstaunen auf Betroffenheit. „Der arme Arthur. Wie kannst du ihm das antun. Das war doch bestimmt Evas Idee. Ich kann das auf keinen Fall gutheißen, was sie ihm da antut." Aus Gabriellas Betroffenheit war während des Sprechens ein Schmunzeln geworden.

„Du kennst meine beiden Helden ja offensichtlich fast besser als ich selbst", sagte Karl Dernauer. „Aber mach dir um Arthur mal keine Sorgen. Die beiden haben einen Deal: Nach dem Heilfasten schließt sich eine Schlemmerwoche an."

Gabriella hatte Karl sanft am Arm nach oben gezogen. Inzwischen spazierten sie am Fluss entlang und steuerten ohne Absprache das Weinlokal an, auf dessen Terrasse sie beide schon vor ihrem Kennenlernen viele Stunden mit Blick auf den Rhein verbracht hatten – allerdings nie zur selben Zeit, denn sonst wären sie bestimmt schon deutlich länger ein Paar.

„Dann bin ich ja beruhigt", antwortete Gabriella. „Jetzt will ich aber keine weiteren Details hören, sonst rutscht dir noch der Täter raus und ich will mir ja nicht selbst den Spaß verderben, wenn ich deinen neuen Krimi lese. Oder ist es diesmal vielleicht eine Frau?"

Gabriella schien die Paradoxie in ihren letzten Sätzen gar nicht aufzufallen, aber bei Karl erzeugten sie ein so breites Grinsen, dass sie sich schlagartig bewusst wurde, wie unsinnig ihre Frage war. Gabriella verdrehte die Augen und warf den Kopf nach hinten. „Mein Gott, bin ich doof. Also bitte – kein Wort mehr über deinen Roman." Und in der ihr eigenen Spontaneität sprang sie auf ein neues Thema. „Was machst du eigentlich morgen mit deinen Enkeln?"

Aus dem abgesprochenen einen Glas Wein wurden natürlich jeweils zwei. Dabei saßen sie rund eineinhalb Stunden beisammen und erst gegen Ende ihres Treffens sprach Karl Dernauer an, was ihm die ganze Zeit auf der Seele lag. „Sollen wir nicht noch ein bisschen über dich reden? Wie es dir nach dem Tod deiner Mutter geht. Oder möchtest du das nicht?"

Gabriellas Reaktion war für Karl ein Schock. Völlig unvermittelt brach sie in Tränen aus. Er rückte seinen Stuhl neben ihren und nahm sie wortlos in den Arm, wobei er den irritierten Blicken der Gäste an den Nachbartischen nicht die geringste Beachtung schenkte. Er hielt sie ganz fest und Gabriella atmete zunehmend ruhiger. Dann löste sie sich von ihm, trocknete kurz ihre Tränen ab und hatte nur Sekundenbruchteile später ihr bezauberndes Lächeln wiedergefunden.

„Ich glaube, das war überfällig", sagte Gabriella mit leiser, aber fester Stimme. „Der Stress im Job hat mich von einer intensiven Auseinandersetzung mit meinen Gefühlen abgehalten – vielleicht auch davor beschützt, weil ich es noch nicht wirklich konnte. Aber jetzt beginne ich wohl mit der Verarbeitung. In ein paar Tagen bin ich da sicherlich weiter."

Gabriella holte ihren Geldbeutel aus der voluminösen Handtasche und zog zwei Geldscheine heraus. Dann schob sie nach südländischer Sitte dreißig Euro unter den Aschenbecher – was einem großzügigen Trinkgeld entsprach –, stand auf und zog Karl mit sich hoch. „Komm, lass uns gehen. Ich brauche jetzt noch ein paar Minuten mit dir und dann ein paar Stunden für mich selbst."

Sie schlenderten wortlos zurück zum Ausgangspunkt ihres Spaziergangs, wobei Karl den Arm um ihre Schultern gelegt hatte. Zum Abschied griff Gabriella erneut in ihre Handtasche und zog eine in Geschenkpapier eingeschlagene Kiste heraus. „Ein kleines Geschenk für dich. Ich finde, es passt zu dir. Wenn es dir nicht gefällt, ist es aber nicht schlimm. Das kannst du mir ganz offen sagen."

Nach einem innigen Kuss verabschiedeten sie sich. Gabriella betonte ausdrücklich, dass sie alleine nach Hause gehen wollte und Karl sie nicht wie sonst üblich zu ihrer Wohnung begleiten sollte. Er respektierte dies natürlich, da er spürte, dass sie allein sein wollte.

Zu Hause packte er das Geschenk aus und staunte nicht schlecht: Es handelte sich um ein Starterset für Pfeifenraucher. Zwei schöne Pfeifen, ein spezielles Feuerzeug, eine lederne Tasche, dazu Filter, Reiniger und Stopfer. Und zwei Sorten Tabak.

Das ist wirklich einfach nur verrückt, dachte Karl Dernauer. So als gebe es etwas wie Telepathie zwischen Gabriella und ihm. Er selbst hatte erst gestern darüber nachgedacht, ob er nicht seine umfangreiche Pfeifensammlung wieder auskramen sollte, die seit Jahren ein kümmerliches Dasein in einem seiner Schränke führte. Jahrelang hatte er in seiner Freizeit fast nur Pfeife geraucht – nur während der Arbeit Zigaretten. Dann hatte er irgendwann versucht, auch am Schreibtisch auf Pfeife umzusteigen. Das hatte aber nicht funktioniert, weil er dann nicht die Hände frei hatte, um in seinem höllischen Tempo über die Tastatur zu fegen. Warum er als Reaktion auf diese Erfahrung dann seine Pfeifen gar nicht mehr genutzt hatte – dafür hatte er nicht die geringste Erklärung.

Und jetzt hatten Gabriella und er fast zeitgleich dieselbe Idee. Manchmal konnte einem das wirklich ein bisschen Angst machen, wie nah sie sich im Denken und Fühlen waren.

Er trank eine große Tasse der kräftigen Hühnerbrühe, die er gar nicht nachzuwürzen brauchte. „So muss eine Bouillon schmecken, Herr Robesch", sagte er laut in Solidarität mit seinem Romanhelden. Dann bereitete er alles dafür vor, dass sein Coq au vin im Backofen vor sich hin simmern konnte. Danach kramte er seine acht schönsten Pfeifen hervor und nahm sie mit auf die Terrasse. Er drapierte sie gemeinsam mit einer der beiden neuen und mit dem kompletten Starterset auf dem Tisch, stopfte die andere der beiden aus Gabriellas Geschenk routiniert mit Tabak und begann sie sorgsam einzurauchen.

Einige Minuten lang paffte er vor sich hin. Dann nahm er sein Smartphone zur Hand und machte das erste Selfie seines Lebens. Es dauerte eine Zeit, bis er sich selbst schmauchend vor dem richtigen Hintergrund positioniert hatte, damit man ihn gemeinsam mit den kompletten Pfeifen-Utensilien auf dem Foto sehen konnte. Erst der siebte Versuch gelang zu seiner Zufriedenheit, weil er auf den ersten Fotos entweder zu verbissen aussah oder nur die Hälfte der Pfeifen auf dem Bild hatte. Und nach seinem ersten Selfie verschickte er dann auch noch seine erste WhatsApp, denn Gabriella hatte ihm auf der Bahnfahrt aus Südtirol den Dienst eingerichtet und ihn überzeugt, dass SMS eigentlich nicht mehr zeitgemäß sei.

Das Foto kommentierte er mit einem knappen Satz: *Mit dem Geschenk ins Schwarze getroffen.*

Freut mich sehr. Ich wünsche dir eine gute Nacht. Bis zum Wochenende, kam in weniger als einer Minute als Antwort.

Für eine gute Nacht ist es noch zu früh, dachte Karl Dernauer. Er war sich sicher, dass er sich nach dem Abendessen noch einmal an den Schreibtisch setzen würde.

Kapitel 10

Arthur Bernstein kam fast um vor Hunger. Wobei er allerdings nicht genau sagen konnte, ob der Hunger stärker ausgeprägt war als seine Müdigkeit.

Ziemlich genau vier Stunden lang waren sie am Strand unterwegs gewesen. Nordseeluft hatte schon immer eine verlässliche Wirkung auf Arthur gehabt: Sie war appetitanregend und führte zu einer wohligen Erschöpfung, die ihn am Abend immer in einen sehr tiefen Schlaf fallen ließ. Aber heute war es erst Nachmittag, und Arthur sehnte sich schon nach seinem Bett. Er wollte schlafen – auch, um nicht dauernd ans Essen zu denken.

Zu jeder halben Stunde war ein kurzer Stopp eingelegt worden, bei dem man sich mit Wasser oder Gemüsebrühe stärken durfte. Zunächst hatte Arthur Bernstein auf die Getränke verzichtet, aber dann kam es ihm so vor, als brauche er die Brühe unbedingt, um nicht vor Kraftlosigkeit zusammenzubrechen. Er schlürfte das fade Etwas in kleinen Schlucken – und schaffte es, keinen Kommentar dazu abzugeben. Er fand sich höchst diszipliniert und war entsprechend stolz auf sich.

Zurück im Hotel zog er sich sofort auf sein Zimmer zurück, warf sich angezogen auf sein Bett und schlief nach Sekunden ein. Als Eva ihn nach fast vier Stunden weckte, war er zunächst völlig orientierungslos. Das unverändert starke Hungergefühl holte ihn dann aber schnell in die Realität zurück.

„Ich weiß nicht, ob ich das alles bis morgen durchhalte." Arthur versuchte, einen möglichst neutralen Tonfall anzuschlagen. So schwer es ihm auch fiel, stand für ihn doch an oberster Stelle, seiner Eva die offenkundig gute Laune nicht zu verderben, die sie ausstrahlte.

„Es sind doch nur noch fünf Tage, das schafft mein Lieblingsmann. Du hältst dich wirklich sehr tapfer."

Arthur antwortete nicht. Das tat für ihn sein Magen. Der knurrte in diesem Moment so laut, dass Eva ebenso laut lachte: „Hast du das trainiert oder meldet sich da dein Unterbewusstsein?"

„Wer sich meldet, das ist mein geschundener Körper, der gar nicht weiß, womit er diese Qualen verdient hat." Arthurs Ton war nur eine kleine Spur wehleidiger als zuvor. Wieder war er stolz auf sich.

Eva zog ihn vom Bett hoch und verströmte die pure Energie. „Komm, lass uns vor dem Abendessen noch ein klein wenig am Strand entlangspazieren. Das bringt dich bestimmt auf andere Gedanken."

„Nenn das, was uns da erwartet, bitte nicht Abendessen. Das ist einfach zu viel für mich." Sein Ton war ihm einen Tick zu schroff geraten und sofort steuerte Arthur gegen. „Das ist eine gute Idee. Du hast übrigens schon geschafft, was du wolltest. Mein Ehrgeiz ist angestachelt und ich bin absolut gewillt, die größte Herausforderung meines Lebens erfolgreich zu meistern."

Der pathetische Habitus, den Arthur Bernstein dabei gewollt vermittelte, verfehlte seine Wirkung nicht. Eva lachte erneut laut und schloss ihn dann fest in ihre Arme. Sie ließ sich mit Arthur auf das Bett fallen. Der Spaziergang konnte auch noch eine Weile warten.

Zum „Abendessen" erschien das Ehepaar Bernstein mit leichter Verspätung. Alle anderen Mitglieder der Fastengruppe – einschließlich des noch erwarteten Paares – saßen bereits am Tisch.

Die Neuen stellten sich als Gerd Golombeck und Martina Jäger vor. Es wurde dabei nicht aufgeklärt, ob sie nicht verheiratet waren oder ob beide ihre Namen bei einer Eheschließung beibehalten hatten.

Evas feine Sensoren bestätigten sofort die Einschätzung, die Loni Brandstetter beim Nachmittagsspaziergang zu den Neuankömmlingen abgegeben hatte. Gerd Golombeck fand sie vom ersten Augenblick an unsympathisch. Sie wehrte sich zwar verstandesmäßig immer gegen solch vorschnellen Urteile, aber andererseits wusste sie, dass sie nur sehr selten mit ihrem ersten Gefühl bei der Beurteilung von Menschen danebenlag. Dennoch war sie gewillt, auch „Gigi" eine zweite und vielleicht auch eine dritte Chance zu geben.

Sepp Brandstetter sprach Gerd Golombeck konsequent mit „Gigi" an. Wobei das nicht italienisch klang, sondern eher breit amerikanisch. Wahrscheinlich stammte der Spitzname schon aus der Schülerzeit und bezog sich auf die Initialen wie bei „J. R." Ewing. Dass man ihn schon in der Jugend mit dem „Dallas"-Ekel in Verbindung gebracht hatte, erschien Eva Bernstein so nachvollziehbar, dass sich für sie eine Nachfrage zu der Namens-Kurzform erübrigte. So wie „Djie-Djie" auf sie wirkte, hatte er selbst sogar damals wie heute Gefallen an einem Vergleich mit „Djei-Aar" gefunden.

Überhaupt nicht nachvollziehen konnte Eva Bernstein, dass der erfolgreiche Selfmade-Mann Sepp für den reich geborenen Freund aus Kindertagen offenkundig unverhohlene Bewunderung hegte. Er hing an seinen Lippen und animierte ihn immer wieder, irgendwelche leidlich unterhaltsamen Geschichten aus der Internats-Zeit zu erzählen, die er ja auch selbst nur aus Golombecks Erzählungen kennen konnte. Kern dieser Storys war eigentlich immer, dass Gerd Golombeck darin der Held war und Lehrer wie Mitschüler die Deppen.

Gemixt wurden die Jugenderinnerungen mit ähnlich gestrickten Anekdoten aus der Studentenzeit – natürlich auf verschiedenen Elite-Instituten in England und den USA – und aus dem Geschäftsleben. Martina Jäger schwieg dazu, erlaubte sich nur das eine oder andere Mal einen kurzen Plausch mit der neben ihr sitzenden Loni Brandstetter. Ansonsten wirkte sie so, als achte sie peinlich genau darauf, von ihrem Lebensgefährten nicht wegen fehlender Aufmerksamkeit bei seiner Selbstdarstellung mit einem bösen Blick oder einer gemeinen Bemerkung bedacht zu werden – was dennoch ein paar Mal der Fall war.

Eva Bernstein ging ganz in ihren Sozialstudien auf. Lothar Frisch saß die ganze Zeit über am Rand der Gruppe. Er schien seine Außenseiterrolle als völlig selbstverständlich auch in den Urlaub mitgenommen zu haben. Dass er diese auch in seinem Alltag hatte, da war sich Eva sicher. Er war der Prototyp eines verschüchterten und komplexbeladenen Mannes, der wahrscheinlich als Single vereinsamt in einer Großstadt lebte. Und der entweder total in seinem Beruf aufging oder auch dort eher der Loser-Typ war.

Nur kurz kam es Eva in den Sinn, dass sie sich doch vorgenommen hatte, ihre Fantasie in Bezug auf das Leben anderer Menschen ein wenig zu zügeln, bis sie diese besser kannte. Gerd Golombeck war jetzt nicht mehr so interessant für sie, da ihr spontaner erster Eindruck in der Zwischenzeit allzu deutlich bestätigt worden war. Ihre Gedanken kreisten jetzt noch intensiver um Lothar Frisch.

Was wusste sie von ihm? Die Plauderei zwischen ihnen bei der Wanderung war eindeutig die kürzeste gewesen. Und er der mit Abstand wortkargste der Gruppe. Eva Bernstein machte sich bewusst, dass er so gut wie nichts von sich preisgegeben hatte. Was mochte er beruflich tun? Sie konnte sich den Mann ebenso gut in einem Laborkittel vorstellen – als Akademiker wie als Hilfskraft – wie auch als Finanzbeamten oder als Bibliothekar. Sicher war sie, dass er einen Job hatte, in dem Kommunikation eine untergeordnete Rolle spielte. Lehrer schied für sie ebenso aus wie Verkäufer. Der Umgang mit Menschen schien ihm weitgehend fremd zu sein.

Jede Form von Handwerk schloss sie ebenfalls aus. Dazu hatte er viel zu feingliedrige Hände. Oder vielleicht doch: Uhrmacher der ganz alten Schule konnte er sein. Eva sah ein Bild vor sich, das stimmig wirkte: Wie er mit ganz feinen Instrumenten in einem dunklen Raum an einem Tisch mit einer Schreibtischlampe an einer Taschenuhr hantierte. Ein Lächeln huschte ihr übers Gesicht: Arthur hätte seine helle Freude daran, wenn er ihren Gedanken lauschen könnte, die wieder einmal ihre Fantasie galoppieren ließen, ohne sich um eine wie auch immer geartete reale Basis zu scheren.

Apropos Arthur. Ihr Blick ging in eine andere Richtung. Das Geschwätz von Gerd Golombeck hatte sich zu einem Klangteppich im Hintergrund entwickelt, ihre Gedanken wurden davon überhaupt nicht mehr beeinflusst. Ihr Ehemann unterhielt sich leise, aber angeregt mit der neben ihm sitzenden attraktiven Französin. Eifersucht war Eva zwar völlig fremd, aber sie ertappte sich doch bei einer minimalen Irritation über diese Vertrautheit, die sich da in wenigen Minuten entwickelt zu haben schien. Wobei ein Blick auf ihre Armbanduhr ihr Zeitgefühl relativierte: Die Gruppe saß nun schon seit gut anderthalb Stunden zusammen.

Es war offenbar ein Gedankenaustausch auf Augenhöhe. Arthur Bernstein und Antoinette Kempfer vertieften sich immer stärker in ihr Gespräch, nachdem sie zu Beginn des Abends noch in erster Linie den selbstverliebten Erzählungen von Gerd Golombeck zugehört hatten.

Eva war froh und erleichtert, dass ihr Mann sich offenkundig wohlfühlte. Sie konnte zwar kein Wort von dem verstehen, was die beiden miteinander sprachen, aber mehrfach lachte Arthur Bernstein kurz auf, um sofort danach wieder interessiert eine Nachfrage zu stellen. Antoinette Kempfer antwortete dann mit einem lebhaften und freundlichen Gesichtsausdruck und streute auch ihrerseits kurzes Auflachen ein. Einmal war dies so laut, dass sogar Gerd Golombeck kurz verstummte. Eva schaute zu ihm rüber. Ob sein Innehalten im Redefluss aus Verärgerung darüber geschah, dass ihm anscheinend jemand am Tisch nicht aufmerksam genug zuhörte oder weil er im Begriff war, eine aus seiner Sicht besonders gelungene Pointe zu setzen, war Eva nicht klar. Nur so viel war sicher: Die Pointe war das kurze Schweigen nicht wert. Sepp Brandstetter schlug sich trotzdem vor Lachen auf die Schenkel.

Es war schon nach neun, als Eva und Arthur zu einem letzten kurzen Strandbummel aufbrachen.

„Du scheinst dich ja gut amüsiert zu haben", stellte Eva fest, während sie ihre Füße vom Meerwasser umspielen ließ.

„Antoinette ist echt witzig", antwortete Arthur. „Sie ist sehr intelligent und gebildet, es macht wirklich Spaß, sich mit ihr zu unterhalten. Und dabei hat sie einige ganz drollige Formulierungen drauf."

„Ja, das ist mir heute Nachmittag auch schon aufgefallen", antwortete Eva.

„Weißt du, was sie mir zugeflüstert hat, als unser Neuankömmling seine Frau so mies runtergeputzt hat?"

„Nein, woher soll ich das wissen …"

„Sie hat gesagt: Dieser Mann ist wirklich kein gehobelter Mensch."

„Und was soll das heißen?"

„Das habe ich sie auch gefragt. Sie war richtig verdutzt, weil sie nicht verstanden hat, dass ich mit dieser Formulierung nichts anfangen konnte."

„Sorry, aber das kann ich auch nicht. Es ist schon spät, jetzt lass mich nicht dumm ins Bett gehen."

„Na, ganz einfach: Sie ist zwar zweisprachig aufgewachsen und spricht im Prinzip perfekt beide Sprachen, aber seit vielen Jahren hat sie sich gar nicht mehr auf Deutsch unterhalten. Und so hat sie einfach ein Wort, das sie von früher aus dem Deutschen kannte, ins Gegenteil verkehrt, weil sie dachte, dass es auch das Gegenteil heißen muss."

Es dauerte ein paar Sekunden, bis bei Eva Bernstein der Groschen fiel. Dann grinste sie über das ganze Gesicht. „Ach sie meint, er sei ein ungehobelter Mensch. Da hat sie allerdings recht. Und du auch. Das ist wirklich drollig."

Kapitel 11

Karl Dernauer hatte am Vorabend nach der Wiederbelebung seiner Pfeifen sein Coq au vin genossen und dann das übrig gebliebene Fleisch vorsichtig von den Knochen gelöst. Mit Traubensaft hatte er daraus ein Hühnerfrikasse gemacht und es mit Reis zum Lieblingsgericht seiner Enkel ausgebaut. Das brauchte er am nächsten Tag nur noch aufzuwärmen. Carl und Betty würden das Essen wie immer mit Wonne in sich hineinschaufeln, um ihre Versorgung musste er sich am Enkeltag also nicht mehr kümmern.

Danach hatte er bis weit nach Mitternacht an seinem neuen Roman gearbeitet. Und schon um sieben Uhr saß er wieder an seinem Schreibtisch.

Diese Phase kannte er von seinen ersten beiden Krimis schon sehr gut. Wenn alle Verdächtigen vorgestellt waren, drängte es ihn, so schnell wie nur möglich zum literarischen Mörder zu werden. Es war eine energiegeladene Vorfreude, die sich erst entlud, wenn es wirklich mindestens einen Toten gab. Bis zu diesem Zeitpunkt konnte er sich kaum auf etwas anderes konzentrieren.

So passte es ihm überhaupt nicht, dass sein Smartphone eine Nachricht von Hub anzeigte. *So ein Mist*, las er. *Muss meinen Urlaub abbrechen. Neuer Fall mit drohenden diplomatischen Verwicklungen. Kollegen können unmöglich auf meinen Sachverstand verzichten. Melde mich heute Abend.*

Jetzt war beim Schreiben wirklich Eile geboten. Wenn der Oberstaatsanwalt ihn in einen neuen Fall aus dem wahren Leben verwickelte, drohte die Schriftstellerei wieder einmal nur eingeschränkt möglich zu sein.

Dann rief er sich selbst zur Ordnung. Es brachte nichts, wenn er nun allzu schnell eine Leiche in seinen Roman integrierte. Das musste sich entwickeln. Der Schreibfluss durfte nicht dadurch gestört werden, dass er alles daran setzte, ganz schnell einen Mord zu präsentieren. Seine Geschichte musste zwar zügig auf die Tat zusteuern, aber eben auch nicht übereilt. Also ganz unverkrampft weiter im Text.

Kapitel 12

Eva Bernstein genoss am frühen Morgen auf ihrem Balkon die Sonne und die leichte Brise, die vom Meer her wehte. Dabei studierte sie eine Art Programmheft, das sofort Arthurs Interesse weckte, als er auf seinen Balkon trat. Am Umschlag konnte er erkennen, dass es sich um ein Druckerzeugnis des Hotels handelte.

„Guten Morgen, schöne Frau. Was liest du denn da? Jetzt sag mir bloß nicht, dass du mich neben dem Fasten auch noch mit irgendwelchen Vorträgen über gesundes Leben quälen willst."

„Keine Sorge, mein lieber, geliebter Lieblingsmann." Wenn Eva derart gut gelaunt und übertrieben freundlich vor sich hin flötete, versetzte das Arthur immer gleich in eine Hab-Acht-Stellung. Das verhieß oft nichts Gutes. Aber diesmal hatte er sich getäuscht, wie er erleichtert feststellte.

„Unser Haus bietet wirklich eine Reihe von Zusatzangeboten, und die meisten davon sogar kostenlos. Oder anders ausgedrückt: Die haben wir durch unseren Heilfastenkurs schon mitgebucht. Da ist bestimmt auch für dich was dabei, was dich von deinem allgegenwärtigen Hungergefühl ablenken kann."

„Musstest du das jetzt ansprechen", antwortete Arthur mit leidender Miene. „Ich hatte seit dem Aufstehen noch gar nicht ans Essen gedacht. Aber jetzt habe ich die Bilder im Kopf, von einem reich gedeckten Frühstückstisch: Eier mit Speck, verschiedene Käse- und Brotsorten, Quark und Körbe voll mit frischem Obst. Und dazu Kaffee, literweise Kaffee."

„Das verstehe ich sehr gut." Eva schickte ihm ein liebevolles Lächeln auf seinen Balkon hinüber. „Der Kaffee am Morgen fehlt mir auch so richtig. Aber davon lassen wir uns doch nicht unterkriegen – oder?!" Das war eindeutig eine rhetorische Frage, und entsprechend sparte Arthur sich die Antwort.

Eva Bernstein winkte mit dem Hochglanz-Prospekt in ihrer Hand. „Ich selbst schwanke zwischen Yoga und Meditation. Für dich wäre doch bestimmt eine Massage sehr angenehm, da gibt es einige spannende Varianten. Oder Fango oder Sauna oder ein Moorbad …"

Arthur ließ sich das Heft auf seinen Balkon reichen. Er überflog die in der Tat reichliche Palette an Wellness-Angeboten. Dann verzog sich sein Mund zu einem breiten Grinsen. „Was um alles in der Welt ist denn Lach-Yoga? Das solltest du auf jeden Fall ausprobieren. Und wenn es dir gefällt, dann steige ich da vielleicht auch mit ein."

„Das habe ich mich auch schon gefragt. Klingt schräg, aber interessant. Ich mach mich mal schlau. Und du? Lass mich raten: Fango, Aromaölmassage und Moorbad?"

„Genau in der Reihenfolge", antwortete Arthur. „Aber jetzt lass uns runtergehen, die Gemüsebrühe wird sonst kalt."

Auf dem Weg in den Frühstücksraum begegneten sie Rainer Göbel. Der Hotel-Chef wirkte aufgeräumt wie immer und verwickelte sie sofort in ein kurzes Gespräch.

„Wie war ihr erster Fastentag? Sie sehen ja beide munter und vergnügt aus – ganz wie es in unserem Hause sein soll." Sein Blick wanderte zu Arthur. „Ich sehe Ihnen an, dass sie sich mit der Idee Ihrer Frau inzwischen angefreundet haben …"

Arthur war einen Moment lang sprachlos. Woher wusste Göbel, dass er nur Eva zuliebe das Heilfasten mitmachte? Und sah man ihm wirklich an, dass er seinen Widerstand schon aufgegeben hatte? Gerade wollte er zu einer Erwiderung ansetzen, da sprach Rainer Göbel weiter.

„Mit der Zeit kennt man die verschiedenen Kurlaubertypen. Es sind deutlich öfter die Frauen, die ihrem Körper etwas Gutes tun wollen – und die Männer machen dann mit. Die einen wollen nur keinen Krach, die anderen sind nicht überzeugt, aber zumindest neugierig. Sie sind Typ eins – habe ich recht? Der ist für uns der schwierigere Fall. Ihre gute Laune ist ein Zeichen dafür, dass unser Konzept aufgeht. Weil es eben gut ist."

Diese offene Art verblüffte Arthur jetzt noch mehr. Ganz schön riskant fand er das. Denn wenn der Hotel-Chef mit seiner Einschätzung danebenlag, dann konnte er damit einen Gast auch ohne Not verprellen. Rainer Göbel war sich seiner Sache offenbar sehr sicher.

Eva Bernstein war sichtlich erheitert, dass ihr ansonsten nicht auf den Mund gefallener Gatte überrumpelt wirkte. „Da kennt jemand seine Pappenheimer aber wirklich gut – Kompliment. Ja, mein lieber Mann war gar nicht begeistert von meiner Idee, aber jetzt hat er schon richtig Spaß am Fasten gefunden."

Arthur hatte seine Sprachlosigkeit überwunden. „Naja, Spaß geht bei mir anders, aber ich muss zugeben, dass ich dem Experiment inzwischen einen gewissen Reiz abgewinnen kann. Das ist wie bei meinem ersten Marathonlauf. Da habe ich mich ja auch oft genug gefragt, warum ich mir das antue, bis ich auf den letzten fünf Kilometern einfach nur noch Glücksgefühle erlebt habe. Das erwarte ich mir vom letzten Fastentag auch – und dafür lohnt es sich. Das weiß ich aus Erfahrung."

„Dann wünsche ich weiterhin frohes Fasten. Wir sehen uns doch bestimmt heute Abend? Den Zauberer sollten Sie sich nicht entgehen lassen. Was der vor allem an den Tischen direkt vor Ihren Augen so macht, ist wirklich fantastisch."

„Wir sind auf jeden Fall dabei. Und über Tag werden wir uns bei Wandern und Wellness vergnügen." Arthur ließ aus seiner Antwort die pure Lebensfreude sprechen. Und er schien sich dafür noch nicht einmal verstellen zu müssen, stellte Eva rundum zufrieden fest.

Beim „Gemüse-Aperitif" – so nannte Arthur inzwischen das, was er früher als Frühstück bezeichnet hatte – saß die komplette Truppe beisammen. Volker Robesch stimmte die Runde mit einigen launigen Worten auf die nächsten Wanderungen ein. Man werde einige Ecken der Insel kennenlernen, die auch Sylt-Kennern wahrscheinlich noch unbekannt seien.

Eva amüsierte sich darüber, wie Arthur seiner Brühe Unmengen groben Pfeffer aus einer Mühle beifügte. Ihr Mann registrierte dies natürlich und nahm dann demonstrativ einen kräftigen Schluck. Dann rieb er sich mit der Zunge über die Lippen und ließ einen Wohllaut folgen. Er blickte Eva fest in die

Augen und schnalzte noch einmal, bevor er sagte: „Erinnere mich bitte daran, dass ich mir später in der Stadt noch Chili-Flocken besorge. In scharf ist das ein ganz interessanter Cocktail."

Bei der Wanderung ging es nur kurz am Strand entlang, Dann bog Volker Robesch in ein Dünengelände ab. Arthur bildete mit Antoinette Kempfer und dem Ernährungsberater ein Trio an der Spitze. Eva blieb ein wenig dahinter; sie wollte auch diese Tour dazu nutzen, mit möglichst vielen Mitgliedern der Fasten-Crew zu plaudern. Zwischen der Dreier- und der Sechser-Gruppe entstand eine kleine Lücke.

Gerd Golombeck war wieder in seinem Element. Er dominierte mit seiner lauten Stimme das Sextett derartig, dass kaum ein anderer zu Wort kam. Diesmal ging es weniger um Anekdoten, sondern um seine Geschäfts- oder gar Lebensphilosophie. Mit überbordendem Selbstbewusstsein erzählte Golombeck von erfolgreichen Börsenspekulationen und von Unternehmen, die er im Laufe der Jahre übernommen habe.

Eva entlockte das alles keine Spur von Bewunderung. Sie empfand eher Mitleid für diesen offenbar emotional total verarmten reichen Mann. Leichen pflastern seinen Weg, kam ihr in den Sinn. Sie konnte nicht wissen, dass sie damit recht behalten sollte – in einer für Gerd Golombeck ultimativen Form.

In der kleinen Gruppe um ihren Mann schien es deutlich lustiger zuzugehen. Und so beschleunigte Eva ihren Schritt und schloss zu Arthur, Antoinette und Volker auf. Sie hatte die drei gerade erreicht, als sie sofort den Grund für die Heiterkeit erkannte.

Offenbar hatten die beiden Männer eine kleine Nachhilfestunde in deutscher Sprache für die Französin gestartet. Ausgangspunkt war ohne Zweifel die Formulierung vom „gehobelten Mann", die Antoinette am Vortag benutzt hatte.

Eva war sofort drin im Thema, als sie die sympathische Frau mit ihrem wunderschönen leichten Akzent sagen hörte: „Ah, jetzt verstehe ich das. Oft heißen die Wörter mit ‚un' am Anfang zwar das Gegenteil wie die ohne ‚un', aber das gilt nicht immer.

Nur: An was erkenne ich denn, ob ich das ‚un' einfach weglassen kann, wenn ich das Gegenteil ausdrücken will?"

Die Journalistin Eva Bernstein schaltete sich ein: „Gefühlt würde ich jetzt mal schätzen, dass es in mindestens neunzig Prozent der Fälle wirklich das Gegenteil heißt. Aber wo es wie bei ‚ungehobelt' nicht klappt, ist zum Beispiel ‚ungezogen'. Ein braves Kind ist nicht ‚gezogen'. Ich glaube, ich werde mir mal eine kleine Liste anlegen mit dem nur vermeintlichen Gegenteil von Un-Wörtern. Das wird bestimmt eine ganz unterhaltsame Aufstellung. Die lasse ich Ihnen dann gerne zukommen."

Antoinette strahlte. „Ja, das wäre toll. Sollen wir nicht ‚Du' sagen? Arthur und ich duzen uns ja auch ..."

„Aber gerne." Eva hätte das „Du" eigentlich selbst anbieten sollen, dachte sie. Der Ernährungsberater nutzte die Gelegenheit. „Und ich heiße übrigens Volker."

Arthur kaufte sich, wie angekündigt, auf dem Rückweg zum Hotel ein Päckchen Chili-Flocken. Die Mittagspause nutzte er für eine Massageeinheit und ein anschließendes kurzes Nickerchen. Zur Nachmittagswanderung war er pünktlich um drei Uhr zur Stelle. Nur Gerd Golombeck fehlte. Er ließ über Martina Jäger ausrichten, dass er lieber einen Saunagang einschiebe. Seiner Lebensgefährtin war anzumerken, dass es für sie Schlimmeres gab, als mal einige Stunden ohne den großen Zampano zu verbringen.

Die Wanderung verlief entsprechend entspannt. Am Abend bei der Zauber-Show zeigte sich Gerd Golombeck dann allerdings in unangenehmer Höchstform.

Kapitel 13

Karl Dernauer wurde durch seinen Wecker aus der konzentrierten Schaffensphase gerissen. Den hatte er sich vorsichtshalber gestellt, um nicht den Zeitpunkt zu verpassen, an dem er seine Enkel abholen musste.

Wie erwartet machten sich Carl und Betty zunächst über ihr Lieblingsgericht her. Für den Nachmittag schlug er den Besuch auf einem Abenteuerspielplatz vor. Die Zwerge waren begeistert und tobten ausgelassen. Karl wurde zwar immer wieder in die Aktivitäten einbezogen, aber er konnte die meiste Zeit auf einer Bank am Rand des Geländes verbringen. Er nutzte dies, um sich in einem Notizbuch einige Punkte zu vermerken, die er in seine Romanhandlung einbauen wollte.

Wie er es schon geahnt hatte, ließ der Mord noch auf sich warten – und so ließ ihn der Fortgang seiner Geschichte einfach nicht los. Es gab noch einiges zu erledigen, bevor seine Story reif für die Schlüsselszene war.

Gegen sechs Uhr holte sein Schwiegersohn Carl und Betty bei ihm ab. Es blieben noch ein paar Minuten, um sich Gedanken darüber zu machen, mit welchem Snack er Hub erfreuen sollte, den er nach seinen jahrelangen Erfahrungen gegen sieben erwartete. Dass sein Freund ausgesprochen hungrig bei ihm auflaufen würde, das stand für Karl Dernauer fest.

Er entschied sich für eine ganz einfache Variante. Ein saftiges Steak mit einem bunten Salat und Bratkartoffeln ging schnell – und es ging bei Hub immer. Die Vorbereitung war damit getan, dass er den Salat putzte, eine Vinaigrette ansetzte, Zwiebelringe schnitt und die Kartoffeln kochte.

Um Hub die Wartezeit zu verkürzen, die er selbst dann später noch am Herd verbringen musste, bot sich eine Leckerei an, die sein Freund liebte. Karl rieb fast hundert Gramm Parmesan und teilte den Käse dann auf drei Teller auf. Das eine Drittel ließ er unbehandelt, das zweite mischte er mit Chili-Flocken – ob ihn da Arthur Bernstein inspiriert hatte? – und das dritte mit Kräutern der Provence. Dann belegte er zwei Backbleche mit Backpapier, drapierte darauf plattgedrückte Häufchen und schob die zwei Lagen in den vorgeheizten Ofen. Die unterschiedlich gewürzten Parmesan-Chips würden Hub begeistern, da durfte er sich sicher sein.

Karl nahm auf der Terrasse Platz und schmauchte ein Pfeifchen. Dazu gönnte er sich einen *Cynar* mit reichlich Eis und Wasser. Der Artischocken-Aperitif war schön leicht und passte zum lauen Spätsommerabend. Die Chips stellte er in einer Schale auf den Tisch.

Es war fünf vor sieben, als das Gartentörchen leise knarzte und ein markiges „Bon soir" zu hören war. Hub hatte seinen Urlaub also in Frankreich verbracht.

„Wonach riecht's denn hier?" Hub reckte seine Nase schnuppernd in die Luft, als er auf die Terrasse kam. „Ach so, du bist wieder auf Pfeife umgestiegen ... Ein klarer Fortschritt im Vergleich zu deinen Glimmstängeln." Er schnüffelte erneut. „Und zu essen gibt es nichts? Du kündigst mir also nach all den Jahren die Freundschaft auf? Das habe ich nicht verdient."

Karl Dernauer hatte genau diese Reaktion erwartet. „Reg dich ab. Du bist und bleibst mein bester Freund. Wirst schon sehen. Jetzt setz dich erstmals hin. Auch einen *Cynar* vorneweg?"

„Vorneweg – das ist das Zauberwort. Jetzt bin ich beruhigt. Ja gerne. Hatten wir lange nicht mehr."

„Du kannst schon mal die Chips probieren. Drei Sorten. Ich hole dir deinen Drink."

Hub hatte noch nicht Platz genommen, als er schon eine ganze Handvoll Parmesan-Cracker aus der Schale klaubte. Er knabberte sofort los. „Göttlich sind die Dinger. Einfach göttlich."

Karl füllte sein eigenes Glas noch einmal nach und brachte Hub den Drink. Er setzte sich zu ihm an den Terrassentisch und begann die Plauderei. „Dann erzähl mal, wie war dein zu kurzer Urlaub? Und was sind das für diplomatische Verwicklungen in deinem neuesten Fall? Beides interessiert mich brennend, wobei die Urlaubsschilderung ruhig im Telegramm-Stil sein darf."

„War mir ja klar, dass mein Wohlergehen dir im Prinzip egal ist." Hub zog nur kurz eine gekünstelte Schnute und widmete sich dann wieder den Chips. „Zum Urlaub gibt es aber in der Tat nicht viel zu erzählen. Drei Tage Paris und dann drei Tage

Normandie, Wir wollten dann eigentlich an der Atlantikküste gen Süden reisen, aber das musste ich ja leider canceln."

„Wir?" Karl Dernauer beließ es bei diesem einen Wort.

Hub blieb cool. „Thea und ich. Kann gut sein, dass du sie bald mal kennenlernst. Obwohl sie natürlich gar nicht angetan war von meiner überstürzten Abreise."

„Was Ernstes also?" Karl Dernauer verdreifachte die Wörterzahl in seiner zweiten Frage. Dabei dachte er an Gabriella, deren Existenz er seinem besten Freund ja bislang verschwiegen hatte. Und bei ihm selbst war es eindeutig „was Ernstes".

„Kann gut sein. Aber das werden wir sehen. Wir haben beide keine Eile."

Die Schale mit den Parmesan-Chips war schon zu einem Drittel geleert, ohne dass Karl auch nur einen einzigen davon genascht hatte. Er nahm sich einen mit Chili und ging in die Küche. Von dort brachte er eine kleine Keksdose mit und füllte die meisten in die Dose um. Den Rest ließ er zurück und forderte Hub zu einem Umzug auf.

„Lass uns in die Küche gehen. Du darfst weiter futtern, während ich das Essen zubereite. Und mir dabei von deinem neuen Fall erzählen. Die Dose kannst du mit ins Büro nehmen, du wirst morgen ja wohl Geistesnahrung nötig haben."

Hub strahlte. „Dankeschön. Salzreiche Kost soll ja wirklich beim Denken helfen."

„Ich kenne diese Theorie ja eher von Zucker, aber bei dir klappt bestimmt auch Salz. Kriminalistisch sind bei dir ja schon kleine Steigerungen des Denkvermögens eklatant." Karl Dernauer grinste breit bei dieser Unverschämtheit.

Hub griff nach den beiden Gläsern und der Schale und trug alles in die Küche. „Wenn du lecker kochst, verzeihe ich dir diese Beleidigung. Was gibt's denn? Ich hoffe es geht schnell, ich habe nämlich unglaublichen Kohldampf."

Karl stellte eine große Pfanne auf den Herd und konzentrierte sich zunächst auf die Steaks. Die briet er kräftig an schob sie dann zum Nachziehen in den Ofen, dessen Temperatur er nach den

Chips deutlich runtergefahren hatte. Dann kümmerte er sich um die Bratkartoffeln und die gerösteten Zwiebelringe. Noch einmal animierte er den Oberstaatsanwalt, endlich von seinem neuen Fall zu berichten. „Also los, was hat es mit den diplomatischen Verwicklungen auf sich?"

Hub genoss es, seinen Freund noch einen Moment auf die Folter zu spannen. Spielchen dieser Art trieb auch Karl gerne, da musste man jede Chance zu einer kleinen Retourkutsche nutzen. „Ich nehme an, Weißwein steht im Kühlschrank." Das war in der Betonung irgendwo zwischen Aussagesatz und Frage angesiedelt, aber Hub wartete keine Antwort ab, sondern kümmerte sich zunächst um die Getränke zum Essen. Als er den Grauburgunder entkorkt und in zwei Gläser gefüllt hatte, setzte er sich wieder an den Küchentisch und begann endlich, vom neuesten Mordfall zu berichten.

„Die Tat selbst ist schon ein paar Tage her. Es müsste auch in der Zeitung gestanden haben, aber vielleicht hast du es überlesen, weil es zunächst nach einem tödlichen Verkehrsunfall aussah." Er machte eine Pause und vertilgte einen weiteren Parmesan-Chip.

Karl Dernauer sprach am Herd vor sich hin, während er seinen Blick auf die Kartoffeln in der Pfanne gerichtet ließ. „Von einem tödlichen Unfall habe ich in der Tat etwas gelesen. Ich glaube, eine Frau wurde von einem Kleinlaster überfahren. Und es ging dabei auch um Fahrerflucht."

„Genau das ist unser Fall. Wir sind uns inzwischen sicher, dass es sich um Mord und nicht um einen Unfall handelt."

Karl drehte sich um. „Und wie kam es zu dieser Wendung?"

„Wir haben drei Zeugenaussagen – von drei unabhängigen Zeugen wohlgemerkt, die sich untereinander nicht kennen – dass der Wagen mit voller Absicht so gesteuert wurde, dass er die Frau frontal mit voller Wucht erfasste. Und der Fahrer ist dann in hohem Tempo davongerast. Den Kleinlaster haben wir inzwischen gefunden. Er war in einem Waldstück abgestellt und ist total ausgebrannt. Wahrscheinlich um Spuren zu verwischen.

Alle Umstände deuten darauf hin, dass die Frau gezielt getötet wurde. Und dann sprechen wir natürlich von Mord."

Karl Dernauers „graue Zellen" arbeiteten auf der höchsten Leistungsstufe. „Warum habe ich denn nach der ersten Meldung nichts mehr über den Fall in der Zeitung gelesen? Bei Fahrerflucht seid ihr doch sonst immer so flott mit einer Information der Öffentlichkeit, weil ihr dringend Hinweise sucht. Und wenn es sich sogar um einen Mord handelt und nicht um einen Unfall, dann doch erst recht …"

„Ich bin natürlich sofort per Mail im Urlaub informiert worden, als sich nach den Zeugenaussagen abzeichnete, dass es sich wohl um ein Verbrechen handelt. Die Pressemitteilung war bereits im Anhang dabei und ich hatte sie auch sofort freigegeben. Damit hätte ich es auch gut sein lassen, wenn ich dann nicht kurz darauf einen Anruf von Günther bekommen hätte. Und du kannst dir sicher schon denken, dass da etwas Besonderes im Busch ist, wenn Günther mich im Urlaub stört."

Karl kannte und schätzte Hauptkommissar Günther Keller. Gemeinsam hatten sie Hubs letzten Fall gelöst. Und er stimmte dem Oberstaatsanwalt zu: Wenn Günther zu einer solchen Maßnahme griff, dann hatte er dafür gute Gründe. „Lass mich raten. Jetzt kommen die diplomatischen Verwicklungen ins Spiel."

„Genau. Die Getötete ist beim amerikanischen Generalkonsulat in Frankfurt beschäftigt. Da es sich ganz offenkundig um einen gezielten Mordanschlag handelt, müssen wir natürlich intensiv im direkten Umfeld des Opfers ermitteln, also im privaten wie beruflichen. Und ehe da was anbrennt, wollte Günther mir natürlich die Chance geben, mit ins Boot zu steigen."

Bratkartoffeln und Zwiebeln waren fertig. Karl Dernauer machte jetzt den Salat mit der Vinaigrette an und holte das Fleisch aus dem Ofen. „Deckst du mal den Tisch? Wir können essen."

Hub sprang auf und holte zwei große flache Teller und brachte sie Karl. Dann legte er Besteck und stellte zwei Salatschälchen auf den Tisch und füllte die Weingläser auf, während Karl die Steaks mit den Röstzwiebeln und den Bratkartoffeln auf den

Tellern anrichtete. Hubs Kartoffel-Portion dimensionierte er dabei doppelt so groß wie seine eigene.

Einige Minuten lang wurde der neue Kriminalfall zurückgestellt. Karl erfreute sich daran, mit welchem Appetit sein Freund das Abendessen genoss. Auch er selbst hatte ordentlichen Hunger, denn sein Schreibfieber hatte wieder einmal dazu geführt, dass er die Nahrungsaufnahme vernachlässigt hatte.

Erst beim Espresso auf der Terrasse ging Hub weiter ins Detail. „Dann also zurück zu meiner Toten aus dem Konsulat. Sie heißt Susan Dickens, und der Name verrät dir schon, dass sie Amerikanerin ist. Ich habe zunächst einmal die Pressemitteilung gestoppt, weil ich nicht irgendwelche Dinge in die Welt setzen wollte, die dann später mal Probleme machen. Noch von Frankreich aus habe ich zu einem Kollegen aus Frankfurt Kontakt aufgenommen, der mir bei diskreten Recherchen im Konsulat helfen kann. Und dann bin ich noch in der Nacht nach Hause gefahren."

Hub nippte an seinem Calvados. Er hatte eine Flasche aus der Normandie für Karl als Mitbringsel dabeigehabt – und diese war nach dem Essen natürlich gleich geöffnet worden. Der Grund für Hubs leicht entrückten Blick wurde Karl bei Hubs nächsten Worten klar: „Was du gekocht hast, war sehr lecker, aber auch heute Abend gilt wieder einmal der Spruch eines großen deutschen Humoristen: *Da kann einer sagen, was er will, das beste Essen ist immer noch das Trinken.*"

Karl lachte: „Jau, Heinz Erhardt passt fast immer, wie Mark Twain oder Wilhelm Busch. Aber jetzt bleib bitte bei der Sache."

Hub folgte der Aufforderung. „Gestern habe ich mit Günther dann den aktuellen Stand der Ermittlungen durchgesprochen – und danach auch eine Presse-Info rausgegeben. Du wirst also morgen in der Zeitung ein wenig mehr lesen."

Karl füllte noch einmal Calvados nach und hakte in Hubs Schilderung ein. „Sind wir jetzt schon so weit, dass ich mir meine Informationen aus der Zeitung holen muss? Ihr wisst doch bestimmt schon viel mehr als das, was du offiziell mitteilst …"

Hub lächelte milde. „Ist ja gut, du bekommst natürlich auch diesmal alle Infos aus erster Hand. Also: Die Frankfurter Kollegen leisten hervorragende Amtshilfe, und das Generalkonsulat hat sich bislang unerwartet aufgeschlossen gezeigt. Das liegt wohl daran, dass der entscheidende Mann das Opfer sehr geschätzt hat und deshalb so gut wie möglich zur Aufklärung des Verbrechens beitragen will. Ich glaube, wir haben sogar schon eine richtig heiße Spur – und der Fall wird wohl so schnell gelöst sein, dass dein kriminalistisches Gespür diesmal gar nicht gefordert sein wird."

Hub legte eine Pause ein, die wohl die Lässigkeit ausdrücken sollte, mit der er an die neue Aufgabe heranging. Dann erhob er sich und ging Richtung Küche. „Ich denke, ein Gläschen Wein vertragen wir beide noch. Und dann mache ich mich heim. Vielleicht kann ich den Fall ja morgen schon abschließen."

Als er mit den beiden gut gefüllten Gläsern zurückkam, ließ er sich elegant in den Terrassenstuhl gleiten und fuhr fort. „Es ist nur ein bisschen ärgerlich, dass ich dafür meinen Urlaub abgebrochen habe. Aber wahrscheinlich ist es ja nur eine Unterbrechung und Thea und ich können unsere Tour am Wochenende doch noch fortsetzen. Wenn morgen alles so läuft, wie ich es mir vorstelle."

Karl Dernauer schwieg. Er war einerseits froh, dass alles auf eine ungestörte Fortsetzung seiner Schreib-Orgie hindeutete. Andererseits war er ein wenig enttäuscht, denn nach Hubs ersten Andeutungen schien der neue Fall ein großes Potenzial für spannenden Denksport zu bieten. Diese Hoffnung löste sich aber offenbar gerade in Luft auf. Karls Interesse war allerdings noch nicht vollständig erlahmt.

„Schön für dich. Aber du darfst mir schon noch erzählen, aus welcher Quelle sich dein Optimismus speist."

„Gerne, aber ich versuche es in ganz komprimierter Form, weil ich wirklich hundemüde bin. Und morgen wird ein langer Tag, wenn ich wieder Richtung Atlantik aufbrechen kann."

Hub befeuchtete nur kurz seine Lippen mit dem Weißwein, dann legte er los. „Ich hatte ja schon erwähnt, dass wir drei Zeugen haben, die den Täter deutlich gesehen haben. Zwei davon eher schlecht, aber eine Frau konnte den Fahrer so präzise beschreiben, dass daraus ein exzellentes Phantombild wurde. Und was soll ich dir sagen: Ein Kollege von Susan Dickens aus dem Konsulat sieht diesem Phantombild zum Verwechseln ähnlich. Günther ist heute Abend schon nach Frankfurt gefahren, um morgen mit den dortigen Kollegen den Verdächtigen in die Mangel zu nehmen. Das Konsulat spielt dabei mit, das war so nicht zu erwarten, trotz der ungewöhnlichen Kooperationsbereitschaft. Wenn er gesteht, werde ich wohl schon morgen Abend wieder am Meer sitzen und Austern schlürfen. Aber ich werde dabei an dich denken – versprochen."

Und als wäre es mit dieser kulinarischen Urlaubs-Fantasie noch nicht genug, setzte Hub noch einen drauf, als er sich erhob. „Du weißt ja: *Man darf im Leben nichts auslassen – außer Butter.*"

Karl lachte laut auf. „Hast du eine Zitate-Sammlung von Heinz Erhardt mit in den Urlaub genommen?"

Ihm war ebenfalls nicht daran gelegen, den Abend noch weiter auszudehnen. Er stand auf und zeigte, dass er bei Hubs neuester Marotte mithalten konnte. Auch er kannte und liebte den viel zu früh verstorbenen Komödianten: „*Das Leben kommt auf alle Fälle aus einer Zelle, doch manchmal endet's auch – bei Strolchen – in einer solchen.*"

Nach Hubs Abschied zog es Karl schnell in sein Bett. Er wollte am nächsten Morgen in aller Frühe wieder am Schreibtisch sitzen.

Kapitel 14

Arthur Bernstein fühlte sich rundum wohl, als er am Abend mit Eva den zum Veranstaltungssaal umdekorierten Frühstückraum betrat. Seine gehobene Stimmung basierte einerseits darauf, dass er sich auf die Zauber-Show freute. Schon zwei Mal hatte er faszinierende Künstler erlebt, die an den Tischen ihr magisches Handwerk zelebrierten. Gemeinsam mit Eva hatte er versucht, die Tricks zu enttarnen, indem jeder sich auf etwas anderes konzentrierte – und sei es nur, der eine auf die linke und der andere auf die rechte Hand. Und trotzdem war es ihnen nie gelungen, dem Zauberer, den sie so hautnah erlebten, auf die Schliche zu kommen. Arthur war immer höchst beeindruckt gewesen – und hatte den Anspruch, es am heutigen Abend besser zu machen.

Noch wichtiger war allerdings, dass er sich mit dem Fasten nicht nur arrangiert hatte, sondern dass er unerwartet positive Effekte registrierte. Er hatte keinerlei Hungergefühl mehr und fühlte sich – hier rang er selbst um eine treffende Beschreibung – irgendwie beschwingt.

Die Gruppe hatte sich exakt so um den Tisch gruppiert wie bei den gemeinsamen „Mahlzeiten". Arthur war immer wieder überrascht, wie schnell sich solche Sitzordnungen unter Menschen, die sich zuvor nicht gekannt hatten, etablierten.

Mitten im Raum war ein kleines Podest als Bühne aufgebaut. Der Zauberer startete mit einigen witzigen Elementen und drehte sich dabei immer wieder in eine andere Richtung, wobei er konsequent Blickkontakt zu einer jeweils anderen Person aufnahm und diese in seine Vorführungen einbezog. Den Start des Abends fand Arthur sehr unterhaltsam und war dann ein wenig enttäuscht, dass der Zauberer sich nach einer Viertelstunde in eine weit entfernte Ecke begab, um sich dort bei seinen Kunststücken ganz genau auf die Finger schauen zu lassen.

Am Tisch der Heilfastengruppe übernahm wieder Gerd Golombeck das Kommando. Er wirkte noch aufgekratzter als sonst und Eva Bernstein registrierte mit wachsender Irritation, dass sich die Stimmung am Tisch sehr eigentümlich entwickelte. Gerd Golombeck hatte schnell eine Aura geschaffen, die etwas Bedrohliches an sich hatte. Und offenkundig hatte er genau diese Wirkung bezweckt.

Ohne nachvollziehbaren Grund kreiste er um das Thema, dass nach seiner Lebenserfahrung jeder Mensch etwas zu verbergen habe – aber dass es niemandem möglich sei, dies vor ihm geheimzuhalten. Bei seinen spitzen Bemerkungen blickte er immer wieder völlig unvermittelt einer anderen Person am

Tisch in die Augen und genoss es sichtlich, dass die meisten wie gewünscht reagierten und eine gewisse Nervosität zeigten, die sich in leichtem Zittern der Hände, einem gequälten Lächeln oder einer plötzlichen Spannung des ganzen Körpers äußerte. Eva fiel dabei auf, dass keiner der Angesprochenen Golombecks Blick standhielt. Und noch etwas war bemerkenswert: Reihum nahm der Widerling sich jeden vor, inklusive des Fasten-Trainers Volker Robesch. Nur Arthur und sie selbst verschonte er. Sowohl die Brandstetters, als auch Antoinette Kempfer, Lothar Frisch und seine eigene Lebensgefährtin Martina Jäger waren Zielscheiben dieser kurzen Attacken, bei denen Eva das beklemmende Gefühl bekam, dass Gerd Golombeck sich über jeden Teilnehmer der Kur ganz spezielle Informationen besorgt hatte.

Es gelang ihr, ihre Gedanken in eine Richtung zu fokussieren. Was konnte hinter diesem Auftritt stecken, der einer bis ins Detail geplanten Inszenierung glich? Eva Bernstein wurde schlagartig klar, dass es jetzt auch eine Erklärung dafür gab, warum Golombeck sich im Hotel eingemietet hatte, obwohl er doch auf Sylt ein komfortables eigenes Haus besaß.

Dieser Mann ist brandgefährlich, schoss es ihr in den Kopf. Der hat vor, mindestens einen Menschen nicht nur vorzuführen, sondern ihn oder sie zu vernichten. Sie war sich sicher: Golombeck zieht Befriedigung daraus, Menschen zu quälen und eine Macht über sie auszuüben, der sie sich nicht entziehen können. Er kostet die Ohnmacht anderer ihm selbst gegenüber aus. Jemand anderen leiden zu sehen, ist die einzig wahre Freude in seinem Leben.

Eva war so tief in diese Überlegungen eingetaucht, dass sie erst wieder in der Runde ankam, als Gerd Golombeck, der zuvor eher geflüstert hatte, deutlich lauter einen markigen Satz sprach: „Morgen platzt eine Bombe, so viel kann ich versprechen." Direkt danach erhob er sich, um am Nebentisch Platz zu nehmen – neben einer zu stark geschminkten jungen Blondine, mit der er ohne Rücksicht auf Martina Jäger ungeniert zu flirten begann.

Die peinliche Stille, die er hinterließ, hielt nicht lange an, denn wie gerufen kam der Zauberer an den Tisch. Er hatte eine gewinnende Art und zog alle sofort in seinen Bann.

„Ich werde Ihnen jetzt ein paar kleine Kartentricks vorführen. Vorneweg ein kleiner Tipp: Es hat sich bewährt, wenn Sie sich untereinander absprechen, dass sich jeder auf etwas anderes konzentriert, wenn Sie mir zusehen und zuhören: Also jemand nur auf die rechte Hand, jemand auf die linke, der Nächste auf die Ärmel, mein Gesicht oder auf das, was ich erzähle."

Noch während dieser Vorrede brachte er die komplette Truppe zum ersten Mal zum Staunen, als er abwechselnd Kartenspiele in seiner Hand auffächerte, die nur aus Assen und dann nur aus Damen bestanden. Alle waren gespannt bei der Sache und die zuvor von Angst erfüllte Stimmung löste sich wieder.

Bei den ersten drei Tricks gingen die Zuschauer dem Zauberer komplett auf den Leim, was sich dann in ungläubigem Erstaunen und befreiendem Gelächter auflöste. Doch beim vierten Trick war Arthur zur Stelle: „Ha, ich habe genau gesehen, dass Sie eine Karte in ihrem linken Ärmel haben verschwinden lassen."

Der Zauberkünstler schien sich geschlagen zu geben: „Kompliment, das war sehr aufmerksam von Ihnen, Sie haben mich ertappt, junger Mann." Das Lob für seine gute Beobachtungsgabe und die Schmeichelei bezüglich seines Alters verfingen selbstverständlich bei Arthur und er lächelte stolz. „Zur Belohnung dürfen Sie mir die Karte jetzt aus dem Ärmel ziehen." Er streckte Arthur seinen linken Arm entgegen.

Arthur Bernstein krempelte den Ärmel des Jacketts um. Völlig fassungslos stellte er fest, dass dort keine Spielkarte verborgen war. Der Zauberer lächelte ihn freundlich an. „Links-rechts-Schwächen sind weit verbreitet – das sagt nichts über die Intelligenz aus und damit haben auch die größten Geister zu kämpfen." Und während er dies sagte, ließ er durch ein leichtes Zucken seines rechten Armes die verschwundene Karte aus dem anderen Ärmel fallen.

Kapitel 15

Karl Dernauer war sauer, dass gerade jetzt das Telefon klingelte. Er hasste es, bei seinem Roman gestört zu werden, wenn er mitten in einem Kapitel war – und erst recht, wenn der Mord unmittelbar bevorstand. Wenn er selbst die Schreibpausen wählen konnte, dann legte er sie ein, wenn er einen Gedankengang beendet hatte oder wenn ein Handlungsstrang eine Zäsur erlaubte oder diese sich gar aufdrängte.

„Nix ist mit Austern schlürfen am Meer." Hub sparte sich mal wieder jeden Gruß und jede Vorrede.

Karl reagierte schlagfertig: „*Denn schon kam ein bunter Specht und verschlang die kleine fade Made ohne Gnade. Schade!*"

„Wie bitte?" Hub stand auf dem Schlauch.

„Du stehst doch neuerdings so auf Heinz Erhardt. Und da wollte ich dir mein Mitgefühl in passender Form ausdrücken."

„*Blödbommel.*" Hub hatte offenbar erst kürzlich wieder mal einen seiner Lieblingsfilme *Willkommen bei den Sch'tis* gesehen.

„Also gut, dann will ich jetzt der ernsten Lage angemessen reagieren. Ich schließe aus der offensichtlich geplatzten Fortsetzung deines Urlaubs, dass der Fall doch noch nicht gelöst ist. Was ist denn passiert?"

„John Harper – so heißt der Kollege des Opfers, den wir in Verdacht hatten – war es nicht. Wir stehen also bei unserer Mördersuche bei null."

„Gestern warst du absolut sicher, dass er es war, und heute bist du ebenso sicher, dass er es nicht war. So sprunghaft kenne ich dich gar nicht."

„Spar dir deine Bissigkeiten, das ist wirklich nicht meine Schuld. Die Zeugin wirkte total glaubwürdig und sie ist sich auch immer noch sicher, dass Harper der Täter ist. Günther hat heute Morgen ein Foto von ihm geschickt und das haben wir der Zeugin vorgelegt. Sie war ganz erregt, als sie es gesehen hat und hat mehrfach betont, das sei der Mörder, ganz ohne Zweifel."

„Und die beiden anderen Augenzeugen? Was sagen die?"

„Sie sind sich nicht so sicher, aber beide haben erklärt, so habe der Fahrer des Wagens ausgesehen. Zumindest sehe er diesem Mann sehr ähnlich."

„Und warum ist dieser Harper dann trotzdem raus aus der Verdächtigenliste?"

„Weil er ein Alibi hat. Und zwar ein wasserdichtes, besser geht es nicht." Hub legte eine kurze Pause ein. „Ihm wurde zur Tatzeit in Frankfurt ein Weisheitszahn entfernt. Eine komplizierte Operation, weil der so verzwickt im Kiefer saß, dass er zertrümmert werden musste. Unter Vollnarkose. In einer großen renommierten Praxis und nicht nur der Chirurg, sondern mehrere Arzthelferinnen erinnern sich an ihn, weil er nicht nur Angst, sondern fast Panik wegen der OP hatte."

Karl Dernauer räusperte sich vor seiner Antwort. „Dann gibt es nur drei Möglichkeiten: Der Mann hat einen Doppelgänger oder die Zeugin irrt sich. Oder sie lügt bewusst. Aus welchem Grund auch immer."

Hub reagierte verschnupft. „Toll, wie du das analysiert hast. Da wäre ich alleine ja nie drauf gekommen."

Karl lachte kurz. Dann schlug er einen sehr freundschaftlichen Ton an. „Ich heiße zwar nicht Thea und ich sehe ihr bestimmt nicht ähnlich. Und meine Terrasse bietet keinen Meerblick. Aber könnte ich deine Stimmung denn damit ein bisschen aufhellen, dass ich dir heute Abend Austern auftische? Wenn du willst ein Dutzend. Und gerne auch noch eine Kleinigkeit danach …"

Hub sprang sofort auf diese Vorstellung an. „Mir geht's schon wieder viel besser. Passt sieben Uhr? Und hättest du auch genug Austern, wenn ich Günther mitbringe?"

„Für Günther doch immer. Sagst du ihm, dass er gerne den passenden Wein mitbringen darf? Für den zur Hauptspeise sorge ich dann selbst."

„Wir werden pünktlich sein. Ciao bello."

Woher dieser Wechsel ins Italienische kam, konnte sich Karl Dernauer nicht erklären, wo es sich doch eigentlich um einen geplatzten Normandie-Urlaub handelte. Doch er hatte keine Zeit sich, mit dieser Frage zu beschäftigen, denn jetzt galt es erst einmal, seiner vollmundig ausgesprochenen Einladung Taten folgen zu lassen. Er hatte nur eine Quelle, aus der er so kurzfristig frische Austern beziehen konnte. Und darum musste er sich kümmern, ehe er sich wieder seinem Roman widmen konnte. Das Hauptgericht war dagegen eine vergleichsweise einfache Übung, da würde ihm schon was einfallen.

Es war fast fünfzehn Uhr, bis Karl die Einkäufe erledigt und die Vorbereitungen fürs abendliche Menü abgeschlossen hatte. Es blieben ihm also nur rund drei Stunden Zeit, um mit seinem Roman weiter in Richtung Mord zu steuern.

Kapitel 16

Eva Bernstein blinzelte. Die ersten Sonnenstrahlen waren durchs Fenster gefallen und hatten sie geweckt. Ein Blick auf die Uhr verriet ihr, dass es erst kurz vor sechs war. Sie ging auf ihren Balkon und reckte sich.

Ein herrlicher Morgen. Und es würde bestimmt auch ein herrlicher Tag. Evas Stimmung hätte nicht besser sein können. Alles an diesem Kurlaub stimmte. Dann kam ihr die Erinnerung an Gerd Golombecks unsäglichen Auftritt am Vorabend in den Sinn. Was hatte der Unsympath mit dieser Aktion bezweckt? Denn dass eine klare Absicht hinter den gemeinen Andeutungen und damit verbundenen Verdächtigungen stand, daran hatte sie nicht den geringsten Zweifel.

Diesen unschönen Gedanken wollte Eva allerdings keinen Raum lassen. Gerade einem solchen Ekelpaket wie Gerd Golombeck wollte sie nicht die Ehre antun, ihr selbst die tolle Grundstimmung zu vermiesen.

Sie dachte an Arthur. Es freute sie sehr, dass ihr geliebter Mann sich offensichtlich mit dem Verzicht auf kulinarische Köstlichkeiten angefreundet hatte. Diese waren nämlich ansonsten immer ein wichtiger Bestandteil ihrer Urlaube, ja ihres gesamten Lebens. Und für Arthur waren sie immer noch ein bisschen wichtiger als für sie.

Eva war stolz auf ihn. Und dann hatte sie eine kleine, aber feine Idee, wie sie fand. Heute würde die Hälfte der Heilfastenzeit erreicht – das schrie ja fast schon nach einer Belohnung für Arthur, der sich so tapfer hielt. Sie warf sich ihren Morgenmantel über und verließ ihr Zimmer. Kurz darauf kehrte sie mit zwei großen Bechern Kaffee zurück, die sie am Automaten im Frühstücksraum besorgt hatte.

Es war kein Milchkaffee, wie Arthur ihn morgens am liebsten trank. Aber schwarz war immer noch besser als gar keiner. Und diese eine kleine Sünde würde das Heilfastenprogramm ja wohl nicht nachhaltig kaputtmachen.

Als Eva die Verbindungstür zu Arthurs Zimmer öffnete, sah sie ihn friedlich in tiefem Schlaf. Auf Zehenspitzen näherte sie sich seinem Bett und hielt ihm eine Kaffeetasse vors Gesicht. Ein leichtes Zucken der Nasenflügel war Arthurs erste Reaktion. Jetzt wackelte er mit seinem Riechorgan kräftig hin und her und dann öffnete er die Augen. Er schloss sie wieder und sog noch einmal den überraschenden Duft tief ein. „So und nicht anders stelle ich mir das Paradies vor", sagte er dann, öffnete die Augen und rutschte in seinem Bett in Sitzposition. Dann griff er zur Tasse und nahm einen großen Schluck.

„Das hast du dir verdient, du tapferer Kerl." Eva lächelte ihn an und trank ebenfalls aus ihrer Tasse. „Aber damit erst gar keine Missverständnisse entstehen: Das bleibt eine Ausnahme, weil wir heute eine Art Bergfest beim Heilfasten feiern. Die Hälfte hast du ja fast schon überstanden."

Arthur nahm noch einen großen Schluck und dann noch einen kleineren. Er strahlte seine Frau an und grinste dann. „Du bist und bleibst die allerbeste Ehefrau der Welt. Wenn irgendjemand behauptet, du seist nachahmlich, dann lügt er."

„Ich soll was sein?" Eva war so früh am Morgen noch nicht auf Arthurs bisweilen schrägen Humor eingestellt.

„Du bist ‚un'-nachahmlich." Arthur betonte die erste Silbe besonders stark.

Eva lachte. „Oje. Droht mir jetzt für die nächste Zeit, dass mein Arthur dauernd neue Wörter erfindet? So eine Art ‚*Antoinette-Sprech*'? Ich hätte mir ja eigentlich denken können, dass dich das zu Albernheiten inspiriert."

Arthurs Grinsen wurde noch breiter. „Du darfst ruhig mit mir schimpfen, solange das nicht dazu führt, dass wir irgendwann einmal zertrennlich werden." Und dann setzte er nach einer kurzen Gedankenpause noch einen drauf. „Denk immer dran, was du an mir hast. Ich bin ein sehr steter Mensch – und diese Treue und Berechenbarkeit solltest du zu schätzen wissen."

Eva lachte herzhaft und stellte ihre Kaffeetasse auf Arthurs Nachtisch. Dann nahm sie ihm auch seine aus der Hand und platzierte sie daneben. „Oh, mein Gott. Wie kann ich diese Unnerei nur abstellen? Das muss ein Ende haben, auf die Dauer halte ich das nicht aus. Ich sehe nur eine Lösung für mein Problem." Sie warf ihren Morgenmantel und ihr Nachthemd von sich und kuschelte sich zu Arthur unter die Decke.

Rund eine halbe Stunde später standen beide in ihren jeweiligen Badezimmern unter der Dusche. Und es war noch nicht halb acht, als sie sich aufmachten in Richtung Frühstücksraum. Volker Robesch hatte angekündigt, dass er schon früh am Morgen ein paar Tipps geben wollte, wie man das Heilfasten nach der Kurwoche auch im Alltag in Eigenregie umsetzen könnte. Und sogar Arthur hatte dem Gedanken etwas abgewinnen können, künftig Fastentage einzulegen. „Ich rede von einem Tag – nicht von einer Woche", hatte er dann aber schnell betont, als Eva sehr positiv auf seine Äußerungen reagierte. Und er hatte natürlich auch sofort eine neue Wortschöpfung parat. „Ich stelle mir so eine Art Intervall-Schlemmen vor."

Im Foyer begegnete das Ehepaar dem Hoteldirektor. Rainer Göbel war sehr in Eile und blieb nur kurz bei ihnen stehen. „Sie beide sehen blendend aus, unser Fastenprogramm bekommt

Ihnen ganz offenkundig prima." Er lächelte und strebte dann Richtung Ausgang. „Verzeihen Sie bitte, aber ich habe keine Zeit. Ich muss meinen Zug nach Stuttgart bekommen. Wir sehen uns aber noch. Übermorgen bin ich zurück."

„Gute Reise", rief Arthur ihm hinterher. Ohne sich umzudrehen hob Rainer Göbel den linken Arm und wedelte damit einen Gruß zurück. Und schon war er nach draußen verschwunden.

„Der Mann hat sicherlich ein spannendes Leben, aber für mich wäre diese Terminhatz ja nichts", sagte Arthur vor sich hin. „So viel Geld kann man gar nicht verdienen, dass sich das auf Dauer lohnt."

Eva interessierte ein anderer Aspekt mehr. „Und es scheint beziehungsfeindlich zu sein. Oder hat er zu dir was gesagt, dass er Familie hat oder mit einem Menschen zusammenlebt? Ich kann es mir fast nicht vorstellen, bei x Hotels in ganz Deutschland, die ihm gehören."

„Nein, hat er nicht. Ich glaube, die Hotelkette ist sein ganzer Lebensinhalt. Für ihn ist das wohl nicht gemein interessant, aber für mich wäre es wie gesagt gar nichts."

Eva war verdutzt. „Wieso nicht gemein?"

„Na, ungemein halt." Arthur hatte sichtlich Spaß an seinem Gag.

Eva verdrehte die Augen. „Oh, nein. Das wird ja zu einem richtigen Spleen bei dir. Aber ich gebe die Hoffnung nicht auf, dass sich das irgendwann rauswächst." Einen Moment lang blickte Eva gedankenverloren ins Leere. „Wie früher die Unarten unserer Kinder. Erinnerst du dich noch daran, wie Lotti mal den Tick hatte, bei den Mahlzeiten auf ihrem Stuhl zu stehen und wir sie immer ermahnen mussten, sich hinzusetzen? Das ging ein paar Wochen so – und dann war der Spuk plötzlich vorbei."

Arthur versank ebenfalls kurz in die Erinnerung an ihre frühen Jahre als Eltern. Dann schüttelte er leicht den Kopf, als er antwortete. „Das kann ich dir nicht versprechen. Woher soll ich wissen, ob diese Phase bei mir aufhaltsam ist?"

Eva hakte sich bei Arthur unter. „Du Kindskopf", sagte sie. Dann zog sie ihn Richtung Frühstücksraum. Am Tisch saßen der Ernährungsberater und die beiden Ehepaare. Dass Gerd Golombeck und Martina Jäger verheiratet waren, hatte Eva Bernstein am Vorabend daraus geschlossen, dass Martina Jäger einmal die Formulierung „Mein Mann" benutzt hatte. Ob es allerdings wirklich einen Trauschein gab, da war sich Eva nicht zu hundert Prozent sicher.

Volker Robesch wartete noch fünf Minuten, ob auch Antoinette Kempfer und Lothar Frisch zu der Runde stoßen würden; dann aber begann er mit seinem kurzen Vortrag, den er durch ein einseitiges Papier unterstützte, das er an alle verteilte. „Hier habe ich mal aufgelistet, wie man den Grundgedanken des Heilfastens in sein Leben einbauen kann. Das dient nämlich nicht nur der Gesundheit, sondern es hebt auch die Laune." Es folgten ein paar Beispiele, wie Volker Robesch den Fastengedanken in sein eigenes Leben konsequent, aber nicht verbissen eingebaut hatte. Das Ganze mündete in dem Satz: „Verzicht macht Spaß: Wenn man ihn in Maßen übt."

Arthur trank von seiner Gemüsebrühe, die er mit Pfeffer und Chili-Flocken angereichert hatte. Er prostete dem Ernährungsberater zu und sagte fröhlich: „Das ‚in Maßen' hat mich überzeugt. Ich bin dabei."

Gerd Golombeck schien mit seinen Gedanken ganz woanders zu sein. Kurz bevor die Runde sich auflöste, befahl er seiner Frau: „Fahr gleich mal schnell in unser Haus und hol mir aus meiner Schreibtischschublade die schwarze Ledermappe. Hier hast du den Schlüssel für die Schublade. Und auf dem Rückweg kaufst du mir noch meine Zigarren, du weißt, die für achtzehn Euro das Stück." Kein „Bitte", kein „Wärst du so lieb?" oder Ähnliches. Dann blickte er Volker Robesch feindselig an. Sein Ton wurde keinen Deut höflicher: „Rauchen darf ich ja wohl bei dieser schwachsinnigen Fasterei – oder wollen Sie mir das auch verbieten?"

Die Morgenwanderung war erst für zehn Uhr angesetzt. Eva und Arthur gingen kurz auf ihre Zimmer und machten sich dann gemeinsam auf in den Wellness-Bereich, weil sie jeweils eine Massage gebucht hatten. Auf dem Weg dorthin sprach Eva an, was sie schon seit geraumer Zeit bewegte.

„Hast du dir eigentlich mal Gedanken darüber gemacht, warum jemand, der ein eigenes Haus auf der Insel besitzt, sich eine Woche lang im Hotel einquartiert?" Ohne Arthurs Antwort abzuwarten, fuhr sie fort: „Für mich ist völlig klar, dass dieser widerliche Typ etwas ganz Gemeines im Schilde führt. Dass er von langer Hand etwas geplant hat, womit er irgendeinen Menschen furchtbar quälen oder sogar zerstören kann. Glaub mir: Der hat einfach nur Spaß daran. Wie ein Jäger ohne die nötige ethische Basis, dem es nicht darum geht, ein Tier zu erlegen, sondern der sich an dessen Todesqualen weiden will."

Arthur war ein wenig überrascht von der Kälte in der Stimme seiner Frau, die er so gar nicht an ihr kannte. „Das ist natürlich sehr merkwürdig, das mit dem eigenen Haus und dem Wohnen im Hotel. Und was den Charakter von Golombeck angeht, da stimme ich dir absolut zu. Diesem Kerl würde ich alles zutrauen. Wirklich alles."

Die höchst angenehme dreiviertelstündige Massage brachte beide auf andere Gedanken. Und so fielen sie aus allen Wolken, als Volker Robesch gegen zehn vor zehn in Evas Zimmer anrief. „Unsere Wanderung fällt heute Morgen aus. Es ist etwas Schreckliches passiert. Gerd Golombeck ist tot. Er ist allem Anschein nach ermordet worden."

Eva Bernstein brauchte einen Moment, um diesen Schock zu verdauen. „Was sagst du da? Das ist doch, das ist doch ..." Es lag ihr auf der Zunge zu sagen, dass das nicht möglich sei. Aber dann schoss ihr in den Kopf, dass dies ja eine logische Folge davon schien, was sie erst vor gut einer Stunde zu Arthur gesagt hatte. Gerd Golombeck hatte sich ein Opfer gesucht – und war dann selbst zu einem geworden. Er hatte jemanden in eine absolut verzweifelte Lage getrieben. Eine Situation, aus der dieser Jemand keinen anderen Ausweg gefunden hatte, als Golombeck zu töten.

Arthur schaute seine Frau fragend an. Sie reichte ihm das Telefon und Robesch schilderte auch Arthur kurz, was passiert war. Der pensionierte Richter, der in seinen langen Berufsjahren mit so vielen Gewalttaten konfrontiert worden war, gewann allerdings schnell seine Souveränität zurück. Er stellte ganz gezielte Fragen. Die Antworten von Volker Robesch wiederholte er jeweils laut.

„Aha, Martina Jäger hat ihn gefunden." – Pause.

„In der Badewanne, mit einem Seil um den Hals." – Pause.

„Die Hoteldirektion und die Polizei sind informiert? Ah ja, gut." – Pause.

„Du musst dafür sorgen, dass keiner aus unserer Gruppe heute das Hotel verlässt, hast du mich verstanden?" – Pause.

„Warum das wichtig ist? Dann erinnere dich bitte mal an gestern Abend, an Golombecks wüste Drohungen gegen so gut wie jeden an unserem Tisch. Die Kripo wird uns alle intensiv befragen wollen, vor allem wird sie wissen wollen, wer heute Morgen wann wo war." – Pause.

„Ja, das ist eine gute Idee. Also dann um halb elf an unserem Tisch. Bis später."

Arthur klärte seine Frau auf. „Wir haben vereinbart, dass Volker alle informiert, mit Antoinette und diesem Herrn Frisch hat er nämlich noch nicht gesprochen. Und dass wir uns dann um halb elf im Frühstücksraum treffen. Da wird um diese Zeit sonst ja keiner sein."

Eva nickte kurz. Dann formulierte sie mit Bedacht, was sie jetzt beschäftigte. „Mit einem Seil um den Hals in der Badewanne. Also offenkundig erdrosselt. Aber warum in der Badewanne? Wurde er nach seinem Tod hineingelegt? Und wenn ja: warum? Und wenn er schon in der Badewanne lag, wie kam der Täter dann rein? Dann muss er ja wohl eine passende Codekarte gehabt haben. Seine Frau hat ihn gefunden, sagst du. Wenn sie es war, dann wäre das natürlich möglich, weil sie ja problemlos ins Zimmer reinkonnte. Aber wenn sie es nicht war, dann ist das ganz schön mysteriös – findest du nicht auch?"

Arthur Bernstein runzelte leicht die Stirn und dann hellten sich seine Gesichtszüge ein wenig auf. „So kenne ich sie, meine Miss Marple. Sie ist wieder ganz in ihrem Element."

Kapitel 17

Karl Dernauer hatte es geschafft. Der Mord war begangen. Und es war noch nicht einmal sechs Uhr. Die Zeit reichte also noch für eine Pfeife, ehe er sich an den Herd stellte.

Ihm ging Hubs neuer Fall durch den Kopf. Sein Freund selbst betonte bei jeder sich bietenden Gelegenheit, dass Zeugenaussagen aus Juristensicht die unsichersten Beweise waren. Der erfahrene Oberstaatsanwalt hatte zu häufig in seiner Karriere erlebt, dass man sich auf Menschen, die angeblich irgendetwas genau gesehen hatten oder die sich an irgendetwas angeblich genau erinnerten oder die einen Täter vermeintlich exakt beschrieben, später einräumen mussten, dass es auch ein wenig anders gewesen sein könnte. Oder dass ein Verdächtiger dem Täter nur sehr ähnlich sah. Manche waren sich wirklich anfangs absolut sicher gewesen, andere hatten sich wichtig machen wollen. Und dann gab es bisweilen auch welche, die nur von sich selbst ablenken wollten.

Letzteres schied nach Karls Überlegungen im konkreten Fall ja wohl aus. Aber falsche Beobachtung oder Wichtigtuerei waren natürlich nicht auszuschließen. Dennoch irritierte ihn, dass die Personenbeschreibung so exakt zu einem Menschen aus dem direkten Umfeld des Opfers passte.

Er schob diese Überlegungen zur Seite, da er sich auf das Menü konzentrieren musste, das er für den Abend geplant hatte. Die Austern vorneweg waren ein Selbstläufer, da gab es fast nichts zu tun. Aber das Kalbsfilet mit der Walnuss-Kräuterkruste und der Rotwein-Zwiebelsauce erforderte seine ungeteilte Aufmerksamkeit, denn hier musste alles auf den Punkt stimmen, wenn es ein Leckerbissen werden sollte. Die Rosmarin-Kartoffeln dazu fand er zwar ein wenig einfallslos, aber sie passten und bargen kein Risiko, genauso wie der Rapunzel-Radieschen-Avocado-Salat mit fruchtig-scharf-saurem Dressing.

Zu allererst musste er sich jedoch um den Nachtisch kümmern, denn das Birnen-Orangen-Ingwer-Eis brauchte eben seine Zeit in der Maschine. Er war gespannt, wie diese Kreation, die ihm spontan eingefallen war, gelingen würde – und wie sie bei Hub und Günther ankam. Am wichtigsten war dabei sicherlich, dass er den Ingwer optimal dosierte. Und da ihm alle Erfahrungswerte fehlten, musste er sich hierbei halt auf sein Gefühl verlassen.

Hub war auf die Minute pünktlich – aber er kam allein. Karl Dernauer konnte seine Enttäuschung nicht verbergen „Wo ist Günther?", fragte er, ohne auf Hubs „Hallöchen" – da fand Karl die regionalen bzw. internationalen Grußformeln doch deutlich angenehmer – einzugehen.

„Er wurde noch in Frankfurt aufgehalten, bei ihm wird's rund eine halbe Stunde später. Wir sollen aber schon ohne ihn anfangen." Hub hatte eindeutig großen Hunger.

„Das werden wir nicht, wir bleiben beim Aperitif, bis Günther da ist. Aber du kriegst was zum Knabbern dazu, wenn du es gar nicht aushältst. Kümmere du dich ums Getränk, ich zaubere dir schnell was."

„An was hast du denn gedacht als Aperitif?" Hub war leicht verunsichert.

„Da sind deiner Fantasie keine Grenzen gesetzt. Gib mir fünf Minuten, dann hast du was zwischen den Zähnen. Und dann erzählst du mir, was es Neues gibt." In Windeseile mixte Karl einen kräftigen Tunfisch-Dip mit Kapern und stellte diesen mit einem Schälchen Krabben-Chips auf den Terrassentisch.

Hub kam mit zwei Gläsern Pastis und einer Karaffe Eiswasser dazu. Damit hatte Karl nicht gerechnet. Das würde ja eine gewagte Aromen-Kombination vorneweg.

Aber Hub schmeckte es. Er nahm einen Schluck und wechselte dann auf zwei Chips mit reichlich Dip, dann noch ein Schluck und noch zwei Chips. Er füllte sich ein wenig Eiswasser nach und war dann endlich bereit, Karl auf den aktuellen Stand zu bringen.

„Das war vielleicht ein Schock heute Morgen, als sich herausstellte, dass mein sicherer Täter es nicht gewesen sein konnte. Das einzig Gute war, dass ich Thea noch keine Hoffnungen auf eine Fortsetzung unseres Urlaubs gemacht hatte. Sie war nämlich gar nicht erbaut von meiner plötzlichen Abreise. Und noch mal rein und raus aus den Kartoffeln hätte ihr bestimmt überhaupt nicht gefallen."

Hub brauchte noch einen Chip. Diesmal war die Dip-Portion besonders üppig. Anschließend fuhr er fort. „Wir haben uns dann beraten und das weitere Vorgehen mit den Kollegen vor Ort abgestimmt. Ich bin zurückgefahren, aber Günther ist dageblieben und hat weitere Vernehmungen durchgeführt. Da wir schon mal den guten Kontakt zum Konsulat hatten, hat er sich zunächst mal das berufliche Umfeld der Toten vorgenommen. Das muss man ausnutzen, wenn sich die Amerikaner mal so kooperationsbereit zeigen. Da können auch ganz schnell wieder die Schleusen dichtgemacht werden. Was dabei genau herausgekommen ist, weiß ich auch noch nicht. Günther war wohl sehr beschäftigt, er hat mich nur informiert, dass es bei ihm später wird. Und dass er morgen Nachmittag wieder nach Frankfurt fährt."

Karl knüpfte an die Gedanken an, die er beim Kochen zurückgestellt hatte. „Du hast mir ja oft genug gesagt, dass Zeugen für den Juristen das unsicherste Beweismittel sind. Das leuchtet mir ein. Aber es ist schon sehr bemerkenswert, dass die eine Zeugin einen Menschen so exakt beschreibt, den es wirklich im engen Umfeld des Opfers gibt. Findest du nicht?"

„Doch, natürlich. Darum war ich mir ja auch so sicher, dass wir den Täter haben. Aber es war wohl eine Sackgasse." Hub wollte anscheinend keine weitere Energie dareinstecken, sich weiter mit diesem ungewöhnlichen Zufall zu befassen. Aber Karl ließ noch nicht locker.

„Wenn wir mal davon ausgehen, dass deine Zeugin nicht über telepathische Fähigkeiten verfügt, dann muss es zwischen ihr und Täter bzw. Opfer irgendeine Verbindung geben. Denn mit der Doppelgänger-Variante kann ich mich gar nicht anfreunden. Wie genau hat sich der tödliche Anschlag denn abgespielt?"

„Über die Örtlichkeit bist du ja wohl aus der Zeitung informiert, das stand ja heute Morgen drin nach meiner Pressemitteilung."

Karl hakte ein. „Das stand schon in der Meldung, als es noch um einen Unfall mit Fahrerflucht ging. Ich habe noch gedacht, dass mir das auch hätte passieren können, denn in dem Straßencafé war ich schon oft genug und ein paar Meter weiter hat der Mörder ja wohl gezielt die Frau – Susan, äh, wie hieß sie doch gleich? – überfahren. Das hat mir einen kleinen Schauer über den Rücken laufen lassen."

„Dickens. Susan Dickens. Da waren ziemlich viele Menschen bei dem schönen Wetter, aber wirklich gesehen haben den Mörder nur die drei Zeugen, deren Aussagen wir haben. Alle anderen haben zwar mitgekriegt, dass eine Frau überfahren wurde, aber der Kleinlaster ist wohl so überraschend angebraust und dann weggerast, dass wir nur ein paar wirklich brauchbare Aussagen haben. Du hast ja meine Skepsis gegenüber Augenzeugen schon angesprochen. Zwei wollten schwören, dass es ein schwarzer Wagen war, zwei andere glaubten, am Steuer habe eine Frau gesessen. Der Laster, den wir später ausgebrannt gefunden haben, war blau. Und eine Frau war es definitiv nicht. So viel zu diesem Thema. Was gesichert scheint: Der Fahrer hat unweit des Tatorts am Straßenrand geparkt und gewartet, dass Susan Dickens aufsteht und sich zur Straße hinbewegt, um sie voll erwischen zu können."

Karl leerte sein Pastis-Glas und versank kurz ins Grübeln. Ein ganz schön großes Risiko war der Mörder da offenkundig bewusst eingegangen. Sich längere Zeit an dieser belebten Stelle aufzuhalten und dann auch noch die Tat vor so vielen Augenzeugen zu begehen – das zeugte von enormer Dreistigkeit oder davon, dass es ihm im Prinzip egal war, ob er überführt werden könnte. Ganz schön mysteriös war das. Aber er konnte sich keinen Reim darauf machen. Mal sehen, was Günther Neues an

Fakten mitbrachte. Vielleicht war ja alles schon überholt, was ihm jetzt durch den Kopf ging.

Wie aufs Stichwort knarrte sein Gartentörchen. Ich muss es unbedingt mal ölen, dachte Karl Dernauer. Dann sah er einen abgespannt wirkenden Hauptkommissar auf die Terrasse zusteuern. Es war bestimmt ein anstrengender Tag für Günther Keller gewesen. Jetzt galt es, ihn zunächst mal auf andere Gedanken zu bringen.

Karl nahm dem Kripobeamten die kleine Kühlbox aus der Hand, die dieser bei sich trug. Der Weinkenner Günther hatte den Auftrag, zu den Austern einen besonders guten passenden Tropfen mitzubringen, trotz Stress offenbar als Verpflichtung verstanden. Zwei gut gekühlte Flaschen befanden sich in der Tragekiste, der Wein konnte sofort zu den Austern serviert werden.

Günther Keller ließ sich auf einen Stuhl fallen. „Puh, war das ein Tag. Karl, deine Kochkünste sind jetzt das einzig Wahre, um mich davon ein wenig zu erholen."

Karl Dernauer lächelte ihn an. „*I'll do my very best*", zitierte er mal wieder den Butler James aus *Dinner for one*. Während Hub sich um den Wein kümmerte, stellte er drei schlichte weiße Teller und einen Korb mit Baguette-Scheiben auf den Tisch. Danach brachte er eine große Platte mit einem Dutzend Austern und konterte sofort Hubs leicht sorgenvollen Blick: „Du musst dich nicht mit vier Stück begnügen, es sind noch ein paar in Reserve da."

Hub atmete auf. Karl hatte wieder einmal seine Gedanken erraten.

Der leichte französische Weißwein, den Günther ausgewählt hatte, passte wirklich perfekt zu den Austern. Karl gönnte seinem Freund, den er als Weinkenner wie als Kripobeamten sehr schätzte, die nötige Ruhephase. Günther war Kriminalist genug, um von sich aus auf das Thema zu kommen, das Karl so neugierig machte. Und schon nach zwei Austern – Hub hatte in dieser Zeit vier vertilgt – war es so weit.

„Wir haben wirklich viel geschafft gekriegt heute Nachmittag, gleich mehrere Vernehmungen durchgeführt. Es gibt da auch einige interessante Aspekte. Aber eines muss ich euch leider schon gleich sagen: Der ganz klare Verdächtige zeichnet sich noch nicht ab."

„Ich bin sehr gespannt", sagte Karl Dernauer. „Aber ehe du weitersprichst, muss ich noch mal kurz in die Küche. Sonst kann Hub deinem Bericht nicht mit der nötigen Konzentration folgen." Günther und er selbst hatten zwar jeder nur drei Austern geschlürft, aber die Platte war trotzdem leer. Und der Brotkorb auch. Karl brachte noch einmal dieselbe Menge der Vorspeise wie zuvor nach draußen. Hub strahlte. Und Günther Keller setzte seinen Rapport nach einem kurzen Schmunzeln fort.

„Wir haben natürlich zunächst einmal die seltene Chance genutzt und mehrere Kollegen von Susan Dickens im Konsulat vernommen. Da hat sich zunächst gar nichts abgezeichnet, entweder keinerlei Motiv oder aber es gab bombenfeste Alibis. Ein Kollege des Opfers scheint aber nicht uninteressant zu sein. Stephan Zwick heißt er – ein direkter Konkurrent, der Susan Dickens wohl ihre Karriere geneidet hat, die sie nach seiner Ansicht auf seine Kosten gemacht hat. So haben sich jedenfalls mehrere Kollegen geäußert. Er war ziemlich nervös. Und er hat kein Alibi."

Karl stellte sofort die Frage, die sich aufdrängte, während Hub immer noch den Austern mehr Aufmerksamkeit schenkte.

„Und wie sieht er aus? Hat er eine gewisse Ähnlichkeit mit dem Phantombild?"

Günther schüttelte den Kopf. „Leider gar nicht. Da passt so gut wie nix. Wenn er was mit dem Anschlag zu tun hat, dann muss er einen Komplizen haben. Aber er hätte zumindest schon mal ein Motiv."

„Was haben wir noch?" Hub war offenbar mit dem Thema Austern durch. Kein Wunder: Die Platte war leer.

„Wir haben auch den Freund des Opfers vernommen. Christian Herzog heißt er. Der hat eine Marotte, die einen wirklich ein bisschen aus der Fassung bringen kann. Permanent zwirbelt er an seinen Haaren über der Stirn rum, da starrt man unweigerlich dauernd hin. Das kann natürlich auch ein Ausdruck von Unsicherheit sein. Sein Alibi überprüfen wir gerade. Er hat uns mehrere Stellen genannt, wo er zur Tatzeit war – und wo ihn angeblich Leute gesehen haben müssen. Aber gesprochen hat er mit keinem. Wobei zurzeit ein mögliches Motiv noch nicht in Sicht ist: Alle Kollegen sprechen davon, dass Susan Dickens mit ihm wohl sehr glücklich war. Es war sogar schon die Hochzeit geplant – das hat uns auch Herzog selbst bestätigt. Mein Eindruck: Er ist entweder ein grandioser Schauspieler oder er ist vom Tod seiner Lebensgefährtin wirklich total geschockt."

Karl Dernauer zündete sich eine Zigarette an. „Ich weiß ja nicht, wie es dir geht, Günther. Aber ich habe Hub schon vorhin gesagt, dass ich mir überhaupt keinen Reim darauf machen kann, wie eine Zeugin einen Menschen so exakt beschreiben kann, dass das Phantombild wirklich eins zu eins auf jemanden passt, den sie nicht kennt und den es aber im direkten Umfeld des Opfers wirklich gibt. Ich bin mit diesem John Harper, den ihr bis heute Morgen verdächtigt habt, noch nicht durch. Hub sieht das aber wohl ein bisschen anders."

Der Oberstaatsanwalt machte keine Anstalten, sich dazu zu äußern. Günther Keller gab Karl jedoch recht. „Mich irritiert das auch sehr. Doch ich behalte das zunächst mal während unserer Ermittlungsarbeit nur im Hinterkopf. Für morgen Nachmittag habe ich nämlich noch ein paar weitere Vernehmungen geplant. Auf eine davon hat uns Christian Herzog gebracht."

„Und die wäre?" Jetzt war Hub wieder ganz bei der Sache.

„Die Ex-Freundin von Herzog kam wohl überhaupt nicht über die Trennung hinweg, für die Susan Dickens der Anlass war. Sie ist extrem eifersüchtig und hat schon mehrfach versucht, Herzog und Dickens durch Verleumdungen auseinanderzubringen. Aber Herzog sagt selbst, dass er ihr einen Mord auf keinen Fall zutraut. Und sie müsste ja nun wirklich einen Komplizen haben, weil der Fahrer war ein Mann. Das ist das Einzige, woran wir im Moment keinen Zweifel zu haben brauchen."

Für den Rest des Abends spielte der aktuelle Fall so gut wie keine Rolle mehr. Zu den Ungereimtheiten war alles gesagt, und auch ohne Mord ging den drei Freunden der Gesprächsstoff nicht aus. Hub erzählte von seiner Normandie-Tour, und das löste bei jedem Urlaubserinnerungen aus. So gewannen Karl Dernauer, Doktor Hubertus von Steenberg und Günther Keller den nötigen Abstand vom Thema. Das Kalbsfilet, das ungewöhnliche Eis zum Nachtisch und zwei weitere Flaschen Wein taten das Übrige.

Schon zwei Stunden vor Mitternacht verabschiedeten sich Hub und Günther. Trotz des Wochenendes gab es am nächsten Tag viel zu tun, denn Hub hatte sich entschlossen, mit nach Frankfurt zu fahren.

Karl hatte bei dem neuen Fall absolut Feuer gefangen. „Ruft einer von euch beiden mich morgen an, wenn ihr eure Vernehmungen in Frankfurt abgeschlossen habt? Ich bin am Nachmittag bis gegen sechs zu erreichen. Und ich wüsste nur zu gern, ob das Gespräch mit der Ex-Freundin uns weiterbringt." Die Formulierung „uns" überraschte weder Hub noch Günther. Im Gegenteil: Es hätte beide sehr gewundert, wenn der leidenschaftliche Hobbykriminalist Karl Dernauer auf einen solch komplizierten Fall nicht angesprungen wäre.

Hub verengte seine Augen zu Schlitzen und er schlug einen verschwörerischen Ton an. „Aber gerne doch. Was hast du denn am Abend vor? Ich hatte gedacht, wir könnten eventuell noch ein Gläschen miteinander trinken …"

Karl Dernauer ließ sich nicht aus der Reserve locken. Er wollte es Gabriella überlassen, wann sie seinen besten Freund kennenlernen wollte. Und Hub kannte er gut genug. Wenn dieser sich sicher war, dass es eine neue Frau in Karls Leben gab, dann würde er zur Nervensäge und nicht locker lassen, bis Karl ihm seine neue Liebe vorgestellt hatte. „Das klappt leider nicht. Jetzt macht euch endlich heim – ihr habt morgen Wichtiges zu tun. Und ich übrigens auch."

Hub schmunzelte vor sich hin, als er gemeinsam mit Günther durch das Gartentörchen das gemütliche Anwesen seines Freundes verlassen hatte. „Karl hat endlich wieder eine Frau gefunden", murmelte er vor sich hin, nachdem er sich von dem befreundeten Kriminalbeamten verabschiedet hatte. „Dieser alte Geheimniskrämer. Aber mich kann er nicht täuschen."

Karl war sehr froh, früher als gedacht ins Bett zu kommen. Er wollte am nächsten Tag mit seinem Roman vorankommen. Und er freute sich sehr darauf, Gabriella wiederzusehen.

Kapitel 18

Arthur Bernstein nippte an seiner scharf nachgewürzten Gemüsebrühe. Am Tisch der Fastengruppe im Frühstücksraum saß er wie immer neben Eva. Auch Antoinette Kempfer, Lothar Frisch und das Ehepaar Brandstetter waren der Aufforderung von Volker Robesch gefolgt, sich gegen halb elf zu treffen. Nur Martina Jäger fehlte in der Runde.

Zunächst herrschte betroffenes Schweigen. Eva Bernstein ergriff schließlich die Initiative.

„Wie mag es Frau Jäger jetzt gehen? Sie wird doch hoffentlich in irgendeiner Form psychologisch betreut …"

Loni Brandstetter fühlte sich angesprochen, denn schließlich hatte sie als langjährige Freundin die engste Beziehung zu Martina Jäger. „Ich war bis vor fünf Minuten bei ihr. Dann kam eine Psychologin, die von der Hoteldirektion geschickt wurde. Bei der ist Martina sicherlich in guten Händen."

Eva Bernstein hakte nach. „Das muss ja ein furchtbarer Schock für sie gewesen sein, ihren ermordeten Mann aufzufinden. Sie waren doch verheiratet – oder?"

„Ja, das waren sie." Loni Brandstetter zeigte sich erstaunlich gefasst. „Sie haben nur beide ihre Namen behalten. Und ja, es war ein unglaublicher Schock für Martina. Sie hat mich sofort angerufen, und als ich zu ihr in die Suite kam, schien sie mir wie in Trance. Ich habe dann Herrn Robesch informiert und der die Leitung des Hotels."

„So ist es. An der Rezeption herrschte natürlich große Aufregung. Für das Hotel ist es eine höchst unangenehme Situation.

Außerdem gibt es natürlich keinerlei Erfahrungswerte, wie man mit einem Mord umgehen muss. Diebstähle, die kommen immer mal wieder vor. Das regelt man dann möglichst diskret, mal mit, mal ohne Polizei. Aber Mord …"

Arthur Bernstein hatte aufmerksam zugehört. „Aber die Polizei ist doch eingeschaltet worden – oder habe ich dich da vorhin am Telefon missverstanden? Sonst müssen wir das jetzt unverzüglich nachholen."

Volker Robesch konnte ihn beruhigen. „Es gab natürlich eine große Verhaltensunsicherheit. Die stellvertretende Geschäftsführerin des Hotels wollte zuerst mit Herrn Göbel sprechen, ehe sie etwas unternehmen wollte. Der ist nämlich beruflich unterwegs, nach Stuttgart, wie sie sagte. Sie hat ihn aber nicht erreicht. Ich habe dann das Heft in die Hand genommen und gesagt, wir müssten sofort die Polizei informieren. Das hat sie dann auch getan."

„Der Gigi ist tot. Ich kann es gar nicht glauben." Sepp Brandstetter, dieser Kerl wie ein Baum, hatte bis jetzt fast apathisch neben seiner Frau gesessen. Die Ermordung des Mannes, den er so sehr bewundert hatte, schien ein schwerer Schlag für ihn zu sein.

Lothar Frisch trug wie immer von sich aus nichts zum Gespräch bei. Antoinette Kempfer legte ihre Stirn in Falten und sagte eher zu sich selbst: „Für mich ist das nicht fassbar. Wirklich gar nicht fassbar. Er war kein liebenswerter Mensch, aber ihm deshalb das Leben zu nehmen. Das fasse ich nicht."

Eva empfand es als höchst unpassend, dass Arthur in diesem Moment ein ganz kurzes Lächeln über das Gesicht huschte. Obwohl auch sie selbst ein wenig belustigt war, dass die Französin in dieser von Tragik und Trauer geprägten Situation wieder einmal ein Un-Wort eigenwillig umschrieben hatte. Energisch ergriff sie das Wort.

„Eines ist klar. Die Polizei wird sich ausführlich mit jedem von uns unterhalten wollen. Deshalb versteht es sich ja wohl von selbst, dass bis zum Eintreffen der Kripo keiner das Hotel verlässt. Höchstens mal zum Luft schnappen, aber dann sollte man vorher jemand anderem sagen, wohin man geht und wie man schnell zu erreichen ist."

Es gab keinerlei Widerspruch aus der Runde, die sich nach dieser kurzen Aussprache schnell auflöste. Das Ehepaar Bernstein ging gemeinsam mit Volker Robesch hinunter zum Strand, um sich vom frischen Seewind den Kopf ein wenig freipusten zu lassen – natürlich nicht, ohne zuvor an der Rezeption zu hinterlassen, wo man denn zu finden sei, und wann man zurück sein wolle.

Als der Ernährungsberater und das Ehepaar gerade das Hotel verlassen wollten, kam die stellvertretende Geschäftsführerin aus ihrem Zimmer. Sie sprach Volker Robesch an. „Ich habe gerade endlich mit Herrn Göbel sprechen können. Der sitzt im Zug und ist noch vor Hamburg. Er hat zurückgerufen, als er gesehen hat, dass ich ihn erreichen wollte. Er bricht seine Reise natürlich ab und nimmt den nächstmöglichen Zug zurück hierhin. Ich bin heilfroh, dass ich dann die Verantwortung abgeben kann."

Kapitel 19

Karl Dernauer war bester Laune. Er hatte schon früh am Morgen am Schreibtisch gesessen und das nächste Kapitel seines Romans war ihm sehr leicht von der Hand gegangen. Es hatte sich fast von selbst geschrieben.

Jetzt hatte er die nötige Muße für ein ausgiebiges Frühstück mit entsprechend intensiver Zeitungslektüre. Zu Hubs aktuellem Mordfall las er, wie es zu erwarten war, nichts, was er nicht schon wusste. Danach rief er Gabriella an. Sie war sofort am Telefon.

„Schön, dich zu hören", sagte Karl. „Und noch schöner ist, dass wir uns heute sehen. Es bleibt doch dabei?" Die Frage hatte einen ängstlichen Unterton, der Gabriella nicht entgangen war.

„Aber natürlich. Ich freue mich mindestens so sehr auf dich wie du dich auf mich."

Karl stellte erleichtert fest, dass Gabriella offenkundig emotional gefestigt wirkte. Und auch ihre Abgespanntheit war wohl überwunden, denn sie schien bestens gelaunt. Sie plauderten eher unverbindlich, aber herzlich miteinander.

Schließlich sorgte Gabriella für einen Schnitt in der Unterhaltung. „Jetzt halte mich bitte nicht länger auf. Meine Wohnung sieht ganz schlimm aus, ich muss heute mal richtig saubermachen. Und heute Abend will ich mich dann ganz und gar meinem Mann widmen können. Ich küsse dich." Und wieder einmal hatte sie aufgelegt, ohne eine Antwort abzuwarten.

Karl war sehr aufgewühlt nach dem Gespräch. „Mein Mann" hatte Gabriella gesagt – und damit ihn gemeint. Nicht zum ersten Mal in ihrer Beziehung fühlte er sich wie ein verliebter Teenager.

Zur „jugendlichen" Unsicherheit passte der Gedanke, der ihm jetzt in den Kopf schoss: Was erwartete ihn am Abend?

Gabriella und er führten zwar alles andere als eine platonische Beziehung – ja, man konnte ihr Verhältnis mit vollem Recht als sehr intim bezeichnen. Aber zum Äußersten – was immer Karl sich darunter auch vorstellen mochte – war es noch nicht gekommen. Würde es heute Abend so weit sein?

Karl sehnte sich einerseits sehr nach körperlicher Nähe zu Gabriella – und die war ja auch schon intensiv vorhanden. Andererseits spürte er jetzt eine undefinierbare Nervosität. Konnte er sich sicher sein, dass sie beide auch in diesem wichtigen Punkt zueinander passten? Natürlich konnte er das nicht. Aber warum hatte er Zweifel? Das fand er plötzlich absurd. Und dann wieder doch nicht.

Seine Gedanken kreisten weiter um das Thema. Es war doch wirklich frappierend, wie sehr ihrer beider Interessen und Vorlieben, ja ihr ganzes Fühlen und Denken oft fast deckungsgleich waren. War es eher wahrscheinlich, dass das auch „im Bett" der Fall war? – Karl war sich selbst fast böse, dass ihm diese platte Formulierung dafür eingefallen war. – Oder war es eher unwahrscheinlich?

Jetzt fand er sich selbst einfach nur blöd. Das war ja nun wirklich kein Problem, dessen Lösung man mit Wahrscheinlichkeitsrechnung näher kommen konnte.

Er brauchte zunächst einmal dringend Ablenkung. Und die würde er in seiner Romanwelt finden.

Kapitel 20

Eva Bernstein war es nicht gelungen, während des Strandspaziergangs den Kopf freizubekommen. Im Gegenteil: Sie war in einer Art Denk-Schleife gefangen. Immer wieder kamen ihr die Ungereimtheiten in den Sinn, die ihr beim Mord an Gerd Golombeck aufgefallen waren. Und dabei drehte sie sich unaufhörlich im Kreis.

So ergab es sich, dass sie bald einige Meter hinter den Männern herlief, Arthur Bernstein und Volker Robesch marschierten nebeneinander. Auch sie sprachen nicht viel, aber wenn, dann bezogen sie Eva nicht ein. Sie hatten beide das Gefühl, dass sie ihren eigenen Gedanken nachhängen wollte. Und das akzeptierten sie. Arthur, weil er Eva gut genug kannte. Und Volker Robesch, weil er es einfach spürte.

Eva gelang es nicht, einen Lösungsansatz für ihr Problem zu finden. Wobei es überhaupt nur dadurch ein Problem gab, dass sie Martina Jäger als Täterin kategorisch ausschloss. Sie konnte gar nicht genau sagen, warum. Aber das passte für sie einfach nicht.

Sie versuchte, ein wenig mehr Struktur in ihre Überlegungen zu bekommen. Dies gelang ihr zumindest im Ansatz. Egal, ob Martina Jäger es war oder nicht. Wenn sie es doch war, dann würde die Kripo das schnell herausfinden. Deshalb brauchte sie sich mit dieser Lösung gar nicht weiter zu befassen.

So weit, so gut. Aber wie war der Täter oder die Täterin dann ins Zimmer gekommen? Gerd Golombeck wurde tot in der Badewanne gefunden. Er hatte ja wohl kaum selbst die Tür geöffnet? Oder gab es eine Konstellation, bei der er die Tür aufgemacht und sich danach in die Badewanne gelegt hatte?

Bei welcher Art von Besuch würde er so etwas tun? Eva fiel da einfach nichts ein. Oder war der Mörder auf einem anderen Weg ins Zimmer gekommen?

Der Tatort, also die Suite des Ehepaares Golombeck/Jäger, war ihr nicht bekannt. Wenn es ihr gelänge, einen Blick in die Räumlichkeiten zu werfen – das könnte ihr weiterhelfen. Aber was war damit? War das Zimmer abgesperrt worden? Von der Polizei nicht, weil die war ja noch gar nicht da. Aber vielleicht von der Hoteldirektion?

Eva Bernstein war mit sich selbst sehr unzufrieden. Und mit Arthur auch. Der hätte schließlich bei der offenkundigen Unsicherheit der Hotelleitung mit all seiner beruflichen Erfahrung dafür sorgen müssen, dass das Zimmer verschlossen würde. Und was war mit Martina Jäger? Wurde sie eventuell sogar in der eigenen Suite psychologisch betreut? Dann könnte sie ja eventuelle Spuren noch verwischen.

Nein, das war bestimmt nicht der Fall. Wenn die psychologische Betreuung ihr Handwerk auch nur in Ansätzen verstand, dann würde sie Martina Jäger aus diesem grausamen Umfeld herausgeholt haben.

Und Martina Jäger war es nicht. Da verließ sich Eva ganz auf ihre Intuition.

Ob es irgendeine Möglichkeit gab, den Tatort noch kurz zu besichtigen, ehe die Polizei ihn versiegelte? Das erschien Eva Bernstein plötzlich enorm wichtig. Sie beschleunigte ihren Schritt und schloss zu den beiden Männern auf. Völlig unvermittelt bezog sie ihren Mann und den neu gewonnenen Freund in ihre Überlegungen ein. Denn als Freund sah sie Volker Robesch inzwischen an – und sie hegte dementsprechend keinerlei Argwohn ihm gegenüber.

„Sieht einer von euch eine Möglichkeit, dass wir uns den Tatort noch kurz anschauen können, ehe die Polizei ihn absperrt? Für mich gibt es da ein paar offene Fragen, die sich vielleicht durch einen kurzen Blick in die Zimmer klären lassen."

Für Arthur Bernstein war das Ansinnen seiner Frau keine Überraschung. Dafür kannte er seine „Miss Marple" ja gut genug. Aber der Ernährungsberater wirkte doch sehr irritiert.

Nach ein paar Sekunden hatte er seine ihm eigene Gelassenheit jedoch wiedergefunden.

„Und was versprichst du dir davon? Ich meine, was hoffst du zu entdecken, was der Polizei eventuell entgehen würde?"

Eva Bernstein bewegte leicht den Kopf hin und her. „Das kann ich nicht genau sagen. Aber irgendetwas passt da gar nicht zusammen – und dafür gäbe es vielleicht eine Erklärung, wenn ich sehen könnte, wie es am Tatort aussieht."

Volker Robesch dachte kurz nach. Dann hellte sich sein Gesicht auf. „Ich hätte da wohl eine Idee, aber ich weiß nicht, ob es eine gute ist." Er sah Arthur an und holte dessen Meinung ein. „Du als pensionierter Richter, du bist ja wohl auch im Ruhestand noch eine Art juristischer Instanz. Machen wir uns strafbar, wenn wir in die Zimmer gehen ohne polizeiliche Erlaubnis?"

Arthur blickte kurz zu Eva hinüber und erkannte sofort, wie wichtig es seiner Frau war, diesen persönlichen Eindruck zu gewinnen, bevor die Polizei das Heft in die Hand nahm. Korrekt war ein solches Vorgehen natürlich nicht, aber so richtig viel passieren konnte ihnen eigentlich auch nicht. Sie konnten schlimmstenfalls unter Tatverdacht geraten – und mit einer solchen Situation hatten sie beide ja schon ihre Erfahrungen.

„Das wäre nicht ganz sauber, aber wohl kaum ein wirklich nachhaltiges Problem. Wenn wir zu dritt in die Suite gehen, wird kaum einer auf die Idee kommen, dass einer von uns den Tatort manipulieren wollte. Denn das hieße ja, dass wir auch den Mord zu dritt begangen hätten. Und ein solches Komplott wäre ja wohl für jeden Ermittler undenkbar."

Volker Robesch war offenkundig beruhigt. „Ich kenne ein paar Mädels aus dem Roomservice ganz gut. Die kommen ja in jedes Zimmer rein. Da ließe sich bestimmt was machen."

Eva Bernstein wurde ganz unruhig. „Dann lasst uns sofort zurück zum Hotel laufen. Die Polizei ist informiert, jetzt kommt es auf jede Minute an."

Und schon marschierte sie vorneweg. Die beiden Männer schauten sich kurz an und schlossen dann eilig zu Eva auf. Sie duldete offenbar keinen Widerspruch. Arthur Bernstein und Volker Robesch hatten Mühe, Evas Tempo zu folgen, so flott war sie zurück in Richtung Hotel unterwegs.

Für den Rückweg benötigte das Trio nur einen Bruchteil der Zeit wie für den Weg zum Strand. Eva kürzte vor dem Hotel ab, indem sie quer über den Parkplatz und über die Straße rannte, ohne nach links und rechts zu sehen. Direkt vor dem Eingang kollidierte sie fast mit einem Fahrradfahrer, der mit hohem Tempo angerauscht kam. Ein Zusammenstoß wäre zweifelsfrei Evas Schuld gewesen. Dennoch herrschte sie den Mann an: „Können Sie denn nicht aufpassen?"

Der Beschuldigte reagierte verblüffend. Er war offenbar überhaupt nicht sauer, sondern lächelte Eva an. „Junge Frau, das tut mir leid. Ich entschuldige mich in aller Form, auch im Namen meiner Eltern."

Eva konnte es gar nicht leiden, derart ins Unrecht gesetzt zu werden, denn ihr war sofort klar, dass ihre eigene Unaufmerksamkeit zu dem Beinahe-Unfall geführt hatte. Sie wollte schon erneut patzig reagieren und holte bereits Luft, als Arthur sich einschaltete, um eine völlig überflüssige Eskalation zu vermeiden.

„Es ist doch gar nichts passiert." Er sah kurz Eva an und dann den immer noch leicht belustigt wirkenden Mann, der gerade sein Fahrrad abstellte. „Ich wäre Ihnen dankbar, wenn Sie meiner Frau den kleinen Gefühlsausbruch nicht übel nehmen würden. Das ist sonst gar nicht ihre Art. Darf ich Sie als kleine Wiedergutmachung auf einen Drink auf der Hotelterrasse einladen? Man hat von da einen sehr schönen Blick aufs Meer."

Arthur schaute wieder kurz zu Eva, die empört wirkte und ihm offenkundig signalisieren wollte, dass höchste Eile geboten und im Moment alles andere angebracht war, als mit einem wildfremden Menschen einen Cocktail zu trinken. Ihr Mann aber lenkte seinen Blick nun weiter in Richtung links des Hoteleingangs. Eva folgte diesem Blick und sah zwei Streifenwagen, die dort parkten.

Schlagartig wurde ihr klar, was Arthur ihr sagen wollte: Sie waren ohnehin zu spät dran, um sich den Tatort ungestört anzusehen. Die Polizei war schon da. Und damit war der schöne Plan gestorben. Evas Schultern sackten nach unten. Die ganze Anspannung der letzten Minuten war wie vom Nordseewind weggepustet. Und damit war auch Eva trotz der Enttäuschung wieder in der Lage, auf die Situation angemessen zu reagieren.

„Mein Mann hat völlig recht. Es ist nichts passiert und vor allem wäre es meine Schuld gewesen. Wie wäre es mit dem Drink? Ich würde dafür sogar meinen Mann und mich kurz von unserem Fastengelübde befreien." Sie blickte weiter zu Volker Robesch. „Du würdest uns das doch unter den gegebenen Umständen sicherlich erlauben – oder?"

Die Belustigung wich aus dem Gesichtsausdruck des leicht untersetzten, aber durchaus sportlich wirkenden Mannes. Doch sein Tonfall blieb ausgesprochen freundlich.

„Darf ich aus der Bemerkung mit dem Fastengelübde schließen, dass sie zu der Heilfastengruppe des Hotels gehören? Dann würde ich mich gerne mit Ihnen zusammensetzen, aber nicht unbedingt auf der Terrasse. Und auf den Drink muss ich leider auch verzichten."

Während er antwortete, zog der sympathische Endvierziger, wie Eva ihn spontan einschätzte, ein Plastikkärtchen aus der Jackentasche. Dieses wies ihn als Kriminalbeamten aus. Offensichtlich war Eike Hund der Mann, der die Ermittlungen leitete, denn seinem Ausweis war zu entnehmen, dass er Kriminalhauptkommissar war.

Kapitel 21

Karl Dernauer war sehr überrascht, als er auf die Uhr blickte. Es war erst kurz nach eins. Hätte er schätzen müssen, wie spät es war, hätte er auf drei oder vier Uhr am Nachmittag getippt, so viel wie er seit der letzten Pause geschrieben hatte. Offensichtlich war er extrem produktiv gewesen.

Er brühte sich eine Kanne Kaffee auf und wollte sich gerade wieder an den Schreibtisch setzen, um weiterzuschreiben, als das Telefon klingelte. Es war nicht Hub, wie er vermutete, sondern Günther Keller.

„Hallo Karl, du wolltest doch, dass wir dich auf dem Laufenden halten. Hub ist schon unterwegs in ein kleines Bistro, um uns einen guten Platz zu sichern. Er hat mich gebeten, dir einen Zwischenstand durchzugeben."

„Dann schieß mal los. Ich habe es mir sowieso gerade auf der Terrasse gemütlich gemacht und bin ganz Ohr", log Karl, während er aber wirklich nach draußen ging. Er wollte, dass Günther schnell zur Sache kam. Das war denn auch der Fall, wobei der Kripobeamte seine Schilderung allerdings mit einer Nebensächlichkeit begann.

„Wir haben die Ex-Freundin des Lebensgefährten von Susan Dickens befragt. Ich möchte nicht wissen, wie viele platte Herrenwitze und Macho-Sprüche die sich im Laufe ihres Lebens schon anhören musste." Günther legte eine kurze Pause ein.

„Wieso?" Karl Antwort war so knapp wie möglich.

„Sie heißt Susi Flach, hat aber eine enorme Oberweite. Ich muss zu meiner Schande gestehen, dass es wirklich nicht immer leicht fiel, ihr in die Augen zu sehen, statt weiter nach unten. Aber das nur am Rande. Die Befragung war wirklich hochinteressant."

Karl Dernauer kannte Günther Keller gut genug. Der Hauptkommissar neigte überhaupt nicht zu sexistischem Denken oder gar Verhalten – und wenn er eine solche Bemerkung voranstellte, dann wirklich, weil er sich vorstellen konnte, wie die Frau unter „männlichen" Kommentaren zu leiden hatte. Deshalb sparte er sich auch, darauf einzugehen.

„Was hat sie denn erzählt?"

„Zunächst ging es um ihr Alibi, obwohl das ja eigentlich bedeutungslos ist, weil wir wissen, dass der Todesfahrer ein Mann ist. Sie hat keine klaren Angaben gemacht, weil sie sich angeblich nicht genau erinnern kann, was sie zur Tatzeit gemacht hat. Wir haben mehrfach nachgehakt, den Punkt dann aber erst einmal zurückgestellt."

„So super interessant war das aber nun wirklich noch nicht, was du bis hierhin erzählt hast." Karl wollte eine gewisse Ungeduld gar nicht verbergen.

Günther Keller lachte kurz und fuhr dann fort. „Entschuldige bitte, ich weiß ja, wie sehr du auf präzise Rapports stehst. Susi Flach hat gar nicht zu verheimlichen versucht, dass sie immer noch mit Haut und Haaren in ihren Ex verliebt ist. Und der habe auch immer noch nur sie geliebt, nicht diese Ami-Tussi, wie sie Susan Dickens verächtlich nannte. Was allein schon daran zu erkennen sei, dass er Susan Dickens immer ‚Suzie' genannt habe. Die Frankfurter Kollegen und ich, wir waren uns einig, dass es blanker Hass war, den Susi Flach für Susan Dickens empfand. Sie ist übrigens überzeugt davon, dass Herzog jetzt wieder zu ihr zurückkehrt."

„Hui – das klingt ja zumindest nach einem sehr starken Mordmotiv. Hat Frau Flach das Opfer denn persönlich gekannt?"

„Das auf jeden Fall. Sie sei zusammen mit Herzog auf einer Party bei Freunden gewesen, und da habe Susan Dickens ihm den Kopf verdreht. Durch ihr Auftreten, vor allem aber wohl durch ihr Vermögen, das sie beiläufig erwähnt habe."

„Was heißt denn das? Wieso war Susan Dickens denn vermögend? Sie wird ja nicht schlecht verdient haben, weil sie in leitender Position war. Aber reich wird man davon doch bestimmt nicht."

Günther Keller spürte, dass er das Interesse von Karl Dernauer geweckt hatte. „Genau das war auch unser erster Gedanke. Wir haben uns dann ein bisschen schlaugemacht. Genaues konnte keiner sagen, aber Susan Dickens war wohl vor ihrer Zeit im Konsulat in den USA im IT-Bereich tätig und auch an einer Firma beteiligt, die wohl ganz gut lief. Vielleicht hat sie sich auszahlen lassen oder sie hat noch Anteile und verdient auch heute noch daran. Wir gehen dem nach."

Karl Dernauer ließ sich die neuen Infos durch den Kopf gehen und schwieg deshalb einen Moment lang. Dann wollte er einen Schlussstrich unter die Unterhaltung ziehen.

„Du hast recht. Das ist wirklich hochinteressant. Es ist also nicht auszuschließen, dass Geld das Mordmotiv ist. Danke dir, Günther, dass du mich auf den neuesten Stand gebracht hast."

„Moment mal, ich war noch nicht ganz fertig."

„Was gibt's denn noch?"

„Susi Flach hat uns noch etwas erzählt, was wir noch nicht wussten." Günther Keller hatte Spaß an der kurzen Pause, die er jetzt einlegte, weil er Karls Ungeduld spürte.

„Nun sag schon."

„Was glaubst du, wer Susan Dickens den Job beim Generalkonsulat vermittelt hat?" Günter Keller wollte es nicht auf die Spitze treiben und sprach fast direkt nach der Frage weiter.

„Das war John Harper. Die beiden kannten sich schon, als Susan Dickens noch in den USA lebte und Harper schon im Konsulat in Deutschland arbeitete."

Diese Info verfehlte ihre Wirkung nicht. Karl Dernauer war merklich verblüfft, was Günther Keller zu einer Frage animierte.

„Hallo – Karl, bist du noch dran?"

„Jaja. Ich bin noch dran. Harper. Harper. Immer wieder Harper. Es ist schon sehr irritierend, wie immer wieder alles in eine Richtung läuft – aber eben in eine Richtung, die eine Sackgasse zu sein scheint."

Nach dem Gespräch mit Günther brauchte Karl ein sehr bedächtiges Pfeifchen auf seiner Terrasse, bis er sich noch einmal auf seinen Roman konzentrieren konnte.

Kapitel 22

Arthur Bernstein war immer noch leicht amüsiert, als er den großzügig geschnittenen Tagungsraum betrat, in dem der lange Tisch mit den zwölf Stühlen fast verloren wirkte. Hauptkommissar Eike Hund hatte die komplette Fastengruppe, einschließlich Ernährungsberater Volker Robesch, in dieses Zimmer gebeten. Dass seine Eva sich so sehr echauffierte, kam schon selten genug vor.

Und dass sie dann derart ins Leere lief, hatte er eigentlich noch nie erlebt. Er hatte dies auch mit ein paar frechen, doch gleichwohl liebevollen Bemerkungen in Richtung Eva kommentiert.

Eva hatte inzwischen allerdings ihre Selbstsicherheit wiedergewonnen und schloss mit der für sie leicht peinlichen Situation ab. „Wenn der Herr sich denn jetzt allmählich mal genug über seine Gattin lustig gemacht hat – könnten wir uns dann bitte wieder auf den Fall konzentrieren?", raunte sie Arthur zu, als sie neben ihm herging.

Arthur spürte, dass er jetzt mindestens einen Gang zurückschalten musste, denn ihm war nicht daran gelegen, seine Frau zu verärgern. Er nahm gleich allen Zündstoff aus der Situation heraus. „Du hast ja recht. Das hätte mir genauso passieren können." Dabei lächelte er sie in vertrauter Form an. Und schon waren beide Eheleute wieder im Ermittlermodus angekommen. Denn dass sie ihren Teil zur Aufklärung des ungewöhnlichen Mordfalls beitragen wollten, stand für beide fest. Auch ohne dass es explizit ausgesprochen worden war.

Seit dem ersten Zusammentreffen mit dem Kripo-Mann war noch keine Stunde vergangen. Eike Hund hatte sich die Namen der Bernsteins geben lassen und auch den von Volker Robesch. Als dieser erwähnte, dass er Ernährungsberater sei und die Fastengruppe betreute, hatte der Kriminalbeamte ihn gebeten, alle Mitglieder zu informieren, dass die Polizei sie in rund einer Dreiviertelstunde in dem Besprechungsraum anzutreffen wünsche. Volker Robesch hatte sich unverzüglich darum gekümmert, die Gruppe zusammenzutrommeln. Die Bernsteins waren mit Eike Hund allein zurückgeblieben.

Der Kriminalbeamte verströmte eine ungeheure Gelassenheit, was Arthur Bernstein verwunderte. Er war sich zwar nicht ganz sicher, wie groß die Dienststelle auf Sylt war, aber man durfte getrost davon ausgehen, dass spektakuläre Mordfälle auf der beliebten Urlaubsinsel nicht zum Alltag gehörten. Und die eher bescheidene Polizeistruktur war sicherlich nicht darauf ausgelegt, dass es vor Ort Beamte gab, die auf Gewaltdelikte spezialisiert waren.

Ganz ungezwungen hatte er deshalb den Kriminalbeamten gefragt, ob er schon öfter mit einem Mord zu tun gehabt habe. Eike Hund hatte mit einem ganz schlichten „Ja" geantwortet. Und dann nach einer kurzen Pause ergänzt: „Aber, wenn ich ehrlich bin, deutlich öfter mit Fahrraddiebstählen."

Die Frage von Arthur Bernstein, die manch anderer als despektierlich aufgefasst hätte, schien Eike Hund kein bisschen verärgert zu haben. Er hielt sein kleines Notizbuch aufgeschlagen in der linken Hand und machte sich immer wieder Notizen. Jetzt folgte eine Gegenfrage.

„Darf ich Sie auch fragen, was Sie beruflich machen?"

Als Arthur ihm antwortete, dass er Richter im Ruhestand sei, zog Eike Hund eine Augenbraue leicht nach oben, was man als gesteigertes Interesse werten durfte. Und ohne Umschweife gab er Interna preis.

„Ich werde natürlich sehr schnell das Landeskriminalamt einschalten. Uns fehlen hier auf der Insel die Mittel, um einen Mordfall allein zu untersuchen. Unsere Dienststelle besteht aus exakt einem Kommissariat."

Dabei erschien ein sehr breites Lächeln auf seinem Gesicht. Dieser Mann gefiel Arthur Bernstein. Er verfügte offenbar über ein sehr gesundes Selbstvertrauen, das sich aus seiner Persönlichkeit und nicht aus seiner Funktion speiste. Spontan kam ihm seine letzte Begegnung mit einem Kriminalbeamten in Erinnerung. Da war es genau andersherum gewesen: Eva und er hatten es mit einem eitlen Fatzke zu tun gehabt, der an Arroganz kaum zu überbieten war – der aber andererseits dieses selbstgefällige Auftreten nicht durch Kompetenz untermauern konnte. Konnten Gegensätze größer sein?

Die gut halbstündige Pause bis zur Vernehmung durch die Polizei hatten die Bernsteins auf der Hotel-Terrasse verbracht. Kaum hatten sie an einem der Tische mit Meerblick Platz genommen, verspürte Arthur erstmals seit Tagen einen unglaublichen Hunger. Er überlegte noch, wie er Eva überzeugen konnte, dass er eine Auszeit vom Fasten benötige, als seine Frau ihm zuvorkam.

„Ich weiß ja nicht, wie es dir geht. Aber ich muss jetzt etwas essen. Dieser Fall erfordert mein ganzes Denkvermögen – und das steht mir nicht zur Verfügung, wenn ich ans Essen denken muss. Ich werde mir jetzt ein Sandwich bestellen."

Die Erleichterung war Arthur ins Gesicht geschrieben. Dennoch sprang er nicht unmittelbar auf diesen Sinneswandel seiner Frau an, der seinen eigenen Bedürfnissen so sehr entsprach. Eva kannte ihn allerdings gut genug, um die Ironie in seiner Antwort sofort zu verstehen.

„Nun gut. Wenn du meinst, dass dies ein Moment ist, der einen Bruch unseres heiligen Fastenvorsatzes rechtfertigt – dann will ich dem nicht im Wege stehen. Dabei hatte ich gerade Gefallen an der Askese gefunden."

Eva gönnte ihm den Spaß, setzte aber trotzdem eine kleine Spitze. „Keine Frage, diese Undiszipliniertheit geht auf meine Kappe. Aber vielleicht gelingt es uns ja, nach dem einen Snack unsere Kur fortzusetzen."

Arthur Bernstein gab sich geschlagen. „Nein, nein. Der Rechtsstaat benötigt genau jetzt eine Miss Marple in Höchstform. Ich schlage vor, dass wir unser Experiment an dieser Stelle abbrechen. Und dass wir es in einem der nächsten Urlaube noch einmal ganz neu angehen. Die Erfahrung ist mir viel zu wichtig, als dass ich sie jetzt verwässern wollte. Heilfasten geht nur ganz oder gar nicht. So viel habe ich gelernt."

Und schon hatte Arthur Bernstein einen Kellner gerufen, bei dem er für sich ein Käse- und ein Schinken-Sandwich orderte. Und dazu ein Glas Weißwein. Eva lächelte ihren Mann an, den sie aus vielen Gründen so innig liebte. Vor allem aber auch wegen seiner Berechenbarkeit. Sie bestellte nur ein Sandwich und ebenfalls ein Glas Wein. Damit war das Heilfasten für das Ehepaar ganz offiziell beendet.

Als sie nach der Stärkung, die Arthurs Hungergefühl nur teilweise befriedigt hatte, den Tagungsraum betraten, waren alle anderen Vorgeladenen schon anwesend. Das Ehepaar Brandstetter saß nebeneinander, Antoinette Kempfer, Lothar Frisch und

Volker Robesch hatten sich jeweils mit einigem Abstand zueinander rund um den Tisch niedergelassen. Eike Hund stand ganz in der Ecke des Raumes und sprach leise in sein Smartphone.

Als die Bernsteins eintraten, signalisierte er ihnen freundlich, dass sie irgendwo am Tisch Platz nehmen sollten. Am Kopfende lagen ein paar Papiere, hier war offensichtlich der Stuhl des Kommissars. Eike Hund ging Richtung Tür und nahm dabei kurz das Telefon vom Ohr.

„Einen kleinen Moment bitte, ich bin gleich für Sie da", sagte er in die Runde und trat auf den Flur. Offenkundig entfernte er sich ein paar Meter, denn seine Stimme war jetzt gar nicht mehr zu hören. Rund zwei Minuten später kam er zurück.

„Entschuldigen Sie bitte meine Unhöflichkeit", begann er. „Aber das war wirklich wichtig, ich habe ein paar sehr interessante Dinge erfahren." Das sympathische Auftreten des Hauptkommissars hatte eine beruhigende Wirkung auf die Fastengruppe, alle Beklemmung schien verflogen. „Ich verspreche Ihnen allen, dass ich Sie nicht über Gebühr beanspruchen werde. Sie sollen Ihren Urlaub möglichst bald unbelastet fortsetzen können, soweit das dem Einzelnen nach diesem tragischen Ereignis möglich ist."

Martina Jäger fehlte erneut in der Runde. Mit diesem Punkt begann Eike Hund seine Ausführungen. „Sie haben sicherlich alle Verständnis dafür, dass Frau Jäger bei dieser Befragung nicht dabei ist. Sie befindet sich in ihrer Villa hier auf der Insel. Dort wird sie psychologisch betreut."

Nach einer kurzen Pause fuhr der Kriminalbeamte fort. „Meine Kollegen werden jetzt gleich mit jedem von Ihnen einzeln sprechen. Es ist für Sie alle sicherlich nachvollziehbar, dass wir jeden von Ihnen befragen müssen, denn ganz offenkundig haben wir es mit einem Mordfall zu tun. Verstehen Sie mich bitte richtig. Es handelt sich um Befragungen, nicht um Vernehmungen."

Wieder machte Eike Hund eine kurze Pause, um sich mit einem Blick durch den Raum zu vergewissern, dass seine Botschaft angekommen war. Dann präsisierte er betont ernsthaft, aber immer noch sehr freundlich, was nun geplant war.

„Wie gesagt, dass wir mit jedem von Ihnen einzeln sprechen wollen, interpretieren Sie bitte nicht so, dass wir jemanden von Ihnen verdächtigen. Das ist reine Polizei-Routine in einem solchen Fall. Ich werde jetzt gleich meine Kollegen hereinbitten und dann wird jeder von Ihnen in ein anderes Zimmer geführt, wo wir zu Protokoll nehmen, was wir wissen müssen. Also zum Beispiel, wie gut Sie das Opfer kannten, wie Sie zu ihm standen, wo Sie heute Morgen zur Tatzeit waren. Ich betone es noch einmal: Das ist reine Routine."

Nach einem weiteren Rundblick in die Gesichter beendete er seine Vorrede sehr charmant.

„Ich bitte Sie alle um Verständnis, dass ein solcher Fall für mich und für alle meine Kollegen höchst ungewöhnlich ist. Wenn also einer meiner Kollegen gezielt nachfragt, dann heißt das nicht, dass er Zweifel an Ihrer Aussage hat. Es wird nur ein kleiner Fragenkatalog abgearbeitet, den ich erstellt habe. Wenn das Landeskriminalamt heute am späten Nachmittag oder Abend den Fall federführend übernimmt, dann wollen wir unsere Hausaufgaben so erledigt haben, wie sich das gehört."

Diesem Mann konnte man vertrauen, der führte nichts Böses im Schilde. Diesen Eindruck gewannen alle in der Runde. Und so wich auch die letzte Anspannung.

Eike Hund ging zur Tür, und fünf Beamte, drei von ihnen in Uniform, traten ein. Jeder von ihnen ging gezielt auf einen aus der Gruppe zu und sprach ihn oder sie gezielt an. Mehr oder weniger gleichzeitig verließen zwei Frauen und drei Männer in Begleitung eines Polizisten den Raum. Eike Hund blieb mit dem Ehepaar Bernstein allein zurück.

Eva blickte Arthur irritiert an. Was hatte das zu bedeuten? Wieso wurden alle anderen herausgeführt und einzeln vernommen und sie beide blieben mit dem Leiter der Ermittlungen allein zurück?

Arthur dachte ähnlich. Dieser Mann hatte auf ihn bislang einen sehr kompetenten Eindruck gemacht. Es wäre aber sicherlich unprofessionell, wenn er ausgerechnet ein Ehepaar, dem man in besonderem Maße Absprachen unterstellen durfte, wenn es denn etwas zu verbergen hatte, nicht getrennt befragen würde.

Eike Hund schien ihre Gedanken zu erraten. Er setzte sein gewinnendstes Lächeln auf und schaute seinen beiden Gegenübern abwechselnd fest in die Augen. „Sie wundern sich vielleicht – oder sogar wahrscheinlich – warum ich mit Ihnen beiden vom gerade so dezidiert beschriebenen Verfahren abweiche. Aber Sie haben ja mitbekommen, dass ich eben noch telefoniert habe. Und ich habe ja schon erwähnt, dass ich dabei sehr interessante Informationen erhalten habe."

Der Hauptkommissar machte eine Pause, um Eva und Arthur Bernstein die Möglichkeit zu einer Antwort zu geben. Doch beide blieben stumm und schauten ihn mit höchstem Interesse an.

„Ich hatte Ihnen ja vorhin bei unserer ersten Begegnung gesagt, dass ich unverzüglich das Landeskriminalamt informieren würde, weil ein solcher Fall mehrere Nummern zu groß ist, als dass wir ihn allein abwickeln könnten. Das habe ich getan, und dabei habe ich auch Ihren Namen erwähnt."

Jetzt blickte Eike Hund gezielt Arthur Bernstein in die Augen. Sein Mund verbreitete sich zu einem noch sympathischeren Lächeln. Als Arthur immer noch nicht reagierte, fuhr er fort.

„Und dann habe ich vorhin einen persönlichen Rückruf von einem ziemlich hohen Tier im LKA bekommen – ein Mann, den ich nur von seinem Namen her kannte. Und der hat mir gesagt, dass Sie beide über jeden Verdacht erhaben sind. Er hat gesagt, dass Sie vor nicht allzu langer Zeit eine entscheidende Rolle bei der Aufklärung eines sehr schwierigen Mordfalls in Brandenburg gespielt haben. Er hat Sie beide in den höchsten Tönen gelobt."

Es folgte wieder eine kurze Pause. Jetzt wanderte sein Blick in Richtung Eva Bernstein.

„Wobei er die Rolle, die vor allem Sie, verehrte Frau Bernstein, dabei gespielt haben, besonders hervorgehoben hat. Er hat sogar gesagt, dass ohne Sie der Fall wohl niemals aufgeklärt worden wäre."

Jetzt erlebte Arthur Bernstein etwas ganz Besonderes. Seine Eva wurde richtig rot im Gesicht. Und sie war einfach nur sprachlos. Dieses Kompliment aus dem Mund dieses Mannes beeindruckte sie enorm.

Arthur Bernstein hatte seine Verblüffung schneller überwunden als seine Frau.

„Ich hätte nie gedacht, dass ein solcher Fall so die Runde macht in Polizeikreisen, Und gleich über Ländergrenzen hinweg."

„Naja, ungewöhnlich ist das schon. Aber es liegt wahrscheinlich daran, dass der Kriminaldirektor vom LKA einen Staatsanwalt aus Brandenburg sehr gut kennt und die beiden sich erst kürzlich privat getroffen haben. So was in der Art habe ich jedenfalls herausgehört."

Arthur Bernstein konnte sich endlich einen Reim auf die Vorgänge hinter den Kulissen machen.

„Jetzt wird mir einiges klar. Die Welt ist wirklich ein Dorf."

„Das ist wohl wahr", entgegnete Eike Hund. „Ich bin jedenfalls froh, dass ich Sie an meiner Seite weiß. Ich habe nicht nur die Erlaubnis, Sie in meine Arbeit einzubeziehen, sondern ich bin im Prinzip sogar ganz offiziell dazu ermuntert worden."

Jetzt war endlich auch Eva Bernstein wieder in ihrem Element. „Wenn das so ist – meinen Sie, es wäre möglich, dass ich einen ganz kurzen Blick auf den Tatort werfen könnte? Ich würde Ihnen auch versprechen, höllisch aufzupassen, dass ich keine Spuren verwische oder verfälsche. Mir geht es um zwei, drei ganz konkrete Fragen, auf die ich keine Antwort weiß. Und die lassen sich wahrscheinlich schon dadurch klären, dass ich nur mal kurz in die Suite von Gerd Golombeck hineinschaue."

Eike Hund wunderte sich jetzt nicht mehr, dass das „hohe Tier" vom Landeskriminalamt von einer „modernen Miss Marple" gesprochen hatte. Nur jünger und bedeutend attraktiver, hatte er gesagt. Alles traf auf Eva Bernstein offenkundig zu.

Kapitel 23

Karl Dernauer fuhr gegen fünf Uhr am Nachmittag seinen Rechner runter. Er fieberte dem Treffen mit Gabriella entgegen. Man konnte seine Gefühlswelt getrost als Entzugserscheinungen bezeichnen – so sehr kreisten seine Gedanken jetzt um die Frau, mit der er einen wunderschönen Abend verbringen würde.

Er zögerte kurz, ob er rangehen sollte, als das Telefon klingelte. Und er verfluchte in diesem Moment seine Bequemlichkeit, dass er seine Telefoneinstellungen nicht korrigiert hatte. Betty hatte vorgestern an einem der Handgeräte herumgespielt und dabei die Einstellungen verändert, weshalb die Nummer bzw. der Name des Anrufers nicht angezeigt wurde. Hätte er jetzt zum Beispiel „Hub" gelesen, hätte er es einfach klingeln lassen.

So aber konnte es leider etwas Wichtiges sein – und deshalb nahm er das Gespräch entgegen. Es meldete sich eine ihm unbekannte Frauenstimme, als er seinen Namen gesagt hatte.

„Guten Tag, Herr Dernauer. Schön, dass ich Sie sofort am Apparat habe. Ihr Freund, Herr Doktor von Steenberg, hatte einen Unfall. Er ist auf dem Weg in den Operationssaal und hat uns gebeten, Sie zu informieren."

Karl fuhr der Schreck durch alle Glieder. Sein Gehirn arbeitete blitzschnell: Hub in einem Operationssaal! Aber er war offenbar bei Bewusstsein. Sonst hätte er ja nicht darum bitten können, dass sein Freund informiert werde. Er fragte ganz präzise nach, was passiert sei und in welchem Krankenhaus Hub denn liege.

Die Dame am anderen Ende der Leitung gab nur das Nötigste preis. Hub sei in einem Krankenhaus in Frankfurt und Lebensgefahr bestehe nicht. Mehr konnte Karl aus ihr nicht herauslocken. Unverzüglich rief er bei Günther an. Die beiden waren doch gemeinsam in Frankfurt, wieso hatte der sich nicht bei ihm gemeldet?

Der Hauptkommissar meldete sich nur Sekunden nach Karls Anruf. „Hallo Karl – du bist aber heiß auf unsere Ermittlungen. So kenne ich dich …" Günther Kellers Stimme klang aufgeräumt und leicht belustigt. Die Nebengeräusche ließen vermuten, dass er über seine Freisprecheinrichtung telefonierte. Karl war aber nicht nach Plauderei zumute.

„Was ist mit Hub passiert? Wieso bist du nicht bei ihm?" Der Ton, den er gegenüber dem liebenswürdigen Kripobeamten anschlug, war ungewöhnlich schroff.

Günther Keller war von dieser Reaktion völlig überrumpelt. Er stotterte vor sich hin, bis Karl endlich erfuhr, dass Günther im Auto auf dem Heimweg war: „Du weißt ja, wie ungern ich im Hotel schlafe." Für den nächsten Tag sei gegen elf Uhr eine weitere Besprechung anberaumt: „Ich fahre dann lieber direkt nach dem Frühstück wieder hin." Hub aber wollte in Frankfurt übernachten. Er habe sich sehr auf eine ausgiebige Jogging-Runde am Mainufer gefreut, die er noch absolvieren wollte, bevor er im Hotel eincheckte.

Karl Dernauer war in großer Sorge um seinen besten Freund. Es stand außer Frage, dass er sofort nach Frankfurt fahren musste. Fast mechanisch rief er bei Gabriella an. Und wieder wurde er mit einer angenehmen, aber natürlich völlig ahnungslosen Stimme konfrontiert.

„Ist die Sehnsucht so groß, dass du mich noch einmal am Telefon hören musstest?", lachte es ihm förmlich entgegen, als Gabriella sich meldete. „Ich bin doch in einer halben Stunde schon bei dir ..."

Ihre ungezwungene gute Laune verflog schlagartig, als sie Karls Tonfall hörte. Und erst recht, als sie erfuhr, was passiert war. Gabriella bot an, mit nach Frankfurt zu fahren, aber das wollte Karl nicht. Sie sollte seinen Freund unter anderen Umständen kennenlernen. Mit liebevollem Ton, aber doch kurz und knapp, teilte er ihr mit, dass er sich wieder melden werde, wenn er mehr wisse. Nicht einmal zehn Minuten nach dem Anruf aus dem Krankenhaus war Karl schon auf dem Weg nach Frankfurt.

Es war nicht verwunderlich, dass Hub darum gebeten hatte, Karl zu informieren. Er hatte keine engen familiären Bindungen, seine einzige nähere Verwandte war seine Schwester. Mit der verstand er sich zwar gut, aber sie lebte schon seit vielen Jahren in Boston. Und die USA waren halt weit weg.

Als Karl endlich im Krankenhaus ankam, erfuhr er zu seiner Erleichterung, dass Hub schon nicht mehr im OP, sondern in seinem Zimmer war. Der Oberstaatsanwalt hatte ein schönes Einzelzimmer, durch die Fenster strahlte eine milde Abendsonne, als Karl den Raum betrat. Hub lag dösend in seinem Bett und warf Karl einen verschlafenen Blick zu. Es war ein eigentümlicher Anblick, denn beide Arme lagen dick eingepackt auf der Bettdecke.

„Was machst denn du für Sachen, alter Junge?", fragte Karl. Er hatte immer noch keine Vorstellung davon, was Hub widerfahren war. Aber lebensbedrohlich schien sein Zustand in der Tat nicht zu sein. Sein Freund rang sich ein gequältes Lächeln ab.

„Du darfst mich gerne einen Trottel nennen. Oder ein Trampeltier. Oder was immer dir einfällt. Ich bin einfach nur zu blöd …" Hub wirkte schläfrig, aber entspannt. Und offenkundig auch schmerzfrei.

Karl zog sich einen Stuhl neben das Bett und lächelte Hub an. „Das weiß ich doch seit Jahren. Um mich davon zu überzeugen, musst du doch nicht eine solche Show abziehen."

„Wer solche Freunde hat …", flüsterte Hub mit brüchiger Stimme. Und dann erfuhr Karl, wieso er seinen Freund in dieser misslichen Lage vorfand.

Hub hatte sich zur Entspannung einen lockeren Halbmarathon vorgenommen. Dabei war er eine Treppe zum Main runtergelaufen und hatte in seiner sportlichen Art ein paar Stufen auf einmal genommen. „Ich bin umgeknickt und ganz blöd nach vorne gefallen. Und dann habe ich wohl noch blöder versucht, mich mit beiden Armen aufzufangen. Das Ergebnis siehst du: zwei gebrochene Unterarme. Der eine konnte geschient werden, der andere musste aber unter Vollnarkose operiert werden, weil der Bruch deutlich komplizierter war."

Erst jetzt registrierte Karl Dernauer, dass beide Arme sehr unterschiedlich verpackt waren. Der linke lag in Gips, der rechte nur in einer Manschette. Beide hatten aber gemeinsam, dass nur die Fingerspitzen zu sehen waren. Er grinste breit, bevor er antwortete.

„Mit Fingerfood hast du wohl ein kleines Problem in den nächsten Tagen."

„Drückst du mal bitte den Notrufknopf und bittest die Schwester, diesen unverschämten Besuch aus meinem Zimmer zu entfernen?", konterte Hub. „Ich kann das leider nicht."

Karl schaltete jetzt um auf einen mitfühlenden Ton. „Ganz im Ernst. Wir haben da ein Problem. Wie lange sollst du denn im Krankenhaus bleiben? Und wie versorgen wir dich danach? Wenn ich es richtig einschätze, kannst du im Moment ja nicht mal alleine aufs Klo gehen."

„Sehr fein beobachtet. Das ist ja genau der Grund, warum ich übers Wochenende hierbleibe. Von der Narkose und der OP her hätte man das auch ambulant machen können. Aber ich bin jetzt wohl in mancherlei Beziehung für einige Zeit auf fremde Hilfe angewiesen. Und das passt mir gar nicht, wie du dir sicherlich denken kannst."

Karl Dernauer setzte ein betont optimistisches Lächeln auf. „Dann lass deinen Kumpel mal machen. Ich kenne einen sehr netten ehemaligen Krankenpfleger, der nur zwei Häuser neben dir wohnt. Der verdient sich sicherlich als Rentner gerne ein paar Euro dazu und wird selbst einem so schwierigen Patienten wie dir mehr oder weniger rund um die Uhr zur Verfügung stehen. Du kriegst es doch bestimmt ab übermorgen hin, mit einem Finger auf eine Taste deines Telefons zu drücken, damit du ihn alarmieren kannst, wenn du ihn brauchst."

Hubs Gesichtszüge hellten sich auf. „Das klingt gut. Meinst du, der macht das wirklich?"

„Lass mich mal telefonieren. In ein paar Minuten sehen wir vielleicht schon ein wenig Licht am Ende des Tunnels."

Karl verließ das Krankenzimmer. Schon wenige Minuten später war er zurück und überbrachte Hub die frohe Botschaft.

„Jürgen – so heißt der gute Mann – freut sich darauf, dir das Leben zu erleichtern. Ich habe ihm gegenüber mit offenen

Karten gespielt und ihm gesagt, dass du zwar kein einfacher Zeitgenosse bist, dafür aber überaus großzügig sein wirst, was das Honorar angeht."

Hub fühlte sich zu schwach, um seiner Empörung nachhaltig Ausdruck zu verleihen. „Wieso bin ich denn kein einfacher Zeitgenosse? Egal. Ich gebe mein Schicksal in deine Hand." Und dann döste er in einen Halbschlaf über, der für Karl das Signal war, sich zurückzuziehen.

Als der das Krankenhaus verlassen hatte, informierte er zunächst Günther und dann Gabriella. Beide zeigten sich erleichtert, wobei Günther auch ein wenig belustigt wirkte und Gabriella eher mitfühlend ob der stark eingeschränkten Selbstständigkeit, die Hub für die nächsten Tage drohte.

Karl war enttäuscht, dass das Treffen mit Gabriella nicht auf den nächsten Abend verschoben werden konnte, aber für Sonntag war sie leider schon mit einer alten Freundin verabredet, die sie nur alle Jubeljahre einmal traf und die nur für einen Tag zu Besuch am Rhein war. Zur Ablenkung setzte er sich spät am Abend noch einmal an seinen Schreibtisch.

Kapitel 24

Eva Bernstein schaute an sich herab. So sähe man wohl aus, wenn man einen radioaktiv verseuchten Raum betreten müsste, stellte sie sich vor. Die Polizei hatte ihr einen Ganzkörper-Plastikanzug verpasst.

Sie blickte auf den Mann neben sich. Eike Hund war genauso bekleidet wie sie. Er lächelte Eva an und sagte: „Also alles klar, wie besprochen? Nur gucken, nichts anfassen. Und wir beschränken unseren Besuch am Tatort auf das Nötigste." Dann öffnete er die Tür zur Suite von Gerd Golombeck.

Das Team der Spurensicherung war bereits bei der Arbeit. Und jetzt schenkte Eva Bernstein ihrem ungewöhnlichen Aufzug keinerlei Beachtung mehr, denn alle waren so gekleidet wie sie.

Eva zählte kurz durch: Zwei Frauen und fünf Männer waren offenkundig akribisch in die Detailarbeit vertieft, wobei einer mit einem Fotoapparat unterwegs war.

Der Chef der Spezialtruppe hatte sich wenig begeistert davon gezeigt, dass sein Kollege von der Insel eine wildfremde Frau mit an den Tatort bringen wollte. Aber als Eike Hund dann den Namen des Kriminaldirektors ins Spiel brachte, hatte er mürrisch klein beigegeben, wobei er sich aber etwas wie „so was von unprofessionell" in den nicht vorhandenen Bart gemurmelt hatte.

Zunächst hielt Eva sich im Windschatten von Eike Hund. Doch dann wurde sie sehr zielstrebig. Sie steuerte zunächst den Balkon an und warf einen Blick nach draußen. Dann fragte sie nach dem Schlafzimmer, in das sie nur kurz hineinschaute. Zu guter Letzt wollte sie das Badezimmer sehen. Bei dieser Bitte war ihr eine gesteigerte Anspannung anzumerken.

Die Leiche war schon abtransportiert worden, was Eva Bernstein einerseits erleichtert zur Kenntnis nahm. Andererseits war ihr kriminalistischer Instinkt ein wenig enttäuscht. Sie schaute einmal rund durch den großzügigen Raum, der alles andere als eine Nasszelle war und in seiner Ausstattung den Ansprüchen an eine teure Suite absolut gerecht wurde. Dann flüsterte sie Eike Hund zu: „Ich habe alles gesehen, was ich sehen wollte. Wir können gehen."

Draußen befreiten sich Eva Bernstein und Eike Hund von ihrer Plastikkleidung. Der Hauptkommissar hatte eine Mischung aus Irritation und Belustigung in seinem Gesicht und in seiner Stimme, als er Eva Bernstein ansprach.

„Das war ja ein kurzer Auftritt. Nach was haben Sie denn gesucht und was haben Sie so schnell gefunden, dass Sie Ihren so wichtigen Besuch am Tatort so abrupt abgebrochen haben?"

Eva setzte ein höchst mysteriöses Lächeln auf, als sie dem Profi-Ermittler antwortete: „Nichts. Und das ist sehr gut so." Nach einigen Sekunden fuhr sie fort: „Oder auch nicht."

Eike Hund konnte seine Verblüffung nicht verbergen. „Äh, noch einmal langsam zum Mitschreiben. Sie wollten nichts finden? Und das haben Sie? Und das finden Sie sehr gut? Oder auch nicht? Das müssen Sie mir bitte erklären."

Eva Bernstein lachte schallend. „Ich sehe ein, dass es Erklärungsbedarf gibt. Aber apropos finden: Ich bin mir ziemlich sicher, wo ich meinen Mann jetzt finden werde. Zwei heiße Tipps für Sie. Hinweis eins: Reben und Meer. Hinweis zwei: sechs oder zwölf. Kommen Sie mit?"

„Gerne doch." Eike Hund verstand immer besser, warum dieser Dame ein so ungewöhnlicher Ruf vorausgeeilt war. In Bezug auf die Tipps verstand er aber schlichtweg nur Bahnhof.

Erneut sehr zielstrebig steuerte Eva die Hotelterrasse an. Ihr Blick hellte sich auf – und Eike Hund kombinierte schnell und absolut richtig. An einem Tisch am Rand der Terrasse saß Arthur Bernstein, vor sich einen Weinkühler und eine leere Platte, auf der offenkundig Austern gelegen hatten.

„Natürlich, jetzt ist klar: Wein und Meeresfrüchte, und es ging um die Frage wie viele Austern Ihr Mann bestellt hatte. Sie scheinen ihn sehr gut zu kennen."

„Meistens besser als er selbst. Aber das ist bei alten Ehepaaren ja wohl keine Seltenheit." Eva setzte sich neben ihren sehr aufgeräumt wirkenden Gatten und bot Eike Hund per Handzeichen an, ebenfalls Platz zu nehmen.

„Ich wusste, dass du die erste Gelegenheit nutzen würdest, um einiges nachzuholen. Wie viele Austern hattest du?"

„Sechs." Arthur Bernstein fragte Eike Hund, ob er auch ein Glas Weißwein wolle. „Aber wahrscheinlich dürfen Sie im Dienst ja nicht – oder?"

Der Kripobeamte zeigte seine dankende Ablehnung durch eine Handbewegung.

„Ich hätte einiges darauf gewettet, dass du zwölf bestellt hast." Eva Bernstein fuhr ihrem Mann bei dieser Bemerkung liebevoll mit den Fingerspitzen über den Unterarm.

„Du hättest gewonnen. Ich habe nämlich noch einmal sechs nachbestellt", antwortete Arthur Bernstein. Und wie auf Stichwort erschien der Kellner mit neuen Austern.

„Hätte ich gewusst, dass du kommst, hätte ich zwölf nachgeordert. Soll ich?" Der Kellner blieb erwartungsvoll neben dem Tisch stehen.

„Nein danke. Das heißt: Wenn du mir eine zum Probieren abgibst."

Arthur Bernstein tat so, als müsse er intensiv über diese Frage nachdenken. Dann gab er seiner Stimme den Tonfall, als habe er eine sehr schwere und weitreichende Entscheidung treffen müssen. „Eine geht – aber grade so. Es dauert ja nicht mehr ganz so lange bis zum Abendessen."

Dabei schenkte er Eva ein Glas Weißwein ein. Er hatte sich sofort zwei Gläser geben lassen, in der Erwartung, dass seine Frau ihn bald aufstöbern würde.

Die Neckereien zwischen den Eheleuten hatten Eike Hund durchaus amüsiert, aber jetzt wurde seine Neugierde doch übermächtig.

„Machen Sie mich jetzt schlau in Sachen wichtiges Nichts?" Dabei blickte er Eva freundlich, aber auch fordernd an.

„Von nichts kommt nichts", alberte Arthur Bernstein und schlürfte genüsslich eine Auster. Danach nahm er sich allerdings vor, nur noch konzentriert zuzuhören, denn Eva und Eike Hund hatten sicherlich Interessantes zu erzählen.

Eva Bernstein nahm einen Schluck von dem kühlen Grauburgunder. „Der ist wirklich lecker. Ich glaube, davon trinke ich heute Abend noch ein bisschen mehr." Dann setzte sie sich etwas aufrechter in ihrem Stuhl auf und blickte dem Kripobeamten fest in die Augen.

„Sie kennen mich ja noch nicht wirklich. Aber wenn Sie meinen Mann fragen, dann wird der Ihnen bestätigen, dass ich richtig unleidlich werden kann. Wenn ich Dinge bei einem Kriminalfall einfach nicht logisch zusammenbringe."

Arthur grinste breit und konnte sich einen Zwischenruf nicht verkneifen. „Stimmt, leidlich gefällst du mir deutlich besser."

Eike Hund konnte mit dieser Bemerkung nun wirklich gar nichts anfallen, aber Eva verdrehte heftig die Augen. „Du und deine Marotten. Und die jeweils neueste ist immer die interessanteste." Sie schaute wieder den Polizisten an. „Kümmern Sie sich nicht um meinen Mann. Der hat im Moment sehr glaublichen Spaß an Un-Wörtern." Dabei betonte sie das „Un" natürlich unnatürlich stark. Und das komische Wort „glaublich" ebenso.

Eva Bernstein nahm sich die ihr zugeteilte Auster und begann dann mit einem kompakten Report.

„Das Opfer wurde mit einem Seil um den Hals in seiner Badewanne gefunden. Offenkundig erdrosselt. Das lässt nur vier mögliche Schlüsse zu. Erstens: Martina Jäger hat ihren Mann ermordet. Zweitens: Der Täter, so es denn nur einer war, hatte eine Codekarte für das Zimmer. Drittens: Der oder die Täter kamen auf einem anderen Weg herein. Und viertens: Gerd Golombeck hat seinen Mörder selbst hereingelassen."

Die strukturierte Zusammenfassung gefiel dem Kriminalbeamten ausgesprochen gut. Hätte er selbst die nötigen Thesen als Basis für die Ermittlungen formulieren müssen, hätte er wohl ähnliche Punkte zu Papier gebracht. Eike Hund liebte klare Analysen und arbeitete grundsätzlich im Alltag genauso. Aber er konnte diese Technik deutlich öfter bei Bagatelldelikten und nicht bei Mordfällen anwenden, wie er mit Bedauern feststellte. Dabei war er mit seinem Job auf der Insel eigentlich sehr zufrieden.

Eva Bernstein nahm noch einen kleinen Schluck Wein und fuhr dann fort. „An die erste Möglichkeit glaube ich einfach nicht. Mein Gefühl sagt mir – auch wenn Sie das wahrscheinlich für amateurhaft halten – dass Martina Jäger es nicht war. Sie könnte natürlich einen Komplizen haben, der den Mord auf so grausame Art verübt hat. Aber auch das schließe ich aus. Und wenn es doch der Fall sein sollte, dann werden Sie und Ihre Kollegen das sowieso sehr schnell herausfinden. Ich bin fest davon überzeugt, dass Martina Jäger einer knallharten Vernehmung nicht gewachsen wäre. Deshalb brauche ich mich mit dieser Variante auch nicht weiter zu befassen."

Der Kellner kam am Tisch vorbei und Eva Bernstein unterbrach kurz ihre Gedankengänge. „Bringen Sie uns bitte eine große Flasche Wasser, mit drei Gläsern? Am liebsten medium." Dann schaute sie kurz zu Eike Hund. „Oder möchten Sie lieber etwas anderes? Einen Cappuccino oder einen Espresso vielleicht?"

„Espresso wäre gut. Am besten einen doppelten", war die Antwort. Ruhig und konzentriert sprach Eva weiter.

„Betrachten wir jetzt zunächst Möglichkeit vier, weil sie die unwahrscheinlichste ist. Wie sollte eine Konstellation aussehen, dass das Opfer seinen Mörder zwar selbst hereingelassen hat, sich dann aber in die Badewanne legte? Dafür könnte ich mir nur im weitesten Sinne amouröse Gründe vorstellen. Ein gemeinsames Bad mit einer Geliebten oder einem Callgirl zum Beispiel. Vergessen wir nicht, dass Gerd Golombeck seine Frau am Morgen in die Villa geschickt hat, um etwas für ihn zu holen. Das würde zu einem Schäferstündchen passen, und auch von seinem Charakter her wäre das sehr gut denkbar. Aber würde er dann vorher noch Zeit in der Badewanne verplempern? So lange konnte er ja wohl kaum mit der Abwesenheit seiner Frau rechnen. Wie weit ist die Villa eigentlich vom Hotel entfernt?"

Eike Hund kalkulierte kurz die Zeit, die man für die Wegstrecke benötigte. „Mit dem Auto rund zwanzig Minuten, wenn man richtig draufhält. Bei normaler Fahrweise aber eher eine halbe Stunde. Man darf also davon ausgehen, dass Golombeck mit rund einer Stunde freier Zeit planen konnte."

„Gut zu wissen", sagte Eva Bernstein. „Das passt irgendwie alles nicht zu erotischer Zweisamkeit, die in der Badewanne beginnt. Außerdem war nirgendwo im Bad ein Morgenmantel oder Ähnliches zu sehen. Golombeck hätte also nackt oder nur mit einem Handtuch um die Lenden die Tür geöffnet. Und dann erst mal trotz eines begrenzten Zeitfensters das Bad angesteuert. Nein. Möglichkeit vier, die ich ohnehin nicht ernsthaft in Erwägung gezogen hatte, scheidet aus."

Der Kellner brachte die Getränke und Eva nahm einen großen Schluck Wasser. Ihr Mann hatte inzwischen alle Austern vertilgt und gönnte sich einen Schluck Wein. Eva machte mit ihrem Gedankenspiel weiter.

„Beschäftigen wir uns jetzt mit der dritten Variante. Deshalb bin ich zunächst zum Balkon gegangen. Wenn wir einen professionellen Fassadenkletterer mal ausschalten – und es war außerdem helllichter Tag – dann kommt man über den Balkon nicht ins Zimmer. Das hätten Sie mir zwar auch beantworten können, aber es war mir wichtig, diesen Punkt ausschließen zu können, damit ich meine Überlegungen ganz in eine Richtung lenken kann. Sonst versagt meine Kombinationsgabe nämlich völlig." Eva leerte jetzt ihr Wasserglas und füllte es wieder auf.

„Bleibt also nur noch Möglichkeit zwei. Wobei diese wieder zwei verschiedene Versionen haben kann. Allerdings würde ich eine davon zunächst eher vernachlässigen."

„Und die wären?" Eike Hund verfolgte die Ausführungen der „Miss Marple" mit unverändert konzentriertem Interesse.

„Naja. Der Mörder könnte sein Opfer erst nach der Tat in die Wanne gelegt haben. Dann müsste es sich um einen Mann handeln und noch dazu um einen sehr kräftigen. Oder um mehrere Frauen. Wobei sich natürlich die Frage nach dem Warum stellen würde. Mir fällt da kein stichhaltiger Grund ein. Ihnen vielleicht?"

„Auf Anhieb sicher nicht. Ich bin aber auch ziemlich sicher, dass die Spurensicherung herausfinden würde, wenn es so wäre. Wir können diese Möglichkeit also gerne zurückstellen."

Arthur Bernstein registrierte mit Wohlwollen, dass der Kriminalbeamte seiner Eva absolut auf Augenhöhe zu begegnen schien. Das war seiner Frau wichtig, wie er nur zu genau wusste.

Eva Bernstein rundete jetzt ihre Argumentation zügig ab. „Das freut mich, dass Sie das auch so sehen. Wir können uns also darauf konzentrieren, dass Gerd Golombeck von seinem Mörder, oder der Mörderin, überrascht wurde, als er in der Badewanne lag. Und dass der Täter, oder die Täterin, eine Codekarte für das Zimmer besaß. Das macht es mir jetzt viel leichter, weil ich keine Sorge haben muss, dass ich mich bei meinen weiteren Überlegungen verzettele."

Eike Hund trank seinen Espresso leer. „Darauf lässt sich aufbauen. Dankeschön." Es klang keinerlei Ironie in seiner Bemerkung mit. Als er sich erhob, durften sich die Bernsteins sicher sein, dass ihnen im Fortgang der Ermittlungen keine wichtigen Erkenntnisse vorenthalten würden.

Kapitel 25

Karl Dernauer schlief lange an diesem Sonntagmorgen. Zum ersten Mal seit Wochen begrüßte ihn nicht die Sonne, als er aufwachte. Der Himmel war wolkenverhangen – und es nieselte sogar leicht.

Das passte zu seiner Stimmung, die auch eher trübe war. Er sehnte sich nach Gabriella, doch sie waren zurzeit eher wie die beiden Königskinder, die nicht zueinanderfanden. Hub tat ihm leid – wobei sich auch immer wieder ein Schmunzeln einschlich, wenn er an seinen gebeutelten Freund dachte. Nur die Arbeit an seinem Roman bereitete ihm derzeit ungetrübte Freude.

Ein reichhaltiges Frühstück besserte seine Laune nur geringfügig. Deshalb legte er sich mit dem „Graf von Monte Christo" in die Badewanne. Nach zwei Kapiteln führte ihn die Lektüre in die reale Welt. Rache – war die das Motiv für den kaltblütigen Mord an Susan Dickens? Oder hatte er es doch eher mit einem Baron Danglars zu tun und es ging nur um schnöden Mammon? Über diesen Gedanken schlief er ein und erwachte erst, als das Wasser stark abgekühlt war.

Es war schon früher Nachmittag, als er sich nach Frankfurt aufmachte, um Hub im Krankenhaus zu besuchen. Das war er seinem Freund schuldig. Hub würde sich bestimmt entsetzlich langweilen, weil er wohl kaum lesen könnte und auch keinen anderen Besuch erwarten durfte. Außer von Günther. Der würde bestimmt mal kurz reinschauen, vor oder nach seinem Termin bei den Frankfurter Kripokollegen.

Als Karl gegen vier Uhr Hubs Zimmer betrat, war dieses leer. Er erkundigte sich bei einer Schwester, und diese gab ihm mit einem süffisanten Zug um den Mund den Tipp, es doch mal im

Aufenthaltsraum zu versuchen. Und siehe da: Karl fand Hub in einer Runde mit vier Frauen, die ihn liebevoll umsorgten und seinen Anekdoten lauschten. Der alte Charmeur hatte sich also überaus erfolgreich ein Ambiente als Hahn im Korb verschafft.

Hub war bester Laune und Karl ärgerte sich ein wenig, dass er sich durch die Tour nach Frankfurt wichtige Zeit für seinen Roman hatte stehlen lassen. Sein Freund kam ganz gut ohne ihn klar. Doch dann sagte er sich, dass es ja viel schöner sei, wenn es Hub gut ging und er nicht den Griesgram geben musste. Denn Hub konnte „böser alter Mann" ganz gut, wenn er sich nicht wohlfühlte. Was allerdings nicht allzu oft vorkam.

Es gelang Karl, seinen Freund für einen kleinen Spaziergang von der Damenwelt loszueisen. Er hatte ein paar Punkte mit ihm zu besprechen, damit der Übergang in die Privatpflegephase reibungslos funktionierte.

Nach rund einer halben Stunde war alles geklärt. Hub würde am nächsten Tag am Vormittag von einem Taxi nach Hause gebracht und gegen Mittag von Karl und Pfleger Jürgen in seiner Wohnung erwartet. Karl ließ sich die Wohnungsschlüssel geben und übergab den Oberstaatsanwalt dann wieder in die Obhut der Damen-Runde, die auf Hub gewartet hatte.

Ganz bewusst ließ Karl Dernauer seinen Freund durch seinen Abschiedsgruß mit einer kleinen Grübelei zurück. „Pfüati", sagte er, als er den Aufenthaltsraum verließ. Und diese Anleihe bei Hubs Marotte verfehlte ihre Wirkung nicht. Hub war sich jetzt sicher, dass Karls neue Freundin aus Bayern stammte.

Es war Zeit fürs Abendessen, als Karl zu Hause ankam. Wie immer, wenn er keine Lust zu kochen hatte, steuerte er das *Vesuvio* an. Koch Andrea verwöhnte ihn mit einer Überraschung als Vorspeise.

„Ich habe ganz frische Austern reinbekommen. Das ist doch bestimmt was für dich?" Karl lachte laut auf, was Andrea ein wenig irritierte. Der freundliche Italiener konnte ja nicht wissen, dass Karl sich an seine Romanhandlung erinnert fühlte.

Als sein Lieblingsgast antwortete, war er aber beruhigt, dass er offenkundig nichts Falsches gesagt hatte.

„Ja, gerne. Sechs Stück bitte. Und danach deine Fischplatte. Ich bin heute von Kopf bis Fuß auf Meer eingestellt."

Karl Dernauer hatte sehr genaue Vorstellungen, wie die Handlung auf der Nordseeinsel weitergehen sollte. Und er brannte darauf, möglichst bald wieder in die Tasten seines Laptops zu hauen.

Kapitel 26

Arthur Bernstein räkelte sich genüsslich in seinem Stuhl, als Eike Hund sich von ihnen verabschiedet hatte. Dann sah er seine Frau ungewohnt ernst an.

„Das war ja wirklich extrem strukturiert, wie Sie Ihre Analyse zum Fall vorgetragen haben. Kompliment, Miss Marple."

Eva antwortete nicht. Sie hing schon wieder ihren Gedanken nach, die weiter um den Fall kreisen. Arthur verteilte die letzten Tropfen aus der Weinflasche und übernahm dann die Regie für die weitere Tagesgestaltung.

„Was hältst du davon, wenn wir jetzt zuerst mal einen kleinen Strandspaziergang machen und uns danach noch ein Stündchen hinlegen. Und dann könnten wir uns ein hübsches Restaurant suchen, um die vorgezogenen kulinarischen Festtage einzuläuten. Dabei können wir ja auch in Ruhe weiter über den Fall diskutieren."

Eva lachte so schallend auf, dass sie alle Blicke der Hotelgäste auf der Terrasse auf sich zog.

„Ich hatte den Eindruck, dass du den Feinschmecker-Teil schon offiziell eröffnet hast. Oder was war das mit dem Dutzend Austern, die du dir gerade gegönnt hast?"

„Es war kein Dutzend. Es waren elf. So etwas Unvollendetes darf man nicht wirklich mitzählen. Wie hat dir deine übrigens geschmeckt?" Arthur grinste über das ganze Gesicht.

„Da hast du natürlich völlig recht. Das muss man streng genommen alles noch unter erweitertem Heilfasten verbuchen, da bin ich ganz bei dir. Und auch mit deinem Vorschlag, was wir mit dem Rest des Tages anfangen sollen, bin ich vollumfänglich einverstanden. Wobei wir nach dem Spaziergang ja nicht zwingend schlafen müssen." Bei den letzten Worten hatte Eva einen eindeutigen Flirt-Blick aufgelegt.

„So ist recht", antwortete Arthur. „Lass uns aber durch die Halle gehen. Der Weg von hier direkt zum Strand ist mir zu steinig und zu unbequem."

An der Rezeption konnten die Bernsteins einen Blick in das dahinterliegende Zimmer werfen. Sie sahen Eike Hund in einem angeregten Gespräch mit einer attraktiven Blondine Anfang vierzig und mit Rainer Göbel. Der Hoteldirektor war also von seiner Dienstreise zurück. Das würde seine Stellvertreterin bestimmt mit großer Erleichterung aufgenommen haben. Aber wer mochte die unbekannte Frau sein?

Als die Bernsteins rund eine halbe Stunde später zurückkehrten, war Eike Hund nicht mehr da. Hoteldirektor Göbel und die blonde Frau aber standen inzwischen vor dem Rezeptionstresen und schienen im Begriff zu sein, ihr Gespräch gerade zu beenden.

Das Ehepaar wollte es eigentlich bei einem freundlichen Gruß im Vorbeigehen belassen, doch Rainer Göbel sprach die beiden an, wobei er in seinem Blick aber zwischen Eva und Arthur und der unbekannten Frau hin und her wechselte.

„Darf ich Ihnen das Ehepaar Bernstein vorstellen? Herr Bernstein ist pensionierter Richter, soviel ich weiß. Seine Frau und er gehören auch zu der Heilfastengruppe, über die wir vorhin gesprochen haben."

Die angesprochene Fremde lächelte das ihr unbekannte Ehepaar freundlich an, vielleicht eine Spur zu süß, wie Eva empfand. Entsprechend konnte sie auch die folgenden Sätze nicht zuverlässig einordnen – ob sie nun aufrecht freundlich oder doch eher mit spitzer Zunge formuliert waren.

„Aha, das sind also die brillanten Amateurdetektive, von denen ich schon so viel gehört habe. Darf ich mich vorstellen?

Ich bin Inka Mathijsen vom LKA und ich leite die Ermittlungen in dem Mordfall. Haben Sie einen Moment Zeit für mich?"

Rainer Göbel nahm die Chance wahr, um sich zurückzuziehen. „Sie haben sicherlich Verständnis dafür, dass ich mich jetzt erst mal um einiges zu kümmern habe, damit der Betrieb in unserem Haus in möglichst geordneten Bahnen weiterläuft."

Eva Bernstein musterte die Frau mit kritischem Blick. Sie war im Business-Look gekleidet, mit einem schicken Hosenanzug, der perfekt saß und ihr sehr gut stand. Dazu trug sie ein offenes und sympathisches Lächeln, und Evas Zweifel, ob sich da ein kleiner Zickenkrieg anbahnen sollte, wurden schnell zerstreut.

„Ganz ehrlich, es ist natürlich sehr ungewöhnlich, dass ich Ermittlungen übernehme, in denen mir von oben zwei eigentlich Tatverdächtige als externe Experten eingestuft werden. Aber ich denke, wir sollten das Beste daraus machen und uns einfach gegenseitig auf den neuesten Stand bringen. Nach der Vorgeschichte, die mir über den Mord in Brandenburg geschildert wurde, spricht wohl wirklich alles dafür, dass keiner von Ihnen als Täter infrage kommt. Und dass Sie uns mit Ihrem Insiderwissen wirklich weiterhelfen können. Hauptkommissar Hund hat Sie übrigens auch in den höchsten Tönen gelobt – und ich schätze den Kollegen sehr."

Evas Gesicht hellte sich auf. „Aber gerne doch." Sie blickte auf ihre Armbanduhr. „Übernachten Sie eigentlich hier auf der Insel oder pendeln Sie hin und her?"

Inka Mathijsen war ob dieser Frage kurz irritiert. „Ich übernachte bei Eike und seiner Familie, wir kennen uns schon sehr lange. Aber warum fragen Sie?"

„Weil ich mich gerne ein wenig frisch machen würde und mein Mann sicher auch. Und dann könnten wir uns in einem netten Lokal mit Meerblick zum Abendessen treffen. Wir haben nämlich unser Heilfastenprogramm angesichts der neuen Umstände komplett abgebrochen. Und ich stehe bei meinem Mann im Wort, dass wir direkt nach der Kur sehr gut essen gehen."

„Das klingt prima. Ich werde Eike fragen, ob er heute Abend Zeit hat." Die beiden Frauen verstanden sich offenkundig auf

Anhieb, was Arthur Bernstein zufrieden registrierte. Seine Eva konnte nämlich anstrengend sein, wenn sie jemanden nicht mochte, mit dem man sich aber irgendwie auseinandersetzen musste.

„Dann schlage ich vor, dass Herr Hund das Restaurant aussucht. Was Besseres, als von einem Einheimischen beraten zu werden, kann es ja wohl kaum geben. In einer Stunde wieder hier im Foyer?"

Die Frau vom Landeskriminalamt nickte Evas Vorschlag ab. Die Bernsteins gingen auf ihre Zimmer und nahmen jeweils eine erfrischende Dusche. Danach setzten sie sich mit einem Cappuccino auf ihren Balkon und genossen schweigend den traumhaften Blick auf Dünen, Strand und Meer. Pünktlich waren sie zur verabredeten Zeit im Foyer.

Die beiden Kriminalbeamten saßen entspannt in einer Sitzgruppe aus gepflegten Ledermöbeln. Sowohl Inka Mathijsen als auch Eike Hund zeigten sich erfreut, als sie das Ehepaar Bernstein erblickten.

Die Kriminalbeamtin vom Festland hatte ihren strengen Hosenanzug gegen ein leichtes buntes Sommerkleid getauscht, zu dem sie eine einfache weiße Strickjacke trug. Nach kurzem Hallo machten sich die beiden Frauen und die beiden Männer zu Fuß auf den Weg zum Restaurant.

„Wir gehen in mein aktuelles Lieblingslokal", sagte Eike Hund. „Das hat erst zum Saisonbeginn aufgemacht und ist an jedem Abend ausgebucht. Ich musste meine Beziehungen spielen lassen, dass wir dort noch einen hübschen Tisch bekommen haben. Ich bin überzeugt, dass es auch Ihren Feinschmeckeransprüchen genügt. Und die Preise sind absolut okay. Darauf muss ein Beamter ja bei seiner Spesenabrechnung achten, wie Sie sicher verstehen werden."

„Wir zahlen schon für uns selbst, keine Sorge. Wir würden Sie auch gerne einladen, aber das geht wohl nicht", antwortete Arthur Bernstein in verständnisvollem Ton. „Als Richter im Ruhestand bin ich zwar formal kein Beamter, aber Ihre Spesenproblematik ist mir sehr wohl vertraut."

Was das Restaurant anging, hatte Eike Hund kein bisschen übertrieben. Eva war geradezu entzückt von der traumhaften Lage – und Arthur von der ebensolchen Speisekarte. Alle Tische waren besetzt, kein Platz war frei. Offenbar hatte der Betreiber des Lokals den kurzfristigen Reservierungswunsch von Eike Hund dadurch erfüllt, dass er einen zusätzlichen Tisch am Rand der Außengastronomie platziert hatte. Was den Vorteil hatte, dass die Bernsteins und die beiden Kriminalbeamten sich ungestört unterhalten konnten.

Als Vorspeise empfahl Eike Hund eine Friesische Fischsuppe. „Ich kann mir nicht vorstellen, dass Sie die woanders schon mal besser gegessen haben", sagte er. Die lokale Delikatesse wurde den Vorschusslorbeeren absolut gerecht. Erst nach diesem Gang widmeten sich die Profis und die Amateurdetektive dem mysteriösen Mordfall.

„Ich denke, wir sind uns alle einig, dass das Opfer seinen Mörder gekannt haben muss." Mit dieser Einleitung beendete Inka Mathijsen den rein geselligen Teil des Abends. „Es gibt keinerlei Hinweise auf einen Raub, und auch die anderen Umstände lassen vermuten, dass Gerd Golombeck ganz gezielt umgebracht wurde. Und wir gehen außerdem davon aus, dass der Täter oder die Täterin eine Codekarte besaß, mit der er oder sie die Tür zur Suite öffnen konnte."

Alle am Tisch zeigten ihr Einverständnis durch Nicken oder Blicke, aber keiner unterbrach die Leiterin der Ermittlungen, und so sprach Inka Mathijsen weiter.

„Eine Universal-Codekarte haben im Hotel viele, vom Hoteldirektor bis zur kleinsten Reinigungskraft. Es ist natürlich sehr gut möglich, dass ein Gast oder ein anderer Externer einen Beschäftigten als Komplizen hatte. Wenn das der Fall ist, lässt sich der Kreis der Verdächtigen zunächst einmal fast gar nicht eingrenzen."

Eva Bernstein dachte daran, dass Volker Robesch angeboten hatte, über eine Kollegin Zugang zum Tatort zu verschaffen. Doch ihr Mann kam ihr mit seiner Bemerkung zuvor.

„Das kann ich sofort bestätigen. Unser Ernährungsberater Volker Robesch – übrigens ein sehr sympathischer Mensch – hat uns heute Morgen angeboten, eine Codekarte zu besorgen, als meine liebe Gattin sich unrechtmäßig Zugang zur Suite verschaffen wollte." Eva spielte ein wenig Empörung angesichts der Offenheit ihres Mannes. Aber die beiden Kriminalisten lächelten nur, und so sprach Arthur weiter. „Wobei ich damit nur unterstreichen will, dass es mit einem Komplizen leicht war, ins Zimmer zu gelangen. Volker ist ein feiner Mensch und für mich über jeden Verdacht erhaben. Und er hatte auch kein Motiv, zumindest keins, das mir bekannt wäre."

Er nahm einen Schluck Wein und fragte die beiden Beamten, ob er ihnen nachschenken dürfe. Beide bejahten, wobei Eike Hund anmerkte: „Wir sind um diese Zeit nicht mehr im Dienst. Das ist für mich eine private Unterhaltung, die gleichwohl unsere Ermittlungen voranbringen kann."

Arthur Bernstein fügte noch einen Gedanken an, der ihm wichtig war. „Wenn es aber diesen Komplizen gibt, dann hat er entweder eine ganz enge Beziehung zum Täter und war mit dem Mord einverstanden. Oder er hat sich leichtgläubig ausnutzen lassen. Und in diesem Fall schwebt er in großer Gefahr."

Die Klarheit, mit der Arthur Bernstein diese sehr reale Gefahr auf den Punkt gebracht hatte, sorgte für eine spürbare Beklemmung und ein längeres Schweigen am Tisch. Dann ergriff wieder Inka Mathijsen das Wort.

„Wir müssen das sicherlich im Hinterkopf präsent halten, aber es hilft uns im Moment nicht weiter, da wir ja weder eine Ahnung vom Täter noch von einem möglichen Komplizen haben. Und so lange wir nicht wissen, wen wir schützen müssen, können wir in dieser Beziehung auch nichts unternehmen."

Sie wollte das Gespräch gerade in die ihr wichtige Richtung lenken, als sie durch die Kellnerin gestört wurde, die das Hauptgericht brachte. Eike Hund hatte die große Fischplatte nach Art des Hauses bestellt, die sich als exzellente Wahl entpuppte – was auch dazu führte, dass Arthur Bernstein sich in den nächsten Minuten kaum an der Unterhaltung beteiligte.

Inka Mathijsen nahm ihren Faden wieder auf. „Wir können also überall und nirgends beginnen. Am besten wird es wohl sein, dass wir uns zunächst auf die Heilfastengruppe konzentrieren. Herr Robesch hat bei seiner Vernehmung erwähnt, dass Golombeck am Vorabend seiner Ermordung jeden am Tisch mehr oder weniger ernsthaft bedroht hat. Können Sie das bestätigen? Da könnte ja schließlich ein Mordmotiv liegen."

Eva Bernstein schaute ihren Mann an, aber da Arthur sich offenbar mehr auf die kulinarischen Köstlichkeiten konzentrieren wollte, antwortete sie.

„Ja, das war so. Wobei ich irritierend fand, dass er meinen Mann und mich als Einzige komplett verschonte. Ich komme gerne gleich noch einmal auf diesen Abend zurück, weil ich ebenfalls das unbestimmte Gefühl habe, als hätte der Mord damit zu tun, dass sich jemand ernsthaft von Gerd Golombeck bedroht fühlte. Aber ich möchte zunächst noch einen anderen Punkt ansprechen, für den ich keine wirklich plausible Erklärung habe. Hat einer von Ihnen eine Idee, warum sich jemand, der eine eigene Villa auf der Insel besitzt, im Hotel einmietet? An der Heilfastenkur kann es kaum gelegen haben, denn die hat Golombeck nach meiner Einschätzung nicht wirklich mit Überzeugung absolviert. Sie war für ihn eher Mittel zum Zweck."

„Das ist in der Tat sehr verwirrend." Es war Eike Hund, der sich jetzt einschaltete. „Eine überzeugende Erklärung habe ich dafür auch noch nicht. Das Einzige, was ich mir zusammenreimen könnte, ist ein gezielter Plan, den Golombeck damit verfolgte. Erpressung wäre denkbar, wenn ich die Drohungen berücksichtige. Wobei es ihm bei seiner traumhaften finanziellen Situation dabei aber kaum um Geld gegangen sein dürfte."

Eva fühlte sich bestätigt. „In diese Richtung denke ich auch. Wobei ich Golombeck eher so einschätze, dass er der Typus Machtmensch ist, der seine Befriedigung daraus zieht, Menschen zu erniedrigen und sie zu quälen. Und da ich finanzielle Motive bei dieser Form der Erpressung ebenfalls ausschließe, käme im Prinzip jeder aus der Runde infrage."

Das folgende kurze Schweigen wurde von Inka Mathijsen beendet. „Dann wollen wir jetzt einmal festhalten, was wir wissen. Keiner aus der Fastengruppe hat ein sicheres Alibi, das haben die Vernehmungen ergeben. Die Mordmethode legt zudem nahe, dass der Täter über eine gewisse Kraft verfügen muss, wobei der Überraschungseffekt ihm natürlich in die Hände spielte, weshalb wir eine Frau nicht gänzlich ausschließen können. Er oder sie muss selbst über eine Codekarte verfügen oder er oder sie muss sie sich besorgt haben, zum Beispiel über einen Komplizen oder eine Komplizin. Und als Mordmotiv ist zumindest beim derzeitigen Stand der Ermittlungen erste Wahl, dass sich jemand von Golombeck bedroht fühlte. Und zwar existenziell, denn sonst wäre er nicht zum Mörder geworden."

Dieses Zwischenfazit blieb unkommentiert stehen, bis der Hauptgang beendet war. Dann übernahm Eike Hund die Gesprächsführung.

„Könnten Sie, Frau Bernstein, uns vielleicht mal die Teilnehmer an der Kur aus Ihrer ganz persönlichen Sicht beschreiben? Vielleicht stolpern wir dabei ja über Ungereimtheiten im Vergleich zu den Vernehmungen, deren Protokolle wir beide vorhin sehr genau studiert haben."

Eva sammelte sich einen Moment, um dann eine prägnante Beschreibung und Einschätzung aller Kursteilnehmer aus ihrer Sicht vorzutragen. „Herr Brandstetter hing an den Lippen seines Jugendfreunds Golombeck. Er hat ihn kritiklos bewundert, wie ich fand. Es hat ihn nach meiner Wahrnehmung sehr getroffen, dass auch er von Golombeck attackiert wurde. Er wirkte zumindest sehr überrascht. Seine Frau hat aus ihrer Abneigung gegenüber Golombeck keinen Hehl gemacht. Aber auch sie hat sich nicht gewehrt, als er ihr irgendwas in Richtung Untreue unterstellt hat. Er hat das allerdings auch nur kurz erwähnt und ist dann zu seinem nächsten Opfer übergegangen. Nach ihr war glaube ich diese graue Maus, Herr Frisch, an der Reihe. So war es doch, Arthur – oder irre ich mich in der Reihenfolge?"

„Nein, genau so war es. Wobei ich diesen Herrn Frisch als geborenes Opfer ansehe. Da reicht fast schon ein böser Blick, um ihm Angst zu machen."

Eva fuhr in ihrer Schilderung fort. „Bei Martina Jäger habe ich mich von Anfang an gefragt, warum sie sich diesen Lebensgefährten antut. Golombeck war sehr gemein zu ihr, gefühlskalt und herrisch. Aber vielleicht war es sein Reichtum, der sie anzog. Apropos: Wird sie zur Haupt- oder gar zur Alleinerbin?"

Inka Mathijsen bewegte ihren Kopf kurz hin und her. „Da laufen unsere Ermittlungen noch. Wir konnten sie auch heute noch nicht befragen, das hat die Psychologin nicht gestattet, weil Frau Jäger noch unter Schock stand. Aber morgen können wir sie wahrscheinlich vernehmen."

Eva Bernstein sprach nach kurzer Überlegung weiter. „Zu Volker Robesch hat mein Mann ja schon was gesagt. Ich schätze ihn im Prinzip genauso ein, wobei es ja schon vorgekommen sein soll, dass auch sehr sympathische Menschen zum Mörder wurden. Wenn ich es recht überlege: Wenn man total in die Enge getrieben wird, dann könnte wohl so gut wie jeder Mensch zum Mörder werden. Aus archaischem Selbsterhaltungstrieb."

Sie trank einen Schluck Mineralwasser und schloss ihre Zusammenfassung ab. „Antoinette Kempfer ist ebenfalls sehr sympathisch, eine aparte typische Französin, wie wohl viele sie beschreiben würden. Sehr grazil. Ob sie die Kraft hätte, einen Mann zu erdrosseln – da habe ich eher meine Zweifel."

Jetzt schaltete sich Arthur Bernstein wieder ein. „Ja und nein. Ja, sie wäre dazu in der Lage, denn sie hat mir erzählt, dass sie Kampfsportlerin ist – und wohl sogar eine ziemlich erfolgreiche. Nein, weil ich ihr eine solche Tat einfach nicht zutraue. Ich schließe Volker und Antoinette ebenso eindeutig aus wie meine Frau Martina Jäger."

Erst nach dem Dessert, als vor jedem ein Espresso und ein Digestif standen, löste sich die Runde von dem alles beherrschenden Thema. Die letzte Bemerkung von Inka Mathijsen zum Fall bezog sich auf die Hoteldirektion.

„Für Herrn Göbel ist dieser Mord natürlich eine mittlere Katastrophe. Er hat zwar sehr viel Verständnis für unsere Ermittlungen gezeigt, uns aber um möglichst diskrete Arbeit gebeten, was wir beide im Rahmen unserer Möglichkeiten auch zugesagt haben. Er hat ja eine ganze Reihe von Wellness-Häusern, das kann man fast schon einen Konzern nennen. Und allein schon für das Haus auf Sylt ist diese Gewalttat schlimm fürs Renommee. Aber er hat die wohl nicht ganz unbegründete Sorge, dass auch der Ruf seiner anderen Häuser negativ beeinträchtigt werden könnte. Darum hat er auch seine Fahrt nach Stuttgart abgebrochen und ist nach Sylt zurückgekehrt. So wie ich seine Stellvertreterin kennengelernt habe, wäre sie der Situation allein auch nicht gewachsen gewesen."

Arthur Bernstein nickte zustimmend. „Wir haben ihn ja zu Beginn unseres Aufenthalts kennengelernt. Ein feiner Mensch, stimmt's nicht, Eva? Ich hatte den Eindruck, dass er ganz und gar nur für seine Hotels lebt. In seiner Haut möchte ich jetzt nicht stecken. Ein Wellness-Hotel steht ja für unbeschwerte Lebensfreude. Und die lässt sich mit einem Mord nur schwer in Einklang bringen." Nach einer kurzen Pause fuhr er fort: „Wobei ich seine Sorgen schon für überzogen halte. Die Leute vergessen schnell, sogar einen Mord."

Eike Hund verabschiedete sich mit einem Ausblick auf den nächsten Tag, bevor er mit seiner Kollegin den Heimweg antrat und die Bernsteins mit Weißwein und Meerblick allein zurückließ.

„Ich schlage vor, dass wir uns morgen um die Mittagszeit wiedersehen. Hier ist mein Kärtchen, vielleicht klingeln Sie einfach kurz an, wenn es bei Ihnen passt."

Kapitel 27

Die neue Woche begann für Karl Dernauer ausgesprochen erfreulich. Er hatte in der Nacht sehr lange am Schreibtisch gesessen und war erst zu Bett gegangen, als schon der Morgen dämmerte. Es war schon kurz vor zehn, als er durch das Klingeln seines Telefons geweckt wurde.

Seine Verlegerin war am Apparat – und sie sprühte vor guter Laune. Karl brauchte einen Moment, bis er auf einem ähnlich lebendigen Kommunikationslevel war.

Sie habe das Manuskript des zweiten Romans gelesen, hörte Karl. Und der gefalle ihr genauso gut wie der erste. Vielleicht sogar noch besser. Auf jeden Fall werde er auch veröffentlicht. Er sei doch sicher einverstanden, wenn die Vertragsdetails unverändert blieben …

So unverhofft diese Nachricht kam, so sehr freute sich Karl Dernauer darüber. Sein erster Roman war noch gar nicht im Handel, da hatte er schon den Vertrag für den zweiten in der Tasche. Und sein dritter war auch schon recht weit gediehen. Es war nicht auszuschließen, dass er diesen fertigstellte, bevor sein erster überhaupt auf dem Markt war. Wenn das mal keine rasante Entwicklung war …

Nach dem Gespräch war Eile geboten, weil er Hub schon in gut einer Stunde in dessen Wohnung in Empfang nehmen wollte. Karl gönnte sich nur eine kurze Dusche und überflog die Zeitung am Küchentisch halb im Stehen. Dabei mümmelte er ein Brot vor sich hin und trank zwei große Pötte Kaffee. So schaffte er es denn auch fast pünktlich zu Hubs Wohnung, vor der Pfleger Jürgen schon auf ihn wartete.

Gemeinsam besichtigen sie die Räumlichkeiten. Jürgen machte sich mit allem vertraut und übte sich auf Karls Anraten hin zunächst einmal in der Bedienung von Hubs ultramodernem Kaffeevollautomaten. Da sein Schützling für Tage, wenn nicht Wochen nicht in der Lage sein würde, die einfachsten Dinge im Haushalt selbst zu erledigen, war die Beherrschung der fremden Küche eine ebenso wichtige Anforderung an die Pflegekraft wie die Erledigung der Körperhygiene oder Hilfe beim Toilettengang.

Karl sah seine positiven Erwartungen noch übertroffen. Jürgen würde den bisweilen exzentrischen Patienten mit der nötigen

Geduld rundum versorgen. Es klingelte. Hub wurde von einem Taxifahrer in seine eigene Wohnung geleitet.

Nach einer kurzen Vorstellung übernahm Jürgen auf freundliche, aber bestimmte Art das Kommando. Er führte Hub an den Küchentisch und fragte ihn, ob er etwas essen oder trinken wolle.

„Ein Cappuccino wäre gut", war die schlichte Antwort von Hub.

Jürgen setzte seine frisch erworbenen Kenntnisse mit dem Vollautomaten wie selbstverständlich um und flößte seinem Patienten dann vorsichtig das heiße Gebräu ein. Hub war sichtlich angetan von der häuslichen Pflege, die ihm zuteilwurde.

Die beiden Männer, die sich erst vor wenigen Minuten kennengelernt hatten, wirkten auf Anhieb so vertraut wie langjährige Freunde. Sie plauderten angeregt miteinander und ignorierten Karls Anwesenheit weitgehend. Das war für ihn das willkommene Signal, dass er sich zurückziehen konnte.

Als Jürgen zur Toilette ging, nutzte Karl die Gelegenheit, den Oberstaatsanwalt noch kurz auf den aktuellen Fall anzusprechen. Hub war aber offenkundig zu sehr mit seiner neuen persönlichen Situation beschäftigt und nicht an irgendwelchen Details der Ermittlungen interessiert. Er hatte sich nicht einmal von Günther den neuesten Stand schildern lassen. Sein aktuelles Desinteresse wurde an seinem schrägen Kommentar zum Thema deutlich.

„Es darf kein Äußerstes geben, zu dem wir nicht entschlossen wären, und keine Lauer, auf der wir nicht lägen."

Karl schmunzelte. „Aha, wir sind also immer noch in unserer Heinz-Erhardt-Phase. Nun gut. Wenn dich unser Fall im Moment nicht zu berühren scheint – könnte ich dein Interesse denn dadurch wecken, dass ich dich für morgen Abend zum Essen zu mir einlade? Frei nach dem Erhardtschen Motto: *Heut essen wir den Suppenhahn, den gestern wir noch huppen sahn?*"

Hub setzte eine übertrieben entsetzte Miene auf. „Warum erst morgen und nicht heute? Hast du was Besseres vor, als dich um deinen besten Freund in seiner schwierigsten Lebenslage zu kümmern? Ich muss gestehen, dass ich tief enttäuscht bin."

In Wirklichkeit ging es Hub nur darum, seinen Freund aus der Reserve zu locken, damit dieser endlich von seiner neuen Liebe erzählte. Doch Karl durchschaute diesen plumpen Trick und hatte seinen Spaß daran, Hub mit einem erneuten „Pfüati" noch einmal auf die falsche Fährte zu führen.

Er hatte die Hoffnung, den Abend mit Gabriella verbringen zu können. Und so schrieb er ihr sofort eine Nachricht, als er zu Hause angekommen war. Die Antwort kam wie so oft prompt. Gabriella hatte leider heute keine Zeit, weil sie eine Doppelschicht fahren musste, da ein Kollege erkrankt war. Dafür könne sie aber am nächsten Abend.

Karl ärgerte sich über sein schlechtes Timing. Doch dann dachte er sich: Es soll wohl so sein, dass Gabriella morgen Hub kennenlernt. Jetzt wunderte er sich darüber, was ihn überhaupt so lange an diesem Gedanken gestört hatte. Gabriella und Hub gehörten als wichtige Bestandteile zu seinem Leben – es gab eigentlich gar keinen Grund, sie auseinanderzuhalten. Er würde also das Beste daraus machen und sich heute exzessiv seinem Roman widmen.

In einer weiteren Nachricht an Gabriella berichtete Karl, dass er Hub für den Dienstagabend zum Essen bei sich eingeladen habe. Was sie davon halte, ihn gemeinsam zu bekochen.

Die Antwort klang ihm einen Tick zu erfreut: „Super Idee. Dann bis morgen. Kusskusskuss." Zog Gabriella einen Abend zu dritt einem zu zweit vor? Er schob den absurden Gedanken beiseite.

Gerade hatte er seinen Rechner hochgefahren, da klingelte erneut das Telefon. Günther Keller klang noch eine Spur munterer als sonst, fast schon ein wenig aufgekratzt.

„Hallo Karl, was hältst du davon, wenn ich heute Abend mit einem Fläschchen Wein bei dir vorbeischaue? Es gibt sehr interessante Neuigkeiten – und die schreien fast nach einem Experten-Dialog."

Der kleine Seitenhieb auf Hub, dessen kriminalistische Fähigkeiten nicht so ausgeprägt waren wie die von Günther Keller und

Karl Dernauer, war Karl nicht entgangen. Er beließ es aber bei einem Schmunzeln und sparte sich einen Kommentar. Die neue Perspektive der Abendgestaltung sagte ihm sehr zu. Er war höchst gespannt, was unter den interessanten Neuigkeiten zu verstehen war. Und doch schaffte er es, seine Neugier im Zaum zu halten. Er war in Gedanken schon zu sehr bei seinem Roman, um sich jetzt ablenken zu lassen. Deshalb antwortete er kurz und knapp.

„Um sieben steht das Essen auf dem Tisch."

Kapitel 28

Eva Bernstein saß schon sehr früh am Morgen mit einem Kaffee auf ihrem Balkon. Sie hatte erstaunlich gut geschlafen, trotz des ereignisreichen und aufwühlenden Tages, der hinter ihr lag. Eva liebte solche ruhigen und ungestörten Minuten direkt nach dem Aufstehen. Das wunderschöne Licht um diese Zeit trug zusätzlich dazu bei, dass sie bester Laune war.

Das geplante Programm ihrer Heilfastenkur war seit gestern Vergangenheit. Arthur und sie hatten jetzt die Möglichkeit, aber auch die Aufgabe, die nächsten Tage sinnvoll zu gestalten. Am besten, man konzentrierte sich zunächst mal nur aufs Heute.

Der brutale Mord hatte aber nicht nur ihr eigenes Leben völlig durcheinandergewirbelt, sondern auch das von mehreren anderen Menschen. Vor allem das von Martina Jäger. Evas Gedanken kreisten jetzt um die Frau des Opfers.

Wie mochte es ihr gehen? War sie allein in ihrer Villa? Hatte sie Angehörige, die ihr in diesen schweren Stunden beistehen konnten? Kinder vielleicht? Oder Geschwister? Eva Bernstein wurde klar, wie wenig sie über Martina Jäger wusste.

Wie kam es dann, dass sie die Frau als mögliche Mörderin kategorisch ausschloss? Sollte sie nicht noch einmal in Erwägung ziehen, dass sie es doch gewesen sein könnte, die Gerd Golombeck in der Badewanne erdrosselt hatte? Sie hatte die Möglichkeit, weil sie auch ohne fremde Hilfe die Suite betreten konnte.

Und sie hatte das vielleicht beste Motiv von allen – vielleicht sogar gleich mehrere: Sie würde eventuell zu einer sehr reichen Frau. Und sie konnte sich eines Mannes entledigen, der ihr das Leben zur Hölle gemacht hatte.

Eine Hölle wäre es zumindest für Eva gewesen, mit einem solchen Ekel zusammenzuleben. Aber vielleicht war es bei Martina Jäger ja anders. Vielleicht hatte sie ihren Mann ja wirklich geliebt?

Wenn es also nun doch Martina Jäger gewesen sein sollte? Dann würden alle Puzzleteile perfekt zusammenpassen. Aber nach wie vor sträubte sich alles in Eva Bernstein, an Martina Jäger als Mörderin zu glauben. Und auf ihre Intuition konnte sie sich so gut wie immer verlassen.

Im Zimmer nebenan war immer noch alles ruhig, Arthur schlief anscheinend noch tief und fest. Eva holte sich eine zweite Tasse Kaffee und blinzelte in die Morgensonne.

Es lohnte nicht, diesen Gedanken weiter zu verfolgen. Inka Mathijsen und Eike Hund würden selbstverständlich sehr korrekt überprüfen, ob Martina Jäger ihren Mann umgebracht hatte. Eva hatte die beiden Kriminalbeamten inzwischen gut genug kennengelernt, dass sie wusste: Wenn Martina Jäger es doch war, dann würden sie es herausfinden.

Es gab also keinen Grund, mit dieser Möglichkeit weitere Zeit zu verplempern. Interessant war der Fall für sie nur, wenn Martina Jäger es nicht war.

Wie sah es mit den anderen Teilnehmern am Heilfastenprogramm aus? Überhaupt: Es stellte sich eine ganz andere Frage. Würde es fortgesetzt? Business as usual nach einem solch einschneidenden Erlebnis? Gestern war gar nicht darüber gesprochen worden, ob man sich am Morgen zur üblichen Strandwanderung treffen wollte. Oder gar schon zum gemeinsamen Gemüsebrühefrühstück.

Auf dem Balkon neben ihr tat sich etwas. Die Tür wurde geöffnet und Arthur trat heraus. Auch er schien eine gute Nacht gehabt zu haben.

„Aaah – ist das ein Morgen. Man wird begrüßt von Sonne, Meer und einer schönen Frau. Kann ein Mann sich mehr wünschen?"

„Guten Morgen, mein allerliebster Lieblingsmann. Leistest du mir ein wenig Gesellschaft? Auf dem Sideboard in meinem Zimmer findest du frischen Kaffee."

Arthur Bernstein antwortete nicht, sondern ging zurück in sein Zimmer. Kurz danach tauchte er mit einem Milchkaffee in der Hand auf Evas Balkon auf und setzte sich neben sie. Beide genossen schweigend die Morgenidylle. Eva war überrascht, als Arthur unvermittelt das Thema ansprach, mit dem sie selbst sich zuletzt beschäftigt hatte.

„Was meinst du – wird Volker heute Morgen die übliche Wanderung anbieten? Wenn ja, ich hätte nichts dagegen. Und je nachdem, wer dabei wäre, könnten wir auch beide ein wenig weiterermitteln. Oder hat meine Miss Marple über Nacht schon die Lösung des Falles gefunden?"

„Nein, das hat sie leider nicht. Übrigens: Wenn ich Miss Marple bin, wer bist du dann? Doch hoffentlich nicht mein Neffe, der in mehreren Romanen eine Schlüsselrolle spielt. Das möchte ich nicht, weil es mich einiger Möglichkeiten der gemeinsamen Freizeitgestaltung berauben würde, auf die ich keinesfalls verzichten möchte."

Evas früher Flirt hatte die erwünschte Wirkung. Erst eine Stunde später trafen die Bernsteins im Frühstücksraum ein.

Am Tisch der Gruppe saßen Volker Robesch, Lothar Frisch und Antoinette Kempfer. Kurz nach den Bernsteins erschien auch Sepp Brandstetter. Offenbar gingen alle davon aus, dass das Kur-Programm auch nach dem Mord in gewohnter Form weiterlaufen würde.

Sepp Brandstetter wirkte sehr angeschlagen. Der Tod seines bewunderten Vorbilds aus Jugendtagen hatte ihn ganz offensichtlich schwer aus der Bahn geworfen. Die schwere Alkoholfahne ließ den Schluss zu, dass er versucht hatte, den Mord mit Hochprozentigem zu verarbeiten.

„Meine Frau lässt sich entschuldigen. Sie hat die Nacht bei Martina in ihrem Haus verbracht. Vorhin haben wir kurz telefoniert, Martina steht wohl immer noch unter Schock."

Keiner sagte etwas, bis Volker Robesch in ruhigem, aber doch leicht verunsichertem Ton das Wort ergriff.

„Jedem ist ja sicherlich klar, dass wir mit einer solchen Situation keinerlei Erfahrung haben. Ich frage deshalb einfach in die Runde: Sollen wir uns nachher zur Strandwanderung treffen? Ich biete das natürlich an, aber ich habe selbstverständlich auch für jeden Verständnis, der jetzt aussteigt."

Die fünf Angesprochenen blickten sich eher ratlos an, wobei die Bernsteins ganz bewusst schwiegen. Sie hatten sich abgesprochen, dass sie möglichst unbefangen und für jede Variante offen auftreten würden, um die Reaktionen in der Truppe zu beobachten.

In diesem Moment erschien Rainer Göbel am Tisch. Der Hoteldirektor war ganz offenbar um ein ebenso einfühlsames wie gelassenes Auftreten bemüht, wie Eva Bernstein empfand.

„Schön, dass ich fast alle von Ihnen antreffe. Für unser Hotel versteht es sich von selbst, dass jeder von Ihnen frei ist, den Kurs fortzusetzen oder abzubrechen. Ich würde mich natürlich freuen, wenn Sie weitermachen, aber falls Ihnen der Sinn nach diesem schrecklichen Ereignis nicht mehr danach steht, entstehen für Sie keinerlei Kosten. Im Gegenteil: Wir sind bereit, Ihnen die komplette Kursgebühr zu erlassen. Der Anspruch unserer Hotels ist, dass unsere Gäste unbeschwerte und glückliche Tage bei uns verbringen können."

Diese Form extremer Kulanz war nicht selbstverständlich und das äußerte Arthur Bernstein auch.

„Das ist sicherlich eine vorbildliche Einstellung, und dafür danke ich Ihnen auch im Namen der gesamten Gruppe." Er blickte in die Runde, um sich zu vergewissern, dass keiner es als anmaßend verstand, dass er ohne Absprache für alle sprach.

Dies schien nicht der Fall, und so sprach er weiter. „Ich denke, eine Wanderung am Strand wird wohl jedem von uns heute Morgen guttun. Und danach können wir ja weitersehen."

Wieder stimmten ihm die drei anderen offenbar zu, denn keiner sagte etwas. Rainer Göbel zog sich mit einem gequält wirkenden Lächeln zurück.

„Der Mord hat ihn schwer getroffen", murmelte Eva Bernstein ihrem Gatten zu. „Ich glaube, er sieht wirklich sein Lebenswerk in Gefahr, wie du es gestern Abend ja auch schon eingeschätzt hast." Arthur nickte zustimmend. Dann übernahm er endgültig das Kommando in der verunsicherten Truppe.

„Dann schlage ich vor, dass wir uns gegen zehn Uhr zur Wanderung treffen. Das passt doch, Volker – oder? Eva und ich werden jetzt aber zunächst mal ganz konventionell ausgiebig frühstücken gehen. Wir haben unser eigenes Programm dahingehend modifiziert, dass wir mit dem Fasten aussetzen, den Bewegungsteil aber nach wie vor absolvieren. Aber natürlich werden wir so rücksichtsvoll sein, uns beim Frühstück an einen anderen Tisch zu setzen."

Er erhob sich mit einem freundlichen Lächeln in die Runde und blickte dann Eva an. Sie lächelte ebenfalls und folgte ihm in Richtung des reichhaltigen Buffets.

Kapitel 29

Karl Dernauer tat der Rücken weh. Er hatte rund fünf Stunden ohne Pause am Schreibtisch gesessen und das war keine gute Idee gewesen. Jetzt rächte sich, dass er keine einzige Pause eingelegt hatte. Mit einem kurzen Spaziergang um den Block steuerte er erfolgreich gegen.

Es war an der Zeit, sich schleunigst Gedanken über das Menü zu machen, das er Günther Keller versprochen hatte. Der Blick in den Kühlschrank war enttäuschend und für einen Einkauf reichte die Zeit nicht mehr. Jetzt konnte ihm nur noch Tiefgefrorenes weiterhelfen.

Wie gut, dass er seinen Gefrierschrank immer gut sortiert hielt. Reichlich geschälter Spargel war noch da – und Meeresfrüchte sowieso immer. Ein Spargelsalat war schnell gemacht, das anschließende Risotto ebenfalls. Günther könnte ihm von den jüngsten Ermittlungen erzählen, während er am Herd vor sich hin rührte. Und als Nachtisch bot sich eine Rote Grütze an, die er aus den gefrorenen Waldbeeren zaubern konnte. Ihm lief schon bei der Planung das Wasser im Mund zusammen.

Zwei Minuten nach sieben hörte Karl das Gartentörchen knarren. Er musste es dringend ölen. Günther Keller hatte sich Hubs Weg auf Karl Dernauers Anwesen zu eigen gemacht: Auch der Oberstaatsanwalt klingelte nie an der Haustür.

Was der Hauptkommissar als „Fläschchen Wein" angekündigt hatte, entpuppte sich als eine Kollektion aus drei Spitzen-Weißweinen, transportiert in einer Kühlbox. Günther präsentierte die Flaschen nicht ohne Stolz: „Das Beste, was mein Keller zurzeit zu bieten hat. Zwei trockene und ein leicht süßlicher zum Dessert. Es gibt doch drei Gänge – oder?"

Karl nickte bedächtig mit dem Kopf, was sowohl die Frage positiv beantworten als auch Anerkennung ausdrücken sollte. „Dann hoffe ich sehr, dass die Qualität des Essens einigermaßen mit der der Getränke Schritt halten kann."

„Ich habe da nicht die geringsten Zweifel", antwortete Günther und stellte zwei der drei Flaschen in den Kühlschrank. Die dritte entkorkte er und füllte damit großzügig zwei Gläser. Zeitgleich hatte Karl Dernauer die Teller mit dem Spargelsalat auf die Terrasse gebracht.

„Jahreszeitlich nicht ganz angemessen. Aber ich denke, du kannst damit leben."

Günther Keller konnte. Er war begeistert von der unerwarteten und erfrischenden Vorspeise, sowohl vom gebratenen Spargel als auch von dem exzellenten Dressing, bei dem Süße, Säure und Schärfe sehr harmonisch kombiniert waren. Karl war voll des Lobes für den süffigen Weißwein, den Günther ausgewählt hatte. Und so widmeten sich die beiden Freunde zunächst ganz dem leiblichen Genuss und stellten den geistigen in Form kriminalistischen Denksports zurück. Während Karl nach der Vorspeise eine Zigarette rauchte, war Hubs Befinden nach seinem Unfall das Thema. Und sein Umgang mit der unangenehm eingeschränkten Selbstständigkeit. Erst als die beiden Männer in die Küche umzogen, damit Karl das Risotto mit Meeresfrüchten zubereiten konnte, kamen sie auf den eigentlichen Grund von Günthers Besuch zu sprechen.

„Dann lass mal hören, was es so Interessantes an Neuigkeiten gibt. Aber bitte enttäusche mich nicht dadurch, dass ihr den Täter schon habt und dass alles aufgeklärt ist."

„Die Sorge kann ich dir nehmen – aber es könnte schon sein, dass wir einen ganz wichtigen Schritt in die richtige Richtung getan haben. Und wenn sich das bewahrheitet, dann könnte es in der Tat sein, dass für dein Hercule-Poirot-Gehirn nicht mehr viel tun bleibt. Dass deine kleinen grauen Zellen also gar nicht gefragt sind."

Karl Dernauer löschte den Risotto-Ansatz mit Weißwein ab und rührte dann auch den ersten kräftigen Schuss Gemüsefonds unter. „Mach Witze …" war sein einziger Kommentar. Dieses Sprüchlein stammte von einem guten Freund, der es häufig einstreute, wenn er ungläubiges Staunen ausdrücken wollte.

Günther Keller verstand die Aufforderung, mit seiner Schilderung der Ermittlungsergebnisse fortzufahren.

„Du erinnerst dich, was unser letzter Stand war? Dass Susan Dickens über John Harper zum Konsulat kam. Und Susi Flach hatte uns erzählt, dass ihr Ex nur auf das angebliche Vermögen von Susan Dickens abfuhr. Und dass Susan Dickens wohl irgendetwas mit der IT-Branche zu tun hat. Drei einerseits eigenständige Spuren, die aber andererseits eventuell auch irgendwie zusammenpassen könnten – wenn sich denn herausstellen sollte, dass alles auch wirklich stimmt. Und was soll ich dir sagen? Es stimmt alles. Und was noch besser ist: Es passt sogar alles zusammen."

Karl Dernauer war so in der spannenden Erzählung gefangen, dass ihm fast das Risotto angebrannt wäre. Gerade noch rechtzeitig goss er Fonds nach und rührte vorsichtig weiter.

„Geht das auch alles mit etwas mehr Linie in der Wiedergabe eurer Erkenntnisse? Oder hast du Hubs Job übernommen, die einzelnen Fakten ohne Struktur vorzutragen?" Was bissig klang, fasste Günther Keller zu Recht eher als Kompliment auf. Wie es von Karl ja auch gemeint war. Der Hauptkommissar war sich der Wertschätzung, die Karl für ihn empfand, durchaus bewusst.

„Du hast ja recht. Also jetzt in geordneter Form. Susan Dickens ist nicht nur vermögend, sondern reich. Nach unseren ersten Ermittlungen mehr als hundert Millionen schwer. Und das ist eher vorsichtig geschätzt. Und warum ist sie so reich? Weil sie Hauptanteilseignerin einer boomenden IT-Firma in den USA ist. Und woher kannten sie und John Harper sich? Weil Susan Dickens mal mit dem Bruder von John Harper liiert war. Und wer ist Geschäftsführer der IT-Firma, die mehrheitlich Susan Dickens gehört? Genau: Harpers Bruder."

Die geballte Fülle an Infos war sogar für Karl Dernauers kriminalistische Fähigkeiten fast zu massiv. Er schwieg und versuchte seine Gedanken zu ordnen, während er das Risotto mit Butter und Parmesan finalisierte und dann vorsichtig die leicht angebräunten Meeresfrüchte unterhob.

„Das musst du mir jetzt alles noch einmal beim Essen wiederholen", sagte er und trug dabei die beiden üppig gefüllten Teller nach draußen. „Klingt alles ganz so, als hättet ihr wirklich eine richtig heiße Spur."

Günther Keller reicherte seine zweite Zusammenfassung der Ermittlungsergebnisse mit einigen zusätzlichen Details an, die vor allem erklärten, wie ungewöhnlich gut die Kooperation mit den Frankfurter Kollegen, vor allem aber mit dem Generalkonsulat und den amerikanischen Behörden abgelaufen war. Dabei gelang es den beiden Feinschmeckern trotz der Konzentration auf den Fall, die Leckereien auf dem Tisch zu würdigen. Risotto und Wein passten so perfekt zusammen, dass man hätte glauben können, Günther Keller hätte vorher gewusst, was Karl Dernauer kochen würde.

Nach dem Hauptgang zog der Hobbykriminalist sein Fazit gegenüber dem Kripobeamten.

„Die neuen Fakten ändern zwar nichts daran, dass John Harper nicht der Täter gewesen sein kann. Aber alles andere scheint so perfekt zusammenzupassen, dass ich mich weiterhin auf keinen Fall von meinem starken Gefühl verabschieden will: Der Mann hängt mit drin. Wie auch immer."

Günther Keller nickte leise vor sich hin und nahm betont langsam einen kräftigen Schluck Wein. Ein feines Lächeln umspielte seinen Mund, als er zum großen Finale ausholte.

„Aber das Tollste habe ich dir noch gar nicht erzählt..." Nach einer fast schon gemein langen Pause fügte er hinzu: „Wenn du mir verrätst, was es als Nachtisch gibt, erzähle ich es dir..."

„Rote Grütze."

„Bingo. Passt zum Wein. Ja, mich hat fast der Schlag getroffen, als ich das gehört habe. John Harpers Bruder – er heißt übrigens Jim – ist nicht einfach nur sein Bruder."

„Was heißt das denn? Was ist er denn noch?"

„Sonst nichts. Er ist sein Bruder. Aber ein ganz besonderer. Du kommst drauf – da bin ich mir sicher."

Karl Dernauer wusste, dass es sich um eine Denksportaufgabe handelte, die Günther Keller ihm servierte. Und er hatte den Ehrgeiz, die Nuss zu knacken. Er dachte angestrengt nach und zog dabei die Augenbrauen eng zusammen. Unvermittelt murmelte er einen Heinz-Erhardt-Spruch vor sich hin.

„Ich habe die Stirn, sie zu runzeln."

„Das sehe ich." Günther Keller hatte seinen Spaß daran, dass er seinen Freund ins Grübeln gestürzt hatte.

Doch schon entspannten sich Karl Dernauers Gesichtszüge. „Das ist echt der Hammer. Wirklich? Die beiden sind Zwillingsbrüder? John und Jim Harper? Eineiige, versteht sich."

Günther Kellers breites Grinsen war für Karl Dernauer die Bestätigung, dass er das Rätsel gelöst hatte.

„Jetzt verstehe ich natürlich auch, was du damit gemeint hast, dass eventuell die Tat bald aufgeklärt wird. Wenn Jim Harper kein Alibi hat – oder wenn er vielleicht zur Tatzeit sogar in Deutschland war – dann könnte er der Mörder sein."

Günther Keller prostete Karl Dernauer zu und leerte dann sein Glas. Er zog für diesen Abend einen Schlussstrich unter das Thema.

„Morgen erfahren wir mit Sicherheit mehr von den amerikanischen Kollegen. Sie fahnden nach Jim Harper – und sie werden ihn bestimmt bald gefunden haben. Du bist der Erste, der von mir auf den neuesten Stand gebracht wird. Bei Hub habe ich im Moment das Gefühl, dass er kein Interesse an dem Fall hat. Aber informieren werde ich ihn natürlich trotzdem."

Es war noch nicht mal zehn Uhr, als Günther Keller sich auf den Heimweg machte – zu früh für Karl, um schon ins Bett zu gehen. Mit Espresso, Digestif und Zigarette setzte er sich noch einmal an seinen Schreibtisch, um ein weiteres Kapitel zu schreiben.

Kapitel 30

Arthur Bernstein war nach dem Frühstück in fast schon ausgelassener Stimmung. Der Urlaub hatte sich in eine Richtung entwickelt, die ihm sehr entgegenkam. Sonne und Meer, dazu gutes Essen – und ein Kriminalfall, zu dessen Aufklärung Eva und er selbst ihren Beitrag leisten konnten. Mit dem angenehmen Nebenaspekt, dass sie beide diesmal nicht zu den Verdächtigten gehörten.

Am Strand war der Rest der Fastengruppe schon vollzählig erschienen – wenn man von Martina Jäger und Loni Brandstetter absah. Der offenkundig weitgehend ernüchterte Sepp Brandstetter erläuterte, warum seine Frau nicht an der Strandwanderung teilnahm.

„Loni ist noch bei Martina, die heute Morgen von der Polizei vernommen wird. In diesen schweren Stunden will sie ihr natürlich beistehen."

Volker Robesch startete die Wanderung in gemächlichem Tempo. Schnell hatten sich Pärchen gebildet, die beim Spaziergang miteinander plauderten. Robesch selbst ging mit Antoinette Kempfer vorneweg, Arthur marschierte neben Sepp Brandstetter und den Schluss bildeten Eva Bernstein und Lothar Frisch. Der Abstand zwischen den drei Pärchen wurde schnell so groß, dass sich alle ungestört unterhalten konnten.

Wobei der Begriff Unterhaltung im Falle Lothar Frisch zunächst als eher einseitig zu verstehen war. Eva musste ihm mehr oder weniger jeden Satz aus der Nase ziehen. Doch das tat sie mit so viel Einfühlungsvermögen, dass der schüchterne Mann bald schon für seine Verhältnisse ins Plappern verfiel.

Lothar Frisch erwies sich als sehr belesen. Eva Bernstein war zunehmend beeindruckt davon, zu wie vielen Themen der unscheinbare Herr fundierte Kenntnisse beitragen konnte. Er arbeitete als Bibliothekar, das erklärte einiges. Eva sinnierte vor sich hin, dass Lothar Frisch offenkundig fast ohne soziale Kontakte in einer Art Bücherwelt zu leben schien. Dieses Bild bestätigte sich immer mehr.

Die gelernte Journalistin fand mit sicherem Gespür genau den richtigen Moment, um das Gespräch auf eine persönlichere Ebene zu verlagern. Und nach ein wenig Geplänkel ging sie zielstrebig in die Offensive.

„Ich empfand es als höchst unfair, wie Gerd Golombeck Sie während der Zaubershow attackiert hat mit diesen unpräzisen Verdächtigungen. Ich hätte Sie sofort unterstützt, wenn Sie ihm gehörig die Meinung gegeigt hätten."

Lothar Frisch rang offensichtlich nach Worten und wirkte völlig verstört. Gerade als Eva sich Vorwürfe machen wollte, dass sie anscheinend den Bogen überspannt hatte und nun vielleicht gar nichts mehr aus dem Mann herausbringen würde, der gerade begonnen hatte, sich einem anderen Menschen gegenüber ein wenig zu öffnen – gerade in diesem Moment blieb der Mann neben ihr stehen. Eva stoppte ebenfalls und schaute mit ihrem offensten Lächeln zu ihm rüber.

Bis zu diesem Augenblick hatten sie beide fast gar keinen Blickkontakt gehabt, da Lothar Frisch immer vor sich auf den Sand geblickt hatte.

Jetzt drehte er den Kopf und blickte Eva erstaunlich fest in die Augen. Auch seine Stimme wirkte plötzlich völlig verändert. „Vielleicht hat es ein solch schreckliches Ereignis gebraucht. Ich bin zu dem Schluss gekommen, dass ich mit dem Versteckspiel endlich aufhören muss. Mein Leben war nur noch von einer fast allgegenwärtigen Angst bestimmt. Wenn ich mir gegenüber ehrlich bin, habe ich einen Verfolgungswahn entwickelt – und das muss nun ein Ende haben."

Die Lebensgeschichte, die Lothar Frisch danach beim Weitergehen erzählte, war so schockierend, dass Eva Bernstein es kaum glauben konnte. Und doch: Dieser Mann, der sich ihr – einer völlig Fremden – so unvermittelt öffnete, wirkte absolut authentisch. Und Eva zweifelte keine Sekunde daran, dass er nichts anderes als die Wahrheit sagte.

Frisch war katholischer Priester gewesen, der auch an einem Gymnasium Religion unterrichtete. Er hatte mitbekommen, dass zwei andere Geistliche mehrfach Jungen missbraucht hatten und dies an höherer Stelle im Bistum gemeldet. Es gab jedoch keine Ermittlungen gegen die beiden anderen Priester, sondern für ihn selbst begann ein langer Spießrutenlauf.

Ein Schüler sagte aus, dass er diesen Schüler sexuell genötigt habe. Und die Jungen, die sich ihm anvertraut hatten, waren nicht bereit gewesen, die Anschuldigungen gegen die beiden anderen Priester gegenüber der Kirche und den weltlichen Behörden zu bestätigen. Und so wurde er vom Aufklärer zum Opfer einer perfiden Intrige, die sehr erfolgreich war. Am Ende stand er als Täter da – und er konnte sich von diesem Verdacht nicht reinwaschen. Man stellte es sogar als eine Art Gnade hin, dass er nicht ins Gefängnis musste.

So schloss er mit der Kirche ab und begann in einer anderen Stadt ein völlig neues Leben als Bücherwurm. Das Vertrauen in seine Mitmenschen hatte er verloren und so mied er über Jahre jeden sozialen Kontakt. „Nur mein Glaube an Gott hat mich in dieser Zeit am Leben gehalten. Ich habe überall nur noch Menschen gesehen, die mir Böses wollten." Als er die letzten Sätze sagte, blieb er stehen und sah Eva erneut mit festem Blick tief in die Augen. Dann ging er langsam weiter, wieder mit gesenktem Haupt. Eva trottete neben ihm.

„In den vergangenen zwei Jahren habe ich mich dann wieder ein wenig gefangen und begonnen, neues Vertrauen zu ein paar Menschen aufzubauen. Aber in den letzten Wochen bekam ich mit, dass irgendjemand Erkundigungen über mich einzog. Und das hat in mir fast Panik erzeugt, weil ich dachte, es geht alles wieder von vorne los. Als Golombeck mir gegenüber die Andeutungen machte, wurde mir schlagartig klar, dass er dahinterstecken musste. Aber warum er das tat, das ist mir bis jetzt nicht klar."

Lothar Frisch blieb erneut stehen und mit leiser, aber energischer Stimme beendete er die Schilderung seiner Lebensgeschichte.

„Ich werde das jetzt auch alles der Polizei sagen. Wenn man mich dann als Mörder verdächtigt, dann ist es eben so. Weil ein Motiv, Gerd Golombeck umzubringen, hätte ich natürlich."

Eva Bernstein schenkte dem Mann, in dem sie sich so sehr getäuscht hatte wie wohl noch nie zuvor in ihrem Leben, ein verständnisvolles Lächeln. Dann sprach auch sie sehr leise, aber mit einem ausgesprochen liebevollen Ton.

„Ich denke, Sie tun genau das Richtige, wenn sie der Polizei offen gegenübertreten. Und wenn Sie in den nächsten Tagen geistigen, nicht geistlichen Beistand benötigen, dann dürfen Sie sich jederzeit an mich wenden."

Während Eva der anrührenden Lebensgeschichte von Lothar Frisch zugehört hatte, war Arthurs Gespräch mit Sepp Brandstetter von weniger dramatischer Natur. Der stämmige Mann, der ja im Berufsleben offenbar aus eigener Kraft sehr erfolgreich gewesen war, zeigte erneut das unerklärliche Verhältnis, das er zu dem Blender Gerd Golombeck gehabt hatte.

Auch nach der fast zweistündigen Wanderung konnte sich Arthur Bernstein keinen Reim darauf machen, woher die tiefe Bewunderung kam, die Brandstetter offenkundig sein Leben lang für den Jugendfreund hegte. Eva wäre dafür sicherlich eine psychologische Erklärung eingefallen, doch Arthur beließ es dabei, die kritiklose Einstellung seines Nebenmannes zum Charakter des Mordopfers nur zu registrieren. Er war danach so schlau wie vorher, was die Frage anging, ob Sepp Brandstetter eventuell ein Mörder sein könnte.

Nach dem Strandspaziergang verabredeten sich Eva Bernstein und Antoinette Kempfer für den Nachmittag zu einem Besuch im Fitnessstudio und Arthur Bernstein und Volker Robesch zu einem gemeinsamen Saunabesuch. In der Mittagszeit stand für die Bernsteins zunächst aber der Besuch in der Polizeidienststelle an.

Kapitel 31

Karl Dernauer hatte die Nacht zum Tag gemacht. Sein gewohnter Biorhythmus war gehörig durcheinandergewirbelt. Es war für ihn mehr als ungewöhnlich, erst nach zehn Uhr am Morgen aufzuwachen – egal, wie spät es am Abend zuvor geworden war.

Nach einer ausgiebigen Dusche und ebenfalls ausgedehnter Zeitungslektüre dachte er bei seinem dritten Milchkaffee darüber nach, wie er den Tag effektiv strukturieren könnte. Zunächst einmal musste er einkaufen, damit Gabriella und er Hub am Abend verwöhnen konnten. Aber dafür musste er zunächst einmal wissen, was die neue Frau seiner Träume zu dem Menü beitragen wollte. Er schrieb eine kurze Nachricht und erhielt darauf eine noch kürzere Antwort.

„Zwei Mal Knödel von mir. Als Vorspeise und Dessert. Bringe alles mit. Bis halb sieben. Kusskusskusskuss."

Die Zahl der virtuellen Küsse erhöht sich kontinuierlich, stellte Karl fest. Aber leider nur die.

Für Karl blieben also der Hauptgang und eventuell eine zweite Vorspeise. Vielleicht aber auch nur ein Amuse-Gueule. Irgendwas mit Meeresfrüchten vorneweg? Eine Suppe schloss er schnell aus, denn Hub musste ja gefüttert werden und das gäbe eher eine ziemliche Sauerei und hätte was von Altenpflege. Er entschied sich für pikante Garnelen-Häppchen in Wantan-Blättern. Die gingen schnell und man konnte sie Hub einfach verabreichen.

Asiatisch – das war die Idee. Auch für den Hauptgang. Er könnte alles gut vorbereiten und war am Abend nicht Stunden lang am Herd gebunden. Karl entschied sich für Rindfleisch in scharfer Marinade mit knackigem frischen Gemüse. Was genau er mit dem Fleisch kombinieren würde – da verließ er sich auf spontane Inspiration beim Einkauf.

Die Sonne stand schon hoch am Himmel, als er wieder zurück war und die Einkäufe sortierte. Genau in dem Moment, als er die Marinade final abgeschmeckt hatte, klingelte das Telefon. Günther meldete sich.

„Hallo Karl. Ich hoffe, du sitzt gut. Sonst empfehle ich dir, das jetzt zu tun."

„Olala. So einen dramatischen Gesprächseinstieg kenne ich ja gar nicht von dir. Habt ihr den Mörder? Das fände ich, ehrlich gesagt, ein bisschen enttäuschend. So ganz ohne mein Zutun."

„Ich kann dich beruhigen. Unsere Ermittlungen entpuppen sich immer mehr als eine Art Echternacher Springprozession: Zwei Schritte vor, einer zurück."

„Geht es auch ein bisschen konkreter?" Karl Dernauer hatte keine Lust auf Ratespielchen.

Günther Keller wechselte in einen Rapport-Tonfall wie bei einer polizeilichen Lagebesprechung.

„Stand heute Morgen: Jim Harper hat ein Motiv wie aus dem Bilderbuch. Stand heute Mittag: Er war es nicht."

„Konkreter heißt bei mir auch: ein bisschen mehr Details."
Karl konnte sich diesen bissigen Ton gegenüber seinem Freund Günther leisten. Der bekam das nicht in den falschen Hals.

„Also. Durch die Zeitverschiebung zu den Staaten bekommen wir unsere Infos von den amerikanischen Kollegen bis zum Mittag ja immer nur schriftlich. Telefonieren können wir erst am Nachmittag, wenn man jenseits des großen Teichs gefrühstückt hat. Heute Morgen hatte ich eine Nachricht auf meinem Rechner, die alle Unklarheiten zu beseitigen schien. Heute Mittag kam dann aber der Rückschritt – quasi als erste Info der Amerikaner nach dem Dienstbeginn."

Karl ließ nur einen leichten Grunzlaut hören und Günther Keller beeilte sich, die gewünschten Details loszuwerden.

„Jim Harper ist zwar der Geschäftsführer der Firma, die er gemeinsam mit Susan Dickens aufgebaut hat. Aber er besitzt nur rund zehn Prozent der Anteile. Der Rest gehört Susan Dickens. Es gibt aber wohl eine Regelung, dass alles dem Partner zufällt, wenn einer der beiden stirbt. Heißt im Klartext: Der ganze Laden gehört jetzt allein Jim Harper."

„Das nenne ich in der Tat mal ein blitzsauberes Motiv. Aber dann kam die Info, dass Jim Harper während der Tatzeit – lass mich raten – beim Zahnarzt war." .

Günther Keller verstand Karls Gedankensprung sofort.

„Ach, du meinst, die Zwillingsbrüder haben das identische Alibi? Nein, ganz so ist es nicht. Aber bevor ich dazu komme, lass mich noch mal zum Motiv zurückgehen. Es gibt wohl Gerüchte in der Firma, dass es in jüngster Zeit zwischen Susan Dickens und Jim Harper gehörig geknirscht haben soll. Es ist sogar davon die Rede, dass Susan Dickens alles verkaufen wollte. Und dann stünde Jim Harper eventuell vor einer völlig unklaren Zukunft. Sein Motiv könnte also sogar noch stärker sein. Die amerikanischen Kollegen gehen dem nach. In den nächsten Stunden erfahre ich dazu am Telefon wahrscheinlich mehr."

Karl Dernauer wusste zum Motiv genug. Er sprang deshalb zurück zum Alibi.

„Okay. Und warum kann Jim Harper es ebenso wenig gewesen sein wie sein Bruder? Wenn er nicht beim Zahnarzt war …"

„Ganz einfach. Er hat die USA in den vergangenen Wochen auf keinen Fall verlassen, seine beruflichen Termine sind so eng, dass es Unmengen Zeugen gibt, die mit ihm zu tun hatten. Die Zeitfenster reichen gerade dazu aus, dass er sich jeweils ein paar Stündchen Schlaf gegönnt hat. Die Firma ist sein Leben, er geht voll und ganz in seiner Rolle als Geschäftsführer auf."

Karl tat sich nach dem Gespräch schwer, seinen Fokus wieder auf seinen Roman zu richten. Er musste für sich selbst ein Zwischenfazit zum Mord an Susan Dickens ziehen. Ein Pfeifchen auf der Terrasse konnte ihm dabei helfen.

Was wusste er? Der Täter sah aus wie John Harper. Der konnte es aber nicht gewesen sein. Und er sah aus wie Jim Harper. Aber auch der war definitiv nicht der Mörder. Jim Harper hatte sogar ein extrem starkes Motiv, Susan Dickens aus dem Weg zu räumen. Als er die Pfeife ausklopfte, murmelte er vor sich hin:

„Und wenn uns da nur jemand gezielt auf eine falsche Fährte locken will …" Diese Erklärung erschien ihm jetzt sonnenklar. Nur das Warum war noch offen. Und vor allem das Wer.

Für den Augenblick reichte diese Erkenntnis aber aus, damit er sich wieder auf den Fall der Bernsteins konzentrieren konnte.

Kapitel 32

Eva Bernstein war noch immer ein wenig aufgewühlt nach dem Gespräch mit Lothar Frisch am Morgen, als sie gemeinsam mit Arthur die Polizeidienststelle betrat. Sie hatte Arthur gegenüber die wichtigsten Punkte aus der Schilderung des ehemaligen Priesters in dürren Worten zusammengefasst und war mit ihm übereingekommen, dass sie zu Beginn des Treffens mit den beiden Kriminalbeamten die neuen Erkenntnisse mitteilen sollte. Ebenso tat es Arthur nach seiner weniger aufschlussreichen Unterhaltung mit Sepp Brandstetter.

Inka Mathijsen und Eike Hund hörten aufmerksam zu. Dann kommentierte die Leiterin der Ermittlungen die Neuigkeiten kurz und knapp. „Was Herr Frisch erzählt hat, klingt ja wirklich sehr beeindruckend. Aber nüchtern betrachtet muss man wohl festhalten, dass er nicht als Verdächtiger ausgeschlossen werden kann. Er hatte ein starkes Motiv und es könnte auch reine Taktik sein, dass er so offensiv mit den Problemen umgeht, die er mit dem Opfer hatte. Er ist intelligent und deshalb ist ihm klar, dass wir die Vorgeschichte ohnehin erfahren hätten. Und auch Sepp Brandstetter ist nicht raus aus dem Spiel. Die Beziehung zwischen ihm und Golombeck ist schon sehr ungewöhnlich. Da bleiben viele Fragen offen."

Eva Bernstein wehrte sich zwar gefühlsmäßig dagegen, dass Lothar Frisch der Täter sein könnte, aber sie stimmte zu, dass Inka Mathijsen die Fakten korrekt beurteilte.

Jetzt ergriff Eike Hund das Wort. „Es wird Sie sicherlich interessieren, was die erste Vernehmung von Martina Jäger ergeben hat." Er nahm kurz Blickkontakt zu seiner Kollegin auf und sprach dann weiter. „Wir sind uns einig, dass sie als trauernde Witwe sehr glaubwürdig wirkt. Aber sie kann natürlich auch eine grandiose Schauspielerin sein."

Nach einer weiteren kurzen Pause fasste Eike Hund die Befragung sehr strukturiert zusammen. „Frau Jäger scheint sich von dem Schock noch immer nicht ganz erholt zu haben. Aber sie antwortete dennoch sehr präzise. Danach hat sie sich nichts dabei gedacht, dass ihr Mann sie am Morgen in die Villa schickte, um Papiere zu holen. Überrascht sei sie aber gewesen, dass sie die Unterlagen am angegebenen Ort nicht gefunden habe. Sie habe deshalb ziemlich lange gesucht, aber sei dann unverrichteter Dinge zurück ins Hotel gefahren. Wo sie ihren Mann dann tot auffand. An diesem Punkt ihrer Schilderung ist sie in Tränen ausgebrochen und konnte sich kaum beruhigen. Sie hat uns danach aber in ziemlich ruhigem Ton gesagt, dass ihr Mann häufig gemein zu ihr gewesen sei. Dass er sich aber immer wieder entschuldigt habe und dass er auch sehr charmant sein konnte. Sie habe ihn geliebt – und zwar nicht wegen seines Geldes."

Hier hakte Arthur Bernstein ein. „Haben Sie sie wegen des Testaments befragt?"

Eike Hund lächelte. „Auf dieses Thema wollte ich gerade kommen. Es war gar nicht nötig, dass wir sie gefragt haben. Monika Jäger hat von sich aus erzählt, dass sie davon ausgeht, Alleinerbin zu werden. Hier haben wir eine ähnliche Situation wie bei Lothar Frisch. Es kann sein, dass diese offensive Art des Umgangs mit einem heiklen Punkt einfach nur eine geschickte Taktik ist, weil sie ja weiß, dass wir das schnell rauskriegen."

Jetzt übernahm wieder Inka Mathijsen. „Frau Brandstetter hat Monika Jäger zu uns begleitet, weil sie ihrer Freundin beistehen wollte. Aber wir haben das Gespräch mit der Witwe natürlich allein geführt. Mit Frau Brandstetter haben wir uns danach auch noch einmal kurz unterhalten. Sie hat wie bei ihrer ersten Befragung keinen Hehl daraus gemacht, dass sie Gerd Golombeck überhaupt nicht leiden konnte."

Eike Hund war aufgestanden und hatte vier Tassen mit Espresso geholt. Als er diese an die Anwesenden verteilt hatte, zog er ein erstes Fazit der Ermittlungen.

„Wir können zwar nicht ausschließen, dass ein völlig Außenstehender Gerd Golombeck ermordet hat. Aber es deutet doch sehr viel darauf hin, dass wir sechs Hauptverdächtige haben, nämlich die Teilnehmer an der Fastenkur. Nur diese Personen wussten nach derzeitigem Stand der Ermittlungen, dass Gerd Golombeck am Morgen allein in seiner Suite war. Wir werden uns also zunächst auf Frau Jäger, das Ehepaar Brandstetter, Frau Kempfer, Herrn Frisch und Herrn Robesch konzentrieren."

Arthur Bernstein wollte schon widersprechen, weil für ihn weder der Ernährungsberater noch die liebenswerte Antoinette als Mörder infrage kamen. Dann verkniff er sich den Einwand jedoch, weil Emotionen wohl kaum ein guter Ratgeber aus kriminalistischer Sicht sein konnten. Außerdem waren Eva und er am Nachmittag jeweils mit einem der beiden verabredet und würden dabei Neues erfahren können.

Aber Eva Bernstein meldete sich nach kurzer Bedenkzeit zu Wort. „Finden Sie es nicht auch sehr merkwürdig, dass Golombeck seine Frau in die Villa schickte, um Papiere zu holen, die gar nicht da waren? Für mich sieht das so aus, dass er das ganz gezielt getan hat, weil er sich allein mit jemandem treffen wollte. Und dieser Jemand hätte dann ja auch gewusst, dass er Gerd Golombeck allein in seiner Suite antreffen würde."

Die beiden Kriminalbeamten schauten sich kurz an, ehe Inka Mathijsen antwortete. „Das ist sicherlich sehr merkwürdig. Und auch Ihre Schlussfolgerung ist absolut korrekt. Deshalb hat mein Kollege ja auch gesagt, dass wir keinen Täter außerhalb der Fastengruppe komplett ausschließen können. Es ist nur im Moment die wahrscheinlichste Variante, dass es eine der sechs Personen war. Unsere Ermittlungen führen wir in alle Richtungen, wie es so schön heißt. Und dabei berücksichtigen wir natürlich nicht nur die Aussagen möglicher Verdächtiger, sondern verlassen uns noch lieber auf die klassischen Methoden der Polizeiarbeit."

Eva Bernstein nickte kurz. „Apropos klassische Methoden. Sie haben doch inzwischen sicherlich die ersten Berichte von Spurensicherung und Gerichtsmedizin vorliegen?"

Eike Hund antwortete darauf mit wichtigen Informationen, die das Ehepaar Bernstein noch nicht hatte. „Ja. Die entscheidenden Erkenntnisse sind: Der Mörder kam definitiv mit einer Codekarte ins Zimmer. Wobei wir nicht sagen können, ob mit einer Universal-Karte oder mit einer persönlichen, weil das Hotel zwar technisch eigentlich auf einem hohen Stand ist, aber ausgerechnet bei den Codekarten nicht. Es lässt sich über das Computersystem nicht nachvollziehen, ob es die Karte eines Gastes oder eines Angestellten war. Das ist übrigens ein Punkt, der Martina Jäger fast vollständig entlastet hätte, wenn wir wüssten, dass die Tür zur Suite mit einer Universal-Karte geöffnet wurde. Sie hätte wohl kaum einkalkuliert, dass man das bei neueren Anlagen erkennt und deshalb ihre eigene Karte benutzt. Und was wir außerdem wissen: Der Todeszeitpunkt lässt sich wegen des Badewassers, das ja die Körpertemperatur beeinflusste, nicht genauer eingrenzen, als wir es ohnehin schon können. Gerd Golombeck starb zwischen neun und halb zehn."

Schon im Gehen wandte sich Eva Bernstein noch einmal zurück. „Ich habe volles Vertrauen in Ihre professionelle kriminalistische Arbeit. Was mich als Laiin nach wie vor am meisten beschäftigt, sind zwei Punkte: Dass Golombeck sich im Hotel einmietete, obwohl er eine eigene Villa auf der Insel besitzt. Und dass er seine Frau wegschickte, um Unterlagen zu holen, die es gar nicht gibt. Darüber werde ich noch ein wenig nachdenken."

Arthur Bernstein beschränkte sich auf das Organisatorische. „Bleiben wir bei diesem Rhythmus, dass wir uns um die Mittagszeit treffen? Ich fände das ganz sinnvoll. Es bleibt uns ja unbenommen, zwischendurch Kontakt aufzunehmen, wenn es etwas Wichtiges zu besprechen gibt. Die jeweiligen Telefonnummern hat ja jeder von uns."

Beide Kriminalbeamten stimmten zu. Und so machte sich das Ehepaar Bernstein auf, um am Nachmittag wieder in die Rolle der Hobbyermittler zu schlüpfen, die in persönlichen Gesprächen mit mehr oder weniger Verdächtigen Neues in Erfahrung bringen wollten.

Wobei Arthur Bernstein nicht den Hauch einer Ahnung davon haben konnte, dass sein nächstes Treffen mit den Profis unter weitaus dramatischeren Umständen zustande kommen würde.

Kapitel 33

Karl Dernauer liebte es, wenn er am Herd wie ein Fernsehkoch agieren konnte – wenn er also die Zeit hatte, alles exakt zu präparieren, was er brauchte. Auf der Arbeitsfläche standen mehrere Schälchen mit Utensilien, alles in perfekter Portionsgröße: Zwiebeln und Knoblauch fein gehackt, das Gemüse geschnibbelt, Wein und Fonds zum Ablöschen in kleinen Karaffen. Das tat er im Alltag selten, weil er für sich allein oft eher pragmatisch kochte. Aber die bewussten Ausnahmen machten einfach Spaß.

Er nahm die halb volle Weißweinflasche aus dem Kühlschrank und gönnte sich einen Schluck, als er zufrieden den klassischen Satz der TV-Größen zitierte: *„Ich habe da mal was vorbereitet ..."*

Es klingelte an der Haustür. Das musste Gabriella sein, denn Hub pflegte ja durch den Garten zu kommen. Er öffnete die Tür und war überwältigt: Wie machte diese Frau es, dass sie immer noch einen Tick schöner aussah als beim letzten Mal? Und das nach einem bestimmt sehr anstrengenden Tag in der Klinik.

Ohne Vorwarnung umarmte er Gabriella, drückte sie fest an sich und küsste sie dann leidenschaftlich. Dieser Kuss wurde zwar erwidert, aber doch schien die geliebte Frau sich ein ganz klein wenig zu sträuben. Der Kuss endete und Karl lockerte die Umarmung. Gabriella strahlte ihn an.

„An diese Form der Begrüßung könnte ich mich sehr gut gewöhnen. Trotzdem wäre es mir lieb, wenn du mir jetzt erst einmal die beiden Taschen abnehmen könntest."

Karl ging einen Schritt zurück und sah, dass Gabriella in beiden Händen prall gefüllte Stofftaschen trug. Beide brachen in lautes Gelächter aus. Als er die Lebensmittel in der Küche abgestellt hatte, kopierte Gabriella das neue Begrüßungsritual. Diesmal dauerten Kuss und Umarmung aber länger. Eine kräftige Stimme aus dem Garten beendete die intensiven Zärtlichkeiten.

„Grüß Gott." Hub war heute Abend süddeutsch drauf. Karl schmunzelte. Sein eigenes, gezielt eingesetztes „Pfüati" zeigte also die erwünschte Wirkung.

Er nahm Gabriella an der Hand und zog sie sanft mit auf die Terrasse. Es war an der Zeit, Hub gegenüber mit offenen Karten zu spielen, was seine neue Liebe anging.

Der Oberstaatsanwalt sah ein bisschen lächerlich aus mit seinen beiden lädierten Armen, die in komischem Winkel vom Körper abstanden. Aber seine Laune war davon nicht beeinflusst. Hub wirkte bester Stimmung, offenkundig taten ihm die erzwungene berufliche Auszeit und die Betreuung durch Jürgen gut. Als er Gabriella sah, weiteten sich seine Augen.

„Heilig's Blechle. Wie kommt es bloß, dass die kleinen Dicken immer die schönsten Frauen abbekommen?"

Noch ehe Karl empört reagieren konnte, antwortete die Frau an seiner Seite. „Ich finde ihn perfekt proportioniert. Und die Einschätzung zu meiner Person akzeptiere ich als Kompliment." Dabei streckte sie Hub mit strahlendem Lächeln die Hand entgegen. „Ich heiße übrigens Gabriella".

Die Situation empfanden alle drei gleichzeitig als urkomisch, denn Hub war ja nicht zu einem Handschlag in der Lage. Karl Dernauer hatte es nicht anders erwartet, aber er war trotzdem erleichtert, dass die Chemie zwischen Hub und Gabriella auf Anhieb stimmte.

„Ich muss meine beiden Ober dann ja eigentlich gar nicht mehr vorstellen, tue es aber natürlich trotzdem. Oberärztin Gabriella, das ist Oberstaatsanwalt Hub. Darf der kleine dicke Karl einen Aperitif kredenzen?"

Hub grinste. „Der wohlproportionierte Herr Dernauer darf. Aber du musst mir beim Trinken helfen, wie du siehst." Dabei hob er beide Unterarme leicht an. Dann wandte er seinen Blick zu Gabriella und flötete geradezu den nächsten Satz. „Junge Frau, eines muss ich feststellen. Ich kann Sie nicht beschreiben – Sie sind unbeschreiblich."

Karl verdrehte leicht die Augen und sagte dann zu Gabriella: „Ich hoffe, du magst Heinz Erhardt. Hub hat nämlich die Eigenart, dass er seine jeweils aktuelle Marotte exzessiv auslebt. Und im Moment ist Heinz-Erhardt-Phase."

Von Gabriella kam weder ein Ja noch ein Nein, sondern mit einem ebenso liebevollen wie für Karl unangebrachten Blick zu ihm: „Als ich auf die Welt kam, hatte ich keine Haare auf dem Kopf, keine Zähne im Mund und war ziemlich dick. Kurz: Ich sah aus wie heute."

Karl lachte. „Ich sehe, ihr versteht euch. Dann nehmt doch Platz und ich bringe jetzt mal was zu trinken. Aber ich muss schon anmerken, dass mir im Moment ein bisschen viel von kleinen Dicken die Rede ist." Als er in die Küche ging, um drei Gläser „Kir" zu holen, dachte er kurz darüber nach, ob er das Wörtchen „beschreiblich" in seinen Roman einbauen sollte.

Als er das Glas mit dem Aperitif an Hubs Mund führte, registrierte Karl, dass Hub an der rechten Hand schon die Fingerspitzen ganz leicht bewegen konnte. „Ich sehe, du machst erste Fortschritte ..."

Hub strahlte ihn an. „Ja, das stimmt. Sehr klein Geschnittenes kann ich sogar schon greifen."

„Dann mache ich dir einen Teller mit Weißbrotstückchen und ein bisschen Sojasauce zurecht. Ich weiß ja, wie gern du naschst zum Aperitif. Und wenn du einen Schluck brauchst, rufst du. In zehn Minuten gibt es dann schon den ersten kleinen Gang."

Gabriella nahm ihr Glas vom Terrassentisch und ging Richtung Küche. „Ich muss jetzt aber auch anfangen, sonst komme ich nachher ins Trudeln."

Zum Thema: *Ich habe da schon mal was vorbereitet* erlebte Karl jetzt eine Überraschung. Gabriella zog aus ihren beiden Taschen rund zehn kleine und größere *Tupper*-Dosen hervor und stellte sie auf den Küchentisch. Er hatte sich darauf eingestellt, dass zwei Südtiroler Knödelgerichte in der Zubereitung Stunden brauchen würden. Aber da Gabriella offensichtlich alle Zutaten schon fertig mitgebracht hatte, würde sie wohl kaum so lange brauchen. Und so war es dann auch. Die Spinatknödel garten bereits auf dem Herd, als Karl die Garnelen fertig hatte. Als er sie nach draußen brachte, staunte er erneut. Hubs Teller mit dem knappen Dutzend Weißbrotstückchen war leer. Sein Freund grinste ihn breit an.

„*Das Brot ging den Weg allen Fleisches.*"

„Ich bin wirklich gespannt, wie viele Erhardt-Sprüche du heute noch loslässt. Aber andererseits: Du hast schon schlimmere Spleens gehabt."

Hub genoss es sichtlich, sich abwechselnd von Karl und Gabriella füttern und mit Wein versorgen zu lassen. Die Spinatknödel waren ein Gedicht, und Hub verdrückte drei davon.

Vor dem Hauptgang gönnten sich Gabriella und Karl eine Zigarette. Wie aus dem Nichts sprach Hub den aktuellen Fall an.

„Günther hat dir doch bestimmt erzählt, was wir inzwischen über die Harper-Brüder wissen. Ist das nicht unfassbar, wie alle Spuren plötzlich ins Leere laufen?"

Gabriellas Blick verriet, dass sie sich sehr für den Fall interessierte. Karl hatte keine Bedenken, ihr die polizeilichen Interna zu erzählen, da der Oberstaatsanwalt das Thema ja selbst angeschnitten hatte. Und so schilderte er ihr in geraffter Form, was bisher im Mordfall Dickens bekannt war. Das Fazit war eindeutig: Alles deutete auf einen der Harper-Brüder als Täter hin, aber keiner von beiden konnte es gewesen sein.

„Hast du noch eine Zigarette für mich?" Gabriella ließ sich Feuer geben und steuerte dann eine ebenso einfache wie brillante Idee zur Lösung des Problems bei. „Habt ihr schon mal daran gedacht, ob vielleicht jemand sich eine Latex-Maske mit dem Harper-Gesicht aufgesetzt hat? So wie bei *Mission Impossible*? Ich habe letztens noch irgendwo gelesen, dass einer mit einer solchen Maske aus dem 3-D-Drucker sogar richtig professionelle Sicherungssysteme reingelegt hat."

Karl Dernauer war verblüfft. Natürlich – warum war er nicht selbst auf diese Möglichkeit gekommen? 3-D-Drucker konnten heutzutage so viel. Und das wäre dann auch eine Erklärung dafür, warum der Mörder gar keinen Wert darauf gelegt hatte, nicht gesehen zu werden. Im Gegenteil: Er wollte gesehen werden, um die Spur in Richtung der Harper-Brüder zu legen.

Er zündete sich ebenfalls noch eine Zigarette an und hatte seine Gedanken jetzt geordnet.

„Das wäre möglich. Natürlich. Aber das würde andererseits ja auch heißen …", er machte eine kurze Pause. „Das würde heißen: Es kann jeder der anderen Verdächtigen gewesen sein. Sogar eine Frau."

Als er aufstand, um sich am Herd dem Hauptgang zu widmen, nickte er mehrfach mit dem Kopf.

„Ich muss auf jeden Fall mit Günther über diese Idee reden. Es kann gut sein, dass die Ermittlungen wieder ganz neu gedacht werden müssen."

Der weitere Abend verlief sehr entspannt, ohne dass der Mord noch einmal Thema war. Er endete allerdings anders, als Karl es sich insgeheim erhofft hatte. Gabriella blieb nicht über Nacht bei ihm. Sie brachte stattdessen einen leicht schwankenden Hub nach Hause, der nur zwei Straßen von ihr entfernt wohnte.

Karl Dernauer schrieb eine Nachricht an Günther Keller, in der er ihn darum bat, am nächsten Morgen anzurufen. Danach verarbeitete er die Enttäuschung dadurch, dass er sich spät am Abend noch einmal an den Schreibtisch setzte.

Kapitel 34

Arthur Bernstein ließ sich trotz eines ausgeprägten Hungergefühls von seiner Frau überzeugen, dass am Mittag ein kleiner Snack auf der Hotelterrasse völlig ausreichend sei. Ihm gefiel der Gedanke, ein wenig mehr auf seine Fitness zu achten, ohne dabei kulinarische Genüsse zu vernachlässigen. Wenn er jetzt zustimmte, sich mit einem Imbiss zu bescheiden, dann würde Eva am Abend sicherlich weitgehend ungezügelter Schlemmerei zustimmen.

Pünktlich um drei standen beide dann vor der Sauna bzw. dem Fitnessstudio. Antoinette Kempfer und Volker Robesch ließen nicht lange auf sich warten.

Bei dem herrlichen Wetter waren beide Hoteleinrichtungen nahezu menschenleer, was es den Bernsteins erleichterte, ihre persönlichen Ermittlungen in dem Mordfall voranzutreiben. Wobei beide ihre jeweilige Begleitung eher für unverdächtig hielten. Aber erstens durfte man sich ja nie ganz sicher sein. Und zweitens konnte man zumindest etwas über die spezielle Beziehung zum Opfer in Erfahrung bringen.

Eva Bernstein war zwar für ihr Alter noch ausgesprochen fit, aber sie hatte trotzdem Mühe, an den einzelnen Geräten mit Antoinette Kempfer mitzuhalten. Die Französin absolvierte die Übungen mit einer solchen Leichtigkeit, dass Eva ganz klar bewusst wurde: Diese Frau hätte körperlich keinerlei Schwierigkeiten gehabt, Gerd Golombeck in der Badewanne zu erdrosseln. Sie hatte also die Möglichkeit. Und wie sah es mit einem Motiv aus?

Ganz wohl fühlte sich Eva nicht dabei, die sympathische Frau auszuhorchen. Aber dann sagte sie sich, dass es ja auch der Französin nur recht sein konnte, wenn man einen Verdacht gegen sie ausräumen würde. Und so gelang es ihr, alle Zweifel beiseitezuschieben. Während sie noch überlegte, wie sie Antoinette am besten zum Reden bringen könnte, erlebte Eva Bernstein eine Überraschung.

„Darf ich dich etwas sehr Persönliches fragen? Oder besser gesagt: Darf ich dich um einen Rat bitten?" Die beiden Frauen hatten gerade nebeneinander auf Ergometern Platz genommen und begonnen, kräftig in die Pedale zu treten, als die Französin Eva mit ernster Stimme ansprach.

„Aber natürlich. Wenn ich dir helfen kann, dann tue ich das gerne. Gibt es ein Problem?" Eva fand ihre eigene Antwort, schon in dem Moment, in dem sie sie aussprach, nur bedingt sinnvoll, denn wenn es kein Problem gäbe, dann würde Antoinette sie ja wohl kaum um einen Rat bitten. Die locker vor sich hin radelnde Frau neben ihr störte sich an der Formulierung aber überhaupt nicht.

„Du musst wissen: Ich habe keine engen Freunde. Keinen Menschen, dem ich mich wirklich anvertrauen könnte. Wenn dir das zu viel ist, dass ich dir etwas sehr Persönliches sage, weil wir uns ja erst seit ein paar Tagen kennen – dann sage das. Ja?" Es war alles ein wenig wirr vorgetragen, weil das Ganze Antoinette offenbar schwer auf dem Herzen lag.

Eva beließ es bei einem aufmunternden Blick und plötzlich sprudelte die junge Frau los. Wobei sie so aufgeregt schien, dass sie mehrfach nach dem passenden deutschen Wort suchte, obwohl sie die Sprache doch eigentlich perfekt beherrschte.

Was Eva Bernstein zu hören bekam, erinnerte sie sofort an das „Geständnis", das Lothar Frisch ihr gegenüber ablegt hatte. Sie war völlig irritiert, dass kurz nacheinander zwei Menschen, die sie so gut wie gar nicht kannte, sie zu einer Art „Beichtmutter" machten – ein Vergleich, der ihr wegen Lothar Frisch einfiel.

Antoinette Kempfer kam unverzüglich auf den Vorabend des Mordes zu sprechen, als Golombeck ihr gegenüber eine Andeutung gemacht hatte, die Eva zunächst gar nicht hatte einordnen können. Es ging vermeintlich um eine juristische Spitzfindigkeit ohne konkreten Bezug, dass man nämlich auch noch nach vielen Jahren verurteilt werden könne, wenn eine Straftat anders eingeordnet werde. Mord verjähre nie. Mehr hatte Golombeck zu dem Thema nicht gesagt und scheinbar zufällig die Französin kurz angesehen. Doch aus Antoinettes Schilderung wurde Eva schnell klar, was der Hintergrund war.

„Du musst wissen, dass gegen mich vor fast zwanzig Jahren in Deutschland einmal wegen Totschlags ermittelt wurde. Ich sollte angeblich meinen damaligen Freund im Streit erschlagen haben. Aber das stimmte nicht. Ich habe ihn sehr geliebt. Ein paar Monate habe ich dann sogar im Gefängnis gesessen, in Untersuchungshaft. Aber es kam nie zu einer Anklage, weil die Polizei dann einen Mann verhaftet hat, der der Täter sein sollte. Er hat zwar immer gesagt, dass er unschuldig ist, aber er wurde dann doch verurteilt. Ich bin nach dem Gefängnis sofort zurück nach Frankreich gegangen und habe bis heute, bis zu diesem Urlaub, Deutschland nicht mehr betreten. Ich hatte einfach zu viel Angst, dass man mir wieder etwas – wie sagt man? – anhängen wollte."

Eva Bernstein hörte auf, in die Pedale zu treten und auch Antoinette Kempfer stoppte. Sie lehnte sich zurück, dehnte kurz ihren Oberkörper und sprach dann weiter.

„Mein Anwalt hat mir schon vor ein paar Jahren gesagt, dass ich ruhig wieder nach Deutschland fahren könne, weil alles verjährt sei. Aber ich habe mich erst jetzt getraut; die Zeit im

Gefängnis war ganz schlimm. Und dann erzählt dieser grässliche Mensch plötzlich etwas von Mord und einer neuen Anklage und ich bin sicher, dass er mich damit gemeint hat, auch wenn er mich nur ganz kurz angeschaut hat. Das hat mir natürlich sehr viel Angst gemacht und ich hatte sogar überlegt, ob ich mitten in der Nacht einfach zurück nach Frankreich fahren soll. Aber dann habe ich mich wieder beruhigt und mir auch gedacht, dass das ja gar nichts bringen würde. Ich würde doch bestimmt an Deutschland ausgeliefert, wenn man mich jetzt wirklich wegen Mord anklagen wollte."

Eva begann wieder ganz langsam vor sich hin zu strampeln. Dabei sah sie zu Antoinette hinüber und die Blicke der beiden Frauen trafen sich.

„Also zunächst einmal: Wegen der juristischen Frage reden wir am besten einfach mit Arthur. Der wird dir ganz sicher eine klare Auskunft geben können, ob du noch irgendetwas zu befürchten hast oder ob das von Golombeck nur leeres Geschwätz war. Ist das schon der Rat, um den du mich bitten wolltest?"

Antoinette begann ebenfalls wieder zu radeln. „Ja, schon. Oder nein, nicht ganz. Ich wollte dich fragen: Soll ich das der Polizei erzählen? Oder halten die mich dann für eine Mörderin? Ich weiß einfach nicht, was ich tun soll."

Wie sehr sich doch die Geschichten von Lothar Frisch und Antoinette Kempfer ähnelten, dachte Eva jetzt. Sie glaubte beiden – und das hieß: Beide waren zu Unrecht verdächtigt worden, beide hatten daraufhin ihr Leben radikal geändert, beide waren von Golombeck an ihre Vergangenheit erinnert worden. Und beide überlegten jetzt, ob sie der Polizei gegenüber offensiv mit ihrem Vorleben umgehen sollten. „Alles kaum glaublich ..." entfuhr es ihr leise.

„Was meinst du damit?", fragte Antoinette verwirrt und brachte Eva damit ungewollt zum Schmunzeln, denn sie hatte den kleinen sprachlichen Fehler von Antoinette unterbewusst kopiert.

„Ach, vergiss es. Ich meine nur: Wenn du es nicht warst – und das glaube ich dir in beiden Fällen –, dann hast du nichts zu befürchten. Aber um ganz sicher zu gehen, sollten wir erst mit Arthur reden. Und wenn er das genauso sieht wie ich, dann wird es das Beste sein, dass du der Polizei alles erzählst. Beide Beamte sind sehr nett und sehr kompetent, so wie ich sie kennengelernt habe. Mach dir also keine unnötigen Gedanken."

Die Französin wirkte sehr erleichtert nach Evas Reaktion. Die beiden Frauen spulten danach mit viel Spaß ein umfangreiches Fitnessprogramm ab, ohne auch nur noch ein einziges Mal über den Mord zu reden. Eva Bernstein hatte genug erfahren.

In der Sauna entwickelten sich die Dinge bei Arthur ganz ähnlich, wobei es allerdings eines kleinen Anstoßes bedurfte, ehe Volker Robesch ins Reden kam.

Als die beiden Männer zum zweiten Schwitzgang völlig allein in der großzügigen Holzkabine saßen, versuchte Arthur, seiner Stimme einen möglichst belanglosen Ton zu geben. „Was meinte Gerd Golombeck am Abend der Zaubershow eigentlich damit, als er dich so aggressiv anging und davon sprach, dass die Vergangenheit irgendwann jeden einhole?"

Der Ernährungsberater überspielte eine kleine Unsicherheit geschickt, ehe er freimütig zu erzählen begann.

„Ich war nicht immer Gesundheitsapostel von Berufs wegen, wie du dir ja sicher denken kannst. Erst vor ein paar Jahren habe ich den Kick gekriegt, mein eigenes Leben ganz neu auszurichten – und dann habe ich die Chance ergriffen, als sie sich plötzlich bot. Vorher ging bei mir ziemlich viel wild durcheinander, mit einer ganzen Reihe von Aufs und Abs."

Volker Robesch wischte sich die Schweißperlen von der Stirn und sprach dann weiter, weil Arthur keinerlei Anstalten machte, ihn zu unterbrechen. „Naja, ich habe so ziemlich alles erlebt, was man sich denken kann: Abgebrochenes Studium, dann jahrelang die klassische Taxifahrer-Karriere und auch eine leider gescheiterte Ehe. Andererseits gab es aber auch sehr erfolgreiche Phasen. Ich habe mit einem Freund zusammen eine IT-Firma aufgebaut. Er hatte das Computer-Knowhow, ich konnte ganz gut verkaufen."

Volker Robesch grinste breit. „Was so ein paar Semester BWL einem doch bringen können …" Dann wurde er wieder ernster. „Naja, das lief über Jahre super, wir haben toll verdient und unseren Lebensstil entsprechend angepasst. Schnelle Autos, goldene Uhr, Designer-Klamotten, Tauchurlaub in der Karibik und dann mal noch schnell zum Helikopter-Skifahren nach Kanada – wir haben beide fast jedes gängige Klischee bedient. Aber irgendwann ist uns das alles über den Kopf gewachsen, immer mehr Angestellte, immer mehr Aufträge, die wir brauchten. Und dann hat mein Partner immer tiefer in die Firmenkasse gegriffen, ohne dass ich es gemerkt habe."

Arthur Bernsteins Interesse an der Vorgeschichte des Mannes, den er auf Anhieb so sympathisch gefunden hatte, wurde noch gesteigert, als Volker Robesch es mit seinem nächsten Satz bei einer Andeutung beließ: „Und dann kam es natürlich, wie es kommen musste." Er nutzte das folgende Schweigen seines Gegenübers zu einem Kommentar, der eindeutig weitere Erklärungen forderte.

„Ihr seid pleite gegangen, vermute ich jetzt mal. Aber das kommt in den besten Familien vor – und es ist zwar ein schwerer Schlag, aber doch noch keine Schande …"

„Da hast du natürlich recht. Aber etwas anders sieht es aus, wenn man dann wegen Insolvenzverschleppung zu Unrecht, aber rechtskräftig verurteilt wird. Ich habe sicherlich eine Reihe von Fehlern gemacht, aber ich tat es in der besten Absicht, die Firma zu retten. Das hat mir das Gericht jedoch nicht geglaubt – und so habe ich schließlich länger als zwei Jahre im Gefängnis gesessen. Und danach stand ich im Prinzip vor dem Nichts."

Volker Robesch schien jetzt eine Pause zu brauchen, was Arthur einfühlsam akzeptierte. Erst nach einigen Minuten fragte er nach. „Und dann? Wie bist du wieder auf die Beine gekommen?"

„Wenn ich ehrlich bin, hatte ich einfach Glück. Über eine Freundin bin ich dann vor ein paar Jahren auf den Trip mit gesünderer Lebensweise gekommen. Ich habe auch früher viel Sport gemacht, aber dabei immer auch gut gelebt. Wobei ich heute eher sagen würde: eher schlecht gelebt. Teures Essen, zu viel Alkohol, gequalmt habe ich und auch sonst noch so einiges, was du gar nicht wissen willst. Wie man halt so lebt, wenn man es sich leisten kann und meint, das gehört zum verdienten Luxus dazu und macht das Leben lebenswert. Den Sport habe ich dann intensiviert, und als ich meinen ersten Marathon absolviert hatte – übrigens noch als Raucher – da war das ein Wendepunkt in meinem Leben. Ich habe mich völlig neu orientiert, habe alles umgekrempelt. Von einem Tag auf den anderen habe ich für mich selbst als Lebenseinstellung *Mens sana in corpore sano* entdeckt. Und ich habe es nie bereut. Heute fühle ich mich wohler denn je. Mir fehlt nichts."

Arthur Bernstein sinnierte kurz vor sich hin, dass ihm ohne gutes Essen und guten Wein sehr wohl vieles fehlen würde. Aber andererseits hatte er durch die paar Tage Heilfasten durchaus eine gewisse Faszination verspürt, mit dem eigenen Körper bewusster umzugehen. Volker Robesch schien diese Gedanken in Arthurs Blick zu lesen und fuhr mit einem leicht belustigten Unterton fort.

„Keine Angst, das ist nicht ansteckend. Und wenn ich eine negative Eigenschaft nicht habe, dann ist es missionarischer Eifer. Es bringt nichts, andere überreden zu wollen, es genauso zu machen wie man selbst. Entweder man kommt selbst auf den Trichter oder es klappt nicht. Es muss zur richtigen Zeit am richtigen Ort passieren."

Die Erleichterung, die aus Arthur Bernsteins Blick sprach, sorgte bei Volker Robesch für die Gewissheit, dass er die Gedanken seines erst vor Kurzem neu gewonnenen Freundes ziemlich genau erraten hatte.

„Wäre mir irgendjemand ein paar Jahre früher mit gesunder Lebensweise gekommen, ich hätte ihn ausgelacht. Aber bei mir passte der Moment. Und daraus wurde eine so selbstverständliche Überzeugung, dass es folgerichtig war, meine neue Einstellung auch zur Basis für einen neuen Beruf zu machen. Und so wurde ich das, was ich heute bin."

Die beiden Männer beendeten an dieser Stelle ihren Saunagang. Als sie danach im Ruheraum nebeneinander auf ihren

Liegen entspannten, hakte Arthur Bernstein noch einmal nach – und zwar im Flüsterton, obwohl sie völlig allein waren. „Dann dürfen wir wohl davon ausgehen, dass Golombeck dich damit einschüchtern wollte, dass er von deiner Vorstrafe wusste."

Volker Robesch hatte die Augen schon fast geschlossen, als er antwortete. „Davon gehe ich aus. Aber das konnte ihm nicht gelingen, weil die Hoteldirektion davon weiß. Rainer Göbel gegenüber habe ich von Anfang an mit offenen Karten gespielt. Er hat nur gesagt, dass jeder Mensch im Leben eine zweite Chance verdient habe. Es gab also nichts, womit man mir hätte drohen können oder was mich erpressbar gemacht hätte. Was Golombeck sich davon versprochen hat, ist mir ein Rätsel."

Arthur Bernstein war sehr beruhigt, dass dem Mann neben ihm, den er seit der ersten Begegnung so sympathisch fand, offenbar ein ernst zu nehmendes Motiv für den Mord fehlte. In diesem Bewusstsein schlief er auf seiner Liege ein.

Kapitel 35

Karl Dernauer war ein wenig orientierungslos, als er vom Telefon geweckt wurde. Schlaftrunken meldete er sich.

„Guten Morgen, Karl. Du wolltest mit mir sprechen …?" Günthers Stimme klang früh am Morgen sehr munter. Kein Wunder. Es war schon halb zehn, wie die blauen Leuchtziffern an Karls Wecker verrieten.

„Kann ich dich in einer Viertelstunde zurückrufen? Es ist gestern Abend ein bisschen spät geworden." Nach Günthers Zustimmung hatte Karl Dernauer Zeit, mit einem frisch gebrühten Kaffee in den Tag zu starten. Dann setzte er sich an den Küchentisch und klingelte den Hauptkommissar an.

„Da bin ich wieder. Wir hatten gestern Abend eine Idee, die den Ermittlungen vielleicht eine ganz neue Richtung geben könnte."

Karl wollte gerade ansetzen, den Masken-Gedanken zu erläutern, als Günther dazwischenfragte. „Wir? Also Hub und du, nehme ich an. Oder eher nur du, und Hub hat nicht widersprochen …"

Karl dachte einen Moment nach, ob er Gabriella ins Spiel bringen sollte, von deren Existenz in Karls Leben Günther ja noch nichts wusste. Da er sich auf keinen Fall mit fremden Federn schmücken wollte, blieb ihm keine Wahl. „Hub war dabei, aber die Idee hatte Gabriella. Und ehe du jetzt weiter fragen musst. Ja, es gibt eine neue Frau in meinem Leben. Und ja – du wirst sie bestimmt bald kennenlernen. Darf ich jetzt zur Sache kommen?"

Günther war leicht amüsiert. Er ließ sich aber nichts anmerken, sondern begnügte sich mit einem knappen „Ich bitte darum."

„Was hältst du von der Variante, dass der Täter eine Maske mit dem Gesicht eines Harper-Zwillings getragen hat? So was kann man heute ohne allzu großen Aufwand mit einem 3-D-Drucker herstellen. Es ist ja wirklich erstaunlich, was die Dinger inzwischen können."

Am anderen Ende herrschte Schweigen. Günther Kellers Kriminalistenhirn arbeitete auf Hochtouren. Karl ließ ihm die Zeit, denn er wusste, dass bei Günthers Überlegungen so gut wie immer Sinnvolles herauskam.

Die ersten Sätze seiner Antwort kamen eher bedächtig, doch dann gingen sie in einen sprudelnden Redefluss über. „Das klingt im ersten Moment zu fantastisch. Aber wenn ich es genauer überlege … technisch möglich wäre es natürlich. Das hieße dann, dass der Mörder den Verdacht ganz gezielt auf Harper lenken wollte. Auf John Harper, meine ich. Weil von der Existenz des Zwillingsbruders wusste er ja nicht unbedingt etwas. Das wäre aber auch egal. Der Täter hat es also darauf angelegt, dass wir Harper verdächtigen – das würde auch erklären, warum er vor dem Mord in aller Öffentlichkeit im Wagen am Straßenrand stand. Das war dann kein aus purer Notwendigkeit in Kauf genommenes Risiko, sondern ein ganz gemein ausgeheckter Plan."

„Genau. Und es eröffnet sogar die Möglichkeit, dass wir es mit einer Mörderin zu tun haben."

Wieder überlegte Günther Keller ein paar Sekunden lang. Dann verkündete er mit fester Stimme einen Entschluss. „Ich spreche das mit den Kollegen durch. Und dann werden wir alle Motive der Verdächtigen noch einmal durchgehen und die auch alle noch einmal vernehmen. Wenn man von einer solchen Maske ausgeht, dann sind wir jetzt zwar einerseits wieder zurück am Anfang unserer Ermittlungen, aber andererseits auch einen entscheidenden Schritt weiter."

Karl Dernauer wusste zwar, was Günther Keller damit meinte, aber er ließ dem Hauptkommissar den Vortritt, diese logische Kombination zu erklären.

„Wir wissen dann mit absoluter Sicherheit, dass der Täter – oder die Täterin – definitiv aus dem beruflichen Umfeld von Susan Dickens kommt. Nur so wird ein Schuh daraus, den Verdacht auf Harper zu lenken. Ich danke dir. Oder vielmehr: deiner Gabriella. Richte ihr unbekannterweise meine besten Grüße aus."

Der neue Impuls, den er, oder besser: Gabriella, den Ermittlungen im Mordfall Dickens gegeben hatte, gab Karl einen Energieschub. Er setzte sich, ohne zu frühstücken, ans Laptop.

Kapitel 36

Eva Bernstein blickte versonnen aufs Meer, nachdem sie beim Abendessen zum ersten Mal am Aperitif genippt hatte. Sie hatte sich – weil sie die Idee witzig fand – zum strahlenden Sonnenschein einen hausgemachten „Schietwetter-Likör" bestellt. Die nette Kellnerin hatte dies nur mit einem munteren „Ich finde auch: Der geht immer" kommentiert. Eva gab ihr recht: Der ging auch bei hochsommerlichen Temperaturen.

Arthur hatte sich für einen Pastis entschieden, was er selten tat, weil der Anisschnaps ihm eigentlich für einen Aperitif zu hochprozentig war.

Er wartete einige Minuten, bis er Eva in ihren Gedanken störte. „Ich weiß ja nicht, wie es dir geht, aber ich bin ganz froh, dass wir diesen Abend ganz für uns allein haben. So angenehm ich ja die Gesellschaft der beiden Kripoleute finde – mit dir allein ist auch mal wieder schön."

Nach ihren privaten Ermittlungen im Fitnessstudio und in der Sauna hatten sie sich untereinander über ihre Erkenntnisse ausgetauscht und dann mit Inka Mathijsen und Eike Hund telefoniert. Man hatte sich dabei darauf verständigt, dass es auch ausreiche, wenn man sich am nächsten Mittag wiedersehe.

Eva Bernstein antwortete mit einem liebevollen Blick und ebensolcher Stimme. „Ganz meine Meinung. Ist das nicht einfach traumhaft, auf die ruhigen Wellen zu schauen und sich nur mit sich und der Welt im Reinen zu wissen? Einfach nur zufrieden zu sein. Nicht mehr und nicht weniger."

Arthur war leicht irritiert. „Es freut mich ja, dass du dich wohlfühlst. Aber kurz nach einem brutalen Mord kommt mir diese Stimmung denn doch ein wenig sehr idyllisch vor."

„Quatsch, idyllisch. Natürlich beschäftigt mich der Mord. Aber ich kann doch trotzdem mal für einen Augenblick einfach nur glücklich sein." Eva hielt einen Moment inne. „Vielleicht sogar gerade, weil mir durch den Mord noch mehr bewusst wird, wie gut es uns geht. Gerd Golombeck könnte es genauso gut gehen – mit all seinem Geld. Aber er ist jetzt tot. Vielleicht ja sogar genau deshalb – weil er mit seinem Leben nicht zufrieden war."

„Du meinst, weil er seinen Mörder durch seine widerliche Art dazu provoziert oder fast schon genötigt hat, ihn umzubringen …"

Eva nahm noch einen Schluck „schlechtes Wetter" und blinzelte dabei in die Abendsonne.

„Das hast du perfekt ausgedrückt. Es ist mir zwar noch vieles unklar in diesem Fall, aber in diesem Punkt bin ich mir sicher. Gerd Golombeck musste sterben, weil er einen Menschen aus purem Spaß an der Gemeinheit in eine vermeintlich ausweglose Situation manövriert hat."

Die Vorspeise wurde aufgetischt. Eva und Arthur hatten sich für Nordseekrabbenbrot mit Spiegelei entschieden, was beide nach dem ersten Bissen für eine gute Wahl hielten.

Arthur Bernstein nahm den Ball auf, den seine Frau ihm zugespielt hatte. „Dann nehmen wir das jetzt mal als gesetzte Hypothese für unsere weiteren Überlegungen. Golombeck hat den Täter wissen lassen, dass er etwas von ihm weiß, von dem dieser auf keinen Fall wollte, dass es an die Öffentlichkeit kommt."

Eva Bernstein verdrehte die Augen. „Ich finde es immer wieder beeindruckend, wie verschwurbelt Juristen ganz einfache Sachverhalte ausdrücken können. Ja, das meinte ich. Der Mörder fühlte sich von Golombeck existenziell bedroht. Punkt."

Ihr Mann nahm eine einzelne Krabbe, die vom Teller zu rutschen drohte, mit seiner Gabel auf und kaute dann auf dem Meerestierchen vor sich hin. Er spülte mit einem Schluck Weißwein nach und schlug dann von der Frotzelei unbeeindruckt wieder einen geschäftsmäßigen Ton an.

„Gehen wir also mal die dunklen Vergangenheiten durch, die wir bisher kennen. Lothar Frisch hat eine Kindesmissbrauchsaffäre hinter sich – völlig unschuldig, wie er betont. Ähnlich sieht es bei Antoinette Kempfer aus – nur dass es bei ihr um Totschlag oder Mord ging. Und Volker saß sogar – rechtskräftig verurteilt – im Gefängnis. Aber alle drei waren mit diesen Geheimnissen wohl nicht erpressbar, wie wir wissen. Oder zumindest annehmen dürfen."

Eva leerte ihr Likörglas. Dann nickte sie und antwortete ihrem Mann ungewohnt bedächtig. „So sehe ich es auch. Und deshalb können wir diese drei auch zunächst einmal als potenzielle Mörder vernachlässigen. Damit blieben also die Brandstetters und Monika Jäger. Oder aber jemand, der nicht zu unserer Gruppe gehört. Der große Unbekannte also."

Die Vorspeisenteller wurden abgeräumt. Arthur füllte sein Weinglas nach und prostete Eva zu, die den spritzigen Weißburgunder jetzt erstmals probierte. Er mundete ihr und sie benetzte ihre Zunge damit, um sich den Geschmack ein wenig länger zu erhalten.

Da Arthur mehr mit dem Wein als mit dem Mord beschäftigt schien, setzte sie ihre Argumentationskette fort. „Natürlich hatte Monika Jäger oberflächlich betrachtet ein Motiv. Oder sogar zwei. Sie erbt ein Vermögen und sie ist das Ekel los. In unser Schema passt sie aber nur, wenn ihr irgendetwas drohte. Vielleicht wollte sich Golombeck ja von ihr trennen. Oder sein Testament ändern. Oder beides."

Arthur hakte ein. „Blieben also die Brandstetters. Sie konnte Golombeck nicht leiden, vielleicht hasste sie ihn sogar. Er hingegen bewunderte ihn, wurde von seinem Idol aber kaum beachtet oder sogar niederträchtig behandelt. Nur – das reicht bei beiden noch kaum für ein Mordmotiv. Und eine existenzielle Bedrohung, wie du es nennst, ist bei den Brandstetters bisher auch nicht auszumachen."

Eva Bernsteins Blick verklärte sich wieder ein wenig. Erneut starrte sie aufs Meer und schwieg. Arthur wusste, dass es jetzt besser war, sie nicht zu stören.

Fast fünf Minuten dauerte die Stille an, bis ein Ruck durch Evas Körper fuhr und sie wieder im Hier und Jetzt angekommen war. „Das erinnert mich an etwas, das ich nicht konkret greifen kann. So ein Gefühl wie bei einem der Morde, zu deren Aufklärung wir beide beigetragen haben. Da waren wir ebenfalls an einem Punkt, dass es vermeintlich jeder und keiner gewesen sein konnte. Entweder wir übersehen etwas. Oder wir ordnen etwas falsch ein. Oder wir wissen irgendwas einfach noch nicht. An den großen Unbekannten mag ich nicht glauben."

Arthur antwortete mit einer Liebeserklärung. „Um dieses komplexe Rätsel zu lösen, braucht es die Qualitäten von zwei Misses: die Kombinationsgabe einer Miss Marple und die Schönheit einer Miss Germany. Und über beides gleichzeitig verfügt nur meine Frau."

Evas Lächeln lag irgendwo zwischen geschmeichelt, belustigt und gequält. „Ich weiß zwar nicht, wie welke Schönheit zur Wahrheitsfindung beitragen soll, aber ich sehe die liebe Absicht hinter deinem verquasten Kompliment."

„Das welk nimmst du sofort zurück – sonst esse ich keinen Happen mehr." Arthurs „Drohung" zauberte Evas reizendstes Lächeln auf ihre Lippen.

„Das kann ich nicht verantworten. Ich ersetze also welk durch herbstlich. Bist du damit einverstanden?"

„Das kann ich gerade noch mal durchgehen lassen", sagte Arthur und wandte sich der Hauptspeise zu, die gerade von der Kellnerin gebracht wurde. Während der noch folgenden Stunde in dem Restaurant wurde der Mord aus der Unterhaltung des Ehepaares ausgeklammert.

Kapitel 37

Karl Dernauer wunderte sich, als das Telefon klingelte. Seit seinem Gespräch mit Günther waren erst rund drei Stunden vergangen. Sollte der neue Ermittlungsansatz wirklich schon so schnell zu greifbaren Ergebnissen geführt haben?

Es war nicht Günther Kellers Stimme, die er hörte, sondern die von Hub. Karl wurde mit einem Wortschwall begrüßt.

„Servus, Kalli." Diese Verfremdung seines Namens war in ihrer nun fast fünfzig Jahre währenden Freundschaft absolut neu. Sie gefiel Karl überhaupt nicht. „Deine neue Herzdame ist ja wirklich der große Wurf. Gabriella hätte Besseres verdient als dich, aber vor allem die tollsten Frauen haben ja oft ein Helfersyndrom und stehen auf so Typen wie dich."

Es folgte ein lautes Lachen. Hub war von seinem doofen Witz offenbar begeistert. Es ging ähnlich wirr weiter.

„Jürgen hat heute Nachmittag etwas Wichtiges vor. Ich muss raus an die frische Luft. Ist ja toll, wie Günther auf die Idee mit der Maske abfährt – oder? Also: Joggen geht ja noch nicht, aber ich muss mich bewegen. Und alleine auf Tour soll ich ja noch nicht gehen. Holst du mich zu einem Spaziergang ab? In einer halben Stunde würde passen."

Erst jetzt holte Hub Luft. Der erste Reflex von Karl war, seinem Freund einen Korb zu geben, weil er gerade so schön im Schreibfluss war. Doch dann fand er einen Spaziergang doch in Ordnung. Nicht nur Hub zuliebe, denn er spürte seinen Rücken schon wieder. Ohne Anstöße von außen neigte er dazu, zu wenig auf sein körperliches Wohlbefinden zu achten, wenn er in seine Romanwelt eingetaucht war.

„Ich hole dich ab, Hubbilein. Bis gleich." Diese Retourkutsche musste einfach sein, sonst gewöhnte sich Hub die Anrede „Kalli" noch an. Und das ging gar nicht.

Als die beiden Männer am Rhein entlangliefen, sprach der Oberstaatsanwalt die neue Stoßrichtung der Polizeiarbeit an.

„Günther ist ja Feuer und Flamme für die Masken-Idee. Er hat mich kurz vor Mittag angerufen und mir erzählt, dass Stephan Zwick heute Morgen schon vernommen wurde. Er hat nach wie vor kein Alibi, weil er angeblich zur Tatzeit alleine zu Hause war. Günther hat mit seiner geschickten Fragetechnik aus ihm herausbekommen, dass Zwick auf John Harper schlecht zu sprechen ist. Harper habe angeblich die Karriere von Susan Dickens unterstützt, weil die beiden ja dicke Freunde seien, wie jeder wisse. Günther meint, das habe auch ein bisschen so geklungen, als wolle Zwick den Verdacht gezielt in Richtung Harper lenken."

Karl Dernauer hatte interessiert zugehört. Nähere Details dazu wollte er sich aber lieber aus erster Hand, nämlich direkt von Günther Keller geben lassen. Deshalb leitete er über zu den beiden anderen Verdächtigen.

„Wissen wir auch schon mehr zu den beiden anderen Verdächtigen? Zu Christian Herzog und Susi Flach?"

„Die werden beide erst heute Nachmittag befragt. Allerdings hat sich das Alibi von Herzog inzwischen wohl erhärtet. Mehrere Menschen haben ausgesagt, dass sie ihn zur Tatzeit gesehen haben, wobei niemand mit ihm gesprochen hat. Und auch die Uhrzeiten waren nicht absolut exakt. Aber Günther meint: Wenn Herzog hinter dem Mord steckt, dann wohl nur über einen Auftragskiller."

Als Karl nach dem Spaziergang wieder zurück in seinem Häuschen war, schickte er Gabriella eine Nachricht. Er fragte, ob man morgen Abend gemeinsam zu Andrea ins *Vesuvio* gehen solle, er habe Lust auf italienisch. Die prompte Antwort: „Si signore. mille baci."

Zur Entspannung legte er sich auf seine Couch im Wohnzimmer. Der Mord an Susan Dickens beschäftigte ihn im Moment mehr als der an Gerd Golombeck.

Im Prinzip gab es drei Möglichkeiten. Der Mörder war einer der beiden Harper-Brüder. Zumindest einer von beiden hatte ein sehr starkes Motiv. Dagegen sprach, dass die Alibis absolut wasserdicht waren.

Die Möglichkeiten zwei und drei basierten auf der Masken-Idee. Sollte Susi Flach die Täterin sein, dann passten sowohl Motiv als auch das fehlende Alibi. Und die Maske konnte auch eine Frau getragen haben.

Bei Stephan Zweig sah es genauso aus: Er hatte ein Motiv und kein Alibi. Nur bei Christian Herzog lagen die Dinge anders. Ein Motiv war kaum erkennbar und sein Alibi ziemlich gut.

Die dritte Möglichkeit: Ein Auftragskiller hatte eine Harper-Maske getragen. Beim möglichen Auftraggeber gab es in diesem Fall nahezu keine Einschränkungen.

Über diesen Gedanken schlief Karl ein. Als er nach rund zwei Stunden erwachte, hatte der Mordfall Dickens keinen Platz mehr in seiner Welt. Er war jetzt nur noch daran interessiert, die Leser auf die Spur des Mörders von Gerd Golombeck zu bringen.

Kapitel 38

Arthur war rechtschaffen müde, als das Ehepaar Bernstein gegen kurz vor Mitternacht zurück im Hotel war. So konnte er auch Evas Vorschlag, den Abend durch einen kleinen Spaziergang durch die Dünen hinunter zum Meer zu beenden, nichts abgewinnen. Seine Frau war jedoch wild entschlossen, noch ein paar Schritte zu gehen. Und so verabschiedeten sie sich vor dem Eingang, weil Eva nicht davon abzubringen war, noch eine kleine

Runde zu drehen. Die Luft der lauen Sommernacht war für sie einfach zu angenehm, um schon ins Bett zu gehen.

Eva setzte sich zunächst auf eine Bank in einer kleinen Sitzgruppe vor dem Hotel und atmete ein paar Mal tief durch. Dann erhob sie sich und spazierte in Richtung der Dünen. Sie war sich noch gar nicht sicher, ob sie bis zum Strand hinunterlaufen wollte. Ihr Ziel war zunächst ein lauschiges Plätzchen in den Dünen, von dem aus man das Meer im Dunkeln nur erahnen, aber sein leises Rauschen noch hören konnte.

Hier saß sie in völliger Ruhe für ein paar Minuten, als sie hinter einer Düne zwei flüsternde Stimmen vernahm. Wobei Flüstern der falsche Ausdruck war. Die Stimmen waren zwar leise, aber sie schwankten in der Lautstärke und hatten etwas seltsam Energisches, ja fast Bedrohliches an sich. Hier wurde offenbar ein Streit ausgetragen, aber einer, den sonst niemand mitbekommen sollte. Evas Neugierde war zu groß, um sich einfach nicht darum zu kümmern oder gar einen dezenten Rückzug ins Hotel anzutreten.

Sie duckte sich ab und krabbelte, ja robbte fast die Düne hoch, um einen Blick auf die unbekannten Streithähne zu erhaschen. In der nur von einer schmalen Mondsichel erhellten Nacht konnte sie schemenhaft zwei Menschen erkennen, als sie über den Dünenkamm blicken konnte. Sie vermutete, dass es sich um zwei Männer handelte – ganz sicher war sie sich jedoch nicht.

Die Auseinandersetzung eskalierte genau in diesem Moment und ging in Handgreiflichkeiten über. Die beiden Kontrahenten stürzten, wälzten sich kurz am Boden und plötzlich sah Eva Bernstein etwas Unglaubliches. Die ihr mit dem Rücken zugewandte Person zog etwas aus der Tasche, schlang es der anderen um den Hals und zog in wilder Brutalität die Schlinge zu. Auf ein kurzes Röcheln folgte totale Stille. Der Mörder – oder war es doch eine Mörderin? – sank über seinem Opfer zusammen und verharrte für einige Sekunden in dieser Position.

Eva Bernstein war total geschockt. Sie konnte sich kaum bewegen und hatte für einen Moment das Gefühl, dass ihr

Atem stillstand. Dann sprang sie auf und wollte den Dünenabhang hinunterrennen, in Richtung Hotel. Doch als sie dabei genau hüfthoch über dem Dünenkamm erschien, drehte sich die Person, die gerade einen Menschen ermordet hatte, zu ihr um. Für den Bruchteil einer Sekunde trafen sich ihre Blicke und in völliger Panik stolperte Eva den Hang hinunter. Dabei geriet sie ins Straucheln und spürte Sekunden später einen gehetzten Atem hinter sich.

Und dann war alles nur noch schwarz um sie herum.

Kapitel 39

Karl Dernauer fühlte sich wie gerädert, als er am Morgen die Augen öffnete. Dabei hatte er fast zehn Stunden lang geschlafen, ohne ein einziges Mal aufzuwachen. Für dieses Gefühl gab es nur eine Erklärung: Es musste an seinen wirren Träumen liegen.

In wüster Folge waren die beiden Mordfälle durcheinandergeraten. Susan Dickens hatte mit Eva Bernstein im Straßencafé gesessen, sein Romankommissar Eike Hund befragte in den USA Jim Harper und die Krönung war, dass eine Frau mit tiefem Ausschnitt versuchte, den guten Arthur zu bezirzen. Und er sie dann mit einem „Ich bin kein Mann für eine Nacht, Frau Flach" abblitzen ließ. Offenkundig hatte Günthers Schilderung der Oberweite der Verdächtigen doch Spuren hinterlassen. Und dann waren alle Erinnerungen an seine Träume wie weggeblasen. Nur das Gefühl der Verunsicherung blieb.

Vielleicht sollte er sich mal einen Tag lang überhaupt nicht um Mord und Totschlag kümmern. Das würde ihm heute leicht fallen, denn am Nachmittag waren seine Enkel bei ihm. Carl und Betty würden ihn bestimmt auf andere Gedanken bringen. Was sollte er mit den beiden Zwergen unternehmen?

Als er mit seinem ersten Milchkaffee auf der Terrasse saß, wusste er, wie er den Nachmittag mit den Kiddies gestalten konnte. Sein Garten war mehr als vernachlässigt und die beiden liebten es, ihrem Opa zu helfen. Wenn sie dazu keine Lust mehr hätten, könnten sie im Baumhaus spielen. Am Abend würde er Spaghetti Bolognese machen und danach gäbe es noch ein Eis. Das war ein guter Plan. Nein, stopp. Am Abend wollte er ja mit Gabriella ins *Vesuvio* gehen. Na gut: Dann würde er halt nur für die Kleinen kochen. Am besten, er gönnte sich ein ausgiebiges Frühstück. Das würde bis zum Abend vorhalten.

Fast wäre es Karl Dernauer auch gelungen, völlig abzuschalten. Aber kurz bevor er seine Enkel abholte, rief Günther Keller an. Er klang ein wenig deprimiert.

„Grüß dich, Karl. Allmählich fühle ich mich wirklich nur noch wie ein Hamster in seinem Rad. Wir rackern wie die Gestörten, aber wir kommen irgendwie nicht weiter. Jetzt hat auch Susi Flach ein Alibi, das unerschütterlich ist. Sie konnte sich gestern dann doch erinnern, wo sie zur Tatzeit war. Das haben wir überprüft – und es scheint zu stimmen. Jetzt passen Motiv und nicht vorhandenes Alibi nur noch auf Stephan Zwick als möglichen Mörder. Aber alles in mir sträubt sich dagegen, daran zu glauben. Frag mich aber bitte nicht, warum."

„Sorry, Günther. Aber ich bin auf dem Sprung, meine Enkel aus der Kita abzuholen. Und danach ist mein ganzer Tag verplant. Können wir morgen früh weiterreden?"

Günther Keller hatte dafür natürlich Verständnis.

In Karl Dernauers grauen Zellen arbeitete es auf dem Weg in die Kita gehörig. Auf Günthers Gefühl konnte man sich verlassen. Er war stark geneigt, Stephan Zwick als Verdächtigen zu streichen, wenn Günther zu dieser Einschätzung kam.

Die Zwerge halfen länger als zwei Stunden intensiv dabei, den Garten wieder in Form zu bringen. Dann spielten sie im Baumhaus und ließen sich anschließend vom Opa mehrere Bücher vorlesen. Die Spaghetti und das Eis rundeten einen erholsamen Nachmittag ab, und entsprechend gut gelaunt betrat Karl pünktlich das Restaurant. Es war ihm wirklich gelungen, den ganzen

Nachmittag lang keinen Gedanken an Mörder und ihre Opfer zu verschwenden.

Gabriella saß bereits am Rand der Terrasse an ihrem Lieblingstisch. Sie nippte an einem *Cynar* auf Eis. Ihre Augen strahlten, als sie Karl sah. Wieder einmal überraschte sie Karl mit ihrer Spontaneität.

„Was hältst du davon, wenn wir beide zusammen in Urlaub fahren? Anfang Oktober könnte ich zwei Wochen frei machen. Wo wolltest du denn immer schon mal hin?"

Für einen Moment war Karl Dernauer völlig überfordert. Die Vorstellung, zwei Wochen lang mit seiner Traumfrau innige Zweisamkeit zu erleben, überwältigte ihn. Gabriella legte nach. Sie rückte ihren Stuhl ganz nah an seinen ran und ging in einen schmeichelnden Flüsterton über.

„Mir ist es völlig egal, wo auf der Welt ich ganz mit dir alleine bin. Ich brauche weder Sonne noch Meer, keine Kultur und keine Unterhaltung. Am liebsten wäre mir ein kleines Häuschen auf einer einsamen Insel. Nur du und ich." Sie legte ihren Kopf leicht zur Seite und fuhr dann mit gespielt ernster Stimme fort: „Oder bist du für solche romantischen Klischees nicht zu haben?"

Karl räusperte sich. Seine Gefühle waren noch stärker in Wallung als sonst, wenn er mit Gabriella zusammen war. Doch jetzt hatte er sich langsam wieder etwas mehr im Griff.

„Romantisches Klischee – so ein Unfug. *Da bin ich dabei. Das ist prima.*" Er musste jetzt über sich selbst lachen. Seine Anleihe bei einem rheinischen Karnevalshit räumte mit einem romantischen Klischee definitiv auf. „Mir ist auch ganz egal, wo wir beide alleine sind. *Es gibt nichts Gutes – außer man tut es.*" Noch so ein banaler Spruch hinterher. Wo er selbst sich doch über Hubs Spleen, willkürlich Zitate aneinanderzureihen, so gerne lustig machte. Aber er kriegte die Kurve.

„Nein, im Ernst. Das ist eine tolle Idee. Lass uns beim Essen Urlaubspläne schmieden. Aber jetzt brauche ich erst mal was zu trinken. Ich habe einen ganz trockenen Hals."

Das wieder einmal exzellente Menü, das Andrea für seine Lieblingsgäste wie selbstverständlich ohne jede Rückfrage völlig allein zusammengestellt hatte, wurde begleitet von Albernheiten und Urlaubsplänen. Das verliebte Paar sprang von Kreuzfahrt zu Städtereisen, von Nord nach Süd und von Ost nach West auf der Landkarte. Als Favorit entpuppte sich schließlich eine Tour durchs südliche Irland, wobei Gabriella die Vorzüge dieses Reiseziels in einem eigenwilligen Fazit zusammenfasste.

„Um diese Jahreszeit haben wir die Chance auf reichlich Regen. Dann müssten wir entsprechend viel Zeit in unserem Zimmer oder unserem Häuschen verbringen."

Sie waren schon beim Dessert angelangt, als Gabriella das Thema wechselte.

„Sag mal, hat Hub eigentlich schon einen Maskenmann als Mörder festnehmen lassen? Oder war meine Idee doch zu fantastisch?"

„Zweimal nein." Karl Dernauer schob sich einen Löffel der wunderbaren Creme in den Mund, die Andrea aus weißer Schokolade und Mascarpone zauberte. „Es gibt noch keine Festnahme, aber deine Idee wird von der Polizei als sehr ernsthafte Möglichkeit verfolgt."

„Ich habe mir das noch einmal durch den Kopf gehen lassen", antwortete Gabriella. „Wenn ich selbst einen Mord planen würde, fände ich es wirklich einen spannenden Gedanken, mir ein Alibi zu verschaffen und die Tat selbst von jemand anderem ausführen zu lassen. Aber vielleicht liegt das auch an meinen italienischen Wurzeln, wegen Mafia und so. Die arbeitet ja gerne mit Berufskillern."

Karl war amüsiert über Gabriellas Wortwahl – und über die kriminelle Energie, die aus ihren Überlegungen sprach. Dennoch wurde er jetzt stiller. Irgendetwas störte ihn an dieser Theorie.

Und dann wusste er plötzlich, was es war. „Weißt du, ich selbst glaube erstens selten an den großen Unbekannten. Und zweitens hat so ein Auftragskiller zwar einen großen Vorteil, aber auch zwei große Nachteile. Der Vorteil ist in der Tat, dass man sich nicht selbst die Hände schmutzig macht und sich ein perfektes Alibi besorgen kann. Die Nachteile sind, dass man den Killer erst einmal finden muss. Und dass man sein Leben lang einen Mitwisser hat."

Für Gabriella schien das Thema damit erschöpfend behandelt. In Karl arbeitete es hingegen noch ein wenig weiter. Vor allem aber inspirierte es ihn, sich später noch einmal an den Schreibtisch zu setzen. Denn der Abend mit Gabriella würde bald enden. Sie hatte angekündigt, dass sie früh nach Hause müsse, weil für den nächsten Tag am Morgen mehrere Operationen auf ihrem Dienstplan standen. Es war kurz vor elf, als Karl seinen Rechner hochfuhr.

Kapitel 40

Arthur Bernstein war sofort eingeschlafen, als er fast Punkt Mitternacht ins Bett gefallen war. Der Wecker zeigte noch nicht mal halb sieben, als er aufwachte und seinen Balkon betrat.

Er war leicht überrascht, denn er hatte fest damit gerechnet, dass seine Frau schon nebenan auf ihrem Balkon sitzen würde. Das sah Eva gar nicht ähnlich, denn sie liebte die Morgenluft und die völlige Stille in den frühen Stunden des Tages, in denen nur das Rauschen des nahen Meeres und das noch verhaltene Geschrei der Möwen zu hören waren.

Über einen kleinen Rollentausch würde Eva sich bestimmt freuen, dachte er. Sonst war es üblich, dass seine Frau ihn mit einem Morgenkaffee weckte – jetzt könnte er selbst einmal die Wachmacher besorgen.

Arthur Bernstein beließ es bei Zähne putzen und Katzenwäsche und machte sich auf in Richtung Frühstücksraum. Er besorgte zwei Milchkaffee und ging dann zurück in sein Zimmer und schnurstracks auf den Balkon. Von Eva war immer noch nichts zu sehen.

Das war jetzt schon mehr als nur ungewöhnlich. Schlief seine Frau wirklich noch? Ihre Balkontür war leicht geöffnet, das konnte Arthur erkennen. Und die Vorhänge waren nicht zugezogen, es war also hell im Zimmer. Ob Eva vielleicht krank war? Anders konnte er es sich nicht erklären, dass sie immer noch in ihrem Bett zu liegen schien.

Arthur nippte kurz an seinem Kaffee, der schon nicht mehr wirklich heiß war. Mit einer lauwarmen Brühe als Morgengabe brauchte er Eva nicht zu kommen, das wusste er. Und so ging er zurück in sein Zimmer, um leise die Durchgangstür zu öffnen. Er würde Eva mit Kaffeeduft wecken, so wie sie es öfter mit ihm tat.

Was war das? Die Zwischentür war verschlossen! Das hatte Arthur ja noch nie erlebt, in keinem der vielen Urlaube, die sie in getrennten Zimmern verbracht hatten.

Er rüttelte an der Klinke, doch nichts tat sich. Aus Evas Zimmer war kein Laut zu hören. Langsam steigerte sich Arthurs Unruhe in echte Angst. Er war kaum noch in der Lage, seine Gedanken zu ordnen.

Sollte er sich gegen die Tür werfen? Dabei würde zwar etwas kaputtgehen, aber das war dann eben der Preis, den er dafür zahlen musste, seiner Eva zu Hilfe zu kommen. Denn dass sie seine Hilfe brauchte, das stand für Arthur jetzt fest.

Die Zwischentür ging zu seiner Zimmerseite hin auf. Es wäre also aussichtslos, sie zu öffnen, indem er sich dagegenwarf. Seine Gedanken liefen immer schneller, aber auch immer wirrer durcheinander. Die Tür zum Flur – das war die Lösung. Sie ging ja nach innen auf, zu Evas Zimmer hin. Es kam ihm nicht einen Augenblick lang in den Sinn, einfach bei der Rezeption anzurufen und sich Evas Zimmer öffnen zu lassen.

Und so riss er seine Tür zum Gang hin auf und ging ein paar Schritte weiter. Dann klopfte er energisch gegen die Tür zu Evas Zimmer und rief dabei ihren Namen. Er klopfte immer heftiger und schrie immer lauter. Dabei registrierte Arthur überhaupt nicht, dass mehrere Menschen auf dem Flur erschienen waren und einige davon ihn ansprachen. Schließlich warf er sich mit voller Wucht gegen die Tür, die rechte Schulter voran. Der Weg ins Zimmer war endlich frei.

Von Eva aber keine Spur. Das Bett sah aus wie frisch gemacht, seine Frau hatte hier definitiv nicht geschlafen. Arthurs Blick irrte durchs Zimmer, bis er einen Zettel auf der Anrichte entdeckte. Er las, was darauf stand und war fassungslos. Seine geliebte Eva war offensichtlich entführt worden.

Kapitel 41

Karl Dernauer war voller Energie, als er gegen sieben Uhr erwachte. Nach einer erfrischenden Dusche und einem ersten starken Kaffee setzte er sich sofort an den Schreibtisch, doch noch während der Rechner hochfuhr, klingelte das Telefon. Es war Günther, der wusste, dass Karl ein Frühaufsteher war und sich deshalb nicht scheute, ihn schon gegen halb acht zu kontaktieren. Ohne Umschweife kam er zur Sache.

„Grüß dich, mein Lieber. Du kannst mir sicher dabei helfen, meine Gedanken zu strukturieren, ehe ich mich wieder in den Ermittlungsalltag stürze. Es passt doch bei dir – oder?"

Karl lachte ein wenig heiser. „Klar doch, nur zu. Wenn ich dich gestern richtig verstanden habe, können wir uns vor perfekten Alibis kaum noch retten …"

„So ist es. Wir haben jede Menge bester Motive, jede Menge passender Verdächtiger – und jede Menge unerschütterlicher Alibis. Es ist zum Verzweifeln."

„Das sieht dir aber gar nicht ähnlich, dass du dich so aus der Fassung bringen lässt. Lass uns mal ganz nüchtern rangehen. Zu viele Verdächtige mit zu guten Motiven sind doch besser als gar keiner – hab ich recht? Mir scheint das eigentlich ein eher einfacher Fall zu sein."

„Du machst mir Spaß. Was ist denn einfach daran, wenn jeder ein perfektes Alibis hat?"

„Versuchen wir es doch mal mit Wahrscheinlichkeitsrechnung für Anfänger. Es sollte nahezu ausgeschlossen sein, dass ein Außenstehender den Mord begangen hat, da ja von den uns bekannten Verdächtigen so viele gute Gründe hatten, Susan Dickens umzubringen. Und es handelt sich eindeutig um einen gezielten Mord. Das führt uns zum einzigen logischen Schluss: Es war einer der Verdächtigen. Also ist das zugehörige Alibi falsch." Karl legte eine kurze Pause ein, bevor er seinen Gedankengang abschloss. „Aber zugegeben: Es ist offenkundig sehr gut konstruiert."

Durch eine weitere Pause gab Karl dem Kripobeamten die Chance, sich mit dieser Logik anzufreunden. Dann setzte er hinzu: „Wir müssen uns also jetzt gezielt nur noch mit den einzelnen Alibis beschäftigen."

Karl Dernauers ruhige und schlüssige Argumentation hatte Günther Keller seine Gelassenheit wiederfinden lassen, die ja auch viel mehr seinem eigenen Naturell entsprach. „Du hast ja recht. Es ist wahrscheinlich nur ein einziges Mosaiksteinchen, das uns den Blick auf die Wahrheit versperrt. Aber das müssen wir finden und aus dem Weg räumen. Nur, um ganz ehrlich zu sein: Ich weiß im Moment nicht, wo ich suchen soll."

„Das verstehe ich, mir geht es kaum anders. Aber wenn alle Alibis gleich perfekt zu sein scheinen, dann ist es egal, mit welchem wir anfangen. Wir müssen nur hartnäckig genug vorgehen und immer weiterforschen."

„Du hast mir zwar in der Sache keinen Schritt weitergeholfen, aber es war trotzdem gut, dass ich dich angerufen habe. Das Gespräch war die erhoffte Motivationsspritze für den Tag. Danke dir, bis später. Ich melde mich wieder."

Karl Dernauer setzte sich mit einem frischen Kaffee auf seine Terrasse und stopfte sich bedächtig eine Pfeife. Er schmauchte vor sich hin und dachte dabei über seine eigene Argumentationslinie nach. Ja, so musste es sein. Er hatte nicht nur Günther Keller überzeugt, sondern auch sich selbst. Einer der Verdächtigen war definitiv der Mörder. Der Fall war leicht zu lösen. Man musste nur das falsche Alibi knacken.

Nach dem Pfeifchen war er bereit, sich wieder dem besorgten Arthur und dem ermordeten Gerd Golombeck zu widmen. Nein halt: Zunächst wollte er sich darum kümmern, wie es der entführten Eva ging.

Kapitel 42

Eva Bernstein benötigte mehrere Minuten, bis sie sich einigermaßen orientieren konnte. Ihr Hinterkopf schmerzte. Und sie hatte einen ausgesprochen unangenehmen Geschmack im gesamten Mund, im Rachen und sogar in der Nase.

Ihre Irritation wuchs noch, als sie feststellte, dass sie in einer Badewanne lag – auf mehreren dunkelgrauen, offenbar nagelneuen Wolldecken und gepolstert durch mehrere Kissen ohne Bezug. Langsam schweiften Evas Blicke durch den fensterlosen Raum. Sie war in einem modernen, hell gekachelten Badezimmer. Und natürlich war sie eingesperrt, wie sie sofort feststellte, als sie ohne echte Hoffnung die Türklinke herunterdrückte. Immerhin: Sie war nicht gefesselt – und eine Toilette und ein Waschbecken hatte sie auch zur Verfügung. Nur leider keine Zahnbürste und keine Zahnpasta. Der Geschmack war wirklich eklig.

Sie warf sich mehrere Hände Wasser ins Gesicht und spülte sich lange den Mund aus. Dann hockte sie sich auf den Rand der Badewanne und ihre Erinnerung kehrte zurück. Es war ja geradezu unglaublich, was sie in der Nacht erlebt hatte. Sie wusste jetzt, wer Gerd Golombeck umgebracht hatte. Und nicht nur ihn, sondern auch noch einen zweiten Menschen.

Eine Beklemmung machte sich in ihr breit, die sich zu einer echten Angst steigerte. Eva wurde bewusst, dass sie in großer Gefahr schwebte, da sie Zeugin eines Mordes geworden war.

Ein Mensch, der zwei Mal kaltblütig getötet hatte, würde dies zweifellos auch ein drittes Mal tun. Aber sie lebte noch. Warum? Auf diese Frage fiel ihr spontan keine Antwort ein.

Auf jeden Fall musste sie einen kühlen Kopf bewahren.

Kapitel 43

Karl Dernauer war zufrieden mit seinem kurzen Kapitel, das er in nur knapp einer Stunde geschrieben hatte. Eva lebte – das sollten seine Leser wissen. Aber sie schwebte in höchster Gefahr. Dieses zusätzliche Spannungselement empfand er als Bereicherung für die bisherige Handlung.

Es war noch nicht einmal neun Uhr, als er vom Brötchenholen zurückkehrte. Ein reichhaltiges Frühstück würde ihm die nötige Kraft geben, um mit seinem Roman zügig voranzukommen. Er empfand es einen Moment lang als störend, dass seine Gedanken schon beim dritten Bissen in Richtung des Mordes im wahren Leben abschweiften.

Die Idee mit dem Maskenmann bzw. dem Auftragskiller ließ ihn nicht los. Wenn alle Alibis vermeintlich unerschütterlich waren – was blieb dann anderes als Lösung des Falles?

Und doch: Er konnte sich mit dem bezahlten Killer nicht anfreunden. Vor allem störte ihn der Aspekt, dass der Auftraggeber sein Leben lang erpressbar blieb.

Erpressung: Das war das Stichwort, durch das er wieder in seine Romanwelt eintauchte. Es war an der Zeit, Arthur in den schwersten Stunden seines Lebens zu begleiten.

Kapitel 44

Arthur Bernstein fühlte sich wie aus einem Albtraum erwacht. Er stand mitten in Evas Zimmer und mehrere Menschen umringten ihn. Schlagartig arbeitete sein Verstand ganz scharf und sachlich, ganz so, als habe er sich mit einem komplexen juristischen Problem auseinanderzusetzen. Er musste jetzt unverzüglich die Hoteldirektion informieren und dann die Polizei. Wortlos ließ er alle stehen, die ihn fassungslos beobachteten.

Es war gerade erst sieben Uhr, als Arthur sich mit energischem Schritt der Rezeption näherte. Erstaunlich ruhig und mit fester Stimme sprach er die Frau an, die hinter dem Tresen stand und ihn freundlich anlächelte.

„Meine Frau ist entführt worden. Sie schwebt also in großer Gefahr. Ich brauche Ihre Hilfe. Ach ja, und übrigens: Ich habe die Tür zu ihrem Zimmer eingeschlagen." Der letzte Satz klang ihm, kaum ausgesprochen, fürchterlich banal.

Noch ehe die Rezeptionistin antworten konnte, stürmte Rainer Göbel aus dem Hinterzimmer. Er hatte durch die geöffnete Tür alles mitgehört. Der Hoteldirektor wirkte entsetzt, wechselte dann aber in einen tatkräftigen Tonfall. „Was sagen Sie da? Entführt? Ihre Frau? Wir müssen sofort die Polizei verständigen."

Arthur Bernstein nickte kurz. „Ja, natürlich. Genau darum wollte ich Sie bitten."

Rainer Göbel ging mit energischem Schritt um den Tresen herum und wies seine Angestellte im Chefton an: „Erledigen Sie das. Und machen Sie Druck, sagen Sie, dass es eilt." Dann fasste er Arthur am Arm und begleitete ihn in sein Büro. „Und Sie kommen jetzt erst mal mit mir. Ein kleiner Cognac wird Ihnen jetzt guttun."

Arthur schüttelte sich. „Um sieben Uhr morgens? Nein, das ist mir nun doch deutlich zu früh." Als er auf dem Stuhl an der Stirnseite des Schreibtischs Platz genommen hatte, schüttelte er sich erneut. „Aber eigentlich haben Sie recht. Geben Sie mir bitte einen doppelten. Und dazu noch einen doppelten Espresso, wenn Sie haben."

Rainer Göbel versorgte Arthur Bernstein wortlos mit der gewünschten Getränkekombination. Dann hörte er sehr einfühlsam zu, wie Arthur eher bedächtig den Verlauf des Morgens schilderte, dessen Schrecken darin gipfelten, dass er das Entführerschreiben fand. Erst jetzt bemerkte Arthur Bernstein, dass er den Zettel immer noch ganz verkrampft in der Hand hielt.

Es dauerte nicht einmal halbe Stunde, bis zwei Polizeiwagen und ein ziviler Pkw vor dem Hotel parkten. Inka Mathijsen und Eike Hund steuerten fast im Laufschritt das Zimmer des Hoteldirektors an.

Der einheimische Kripochef hatte die Augen weit aufgerissen, als er Arthur Bernstein ansprach.

„Um Gottes willen, Herr Bernstein, das kann doch nicht wahr sein. Ihre Frau entführt? Erzählen Sie uns bitte möglichst mit allen Details, was passiert ist."

Arthur Bernstein reichte ihm stumm das zerknitterte Stück Papier.

Kapitel 45

Karl Dernauer starrte auf den Bildschirm. Die Handlung seines Romans hatte durch Evas Entführung an Dynamik gewonnen. Das war gut. Aber er hatte keinen wirklichen Plan, wie es jetzt weitergehen sollte. Eva wusste, wer Gerd Golombeck ermordet hatte. In dem Moment, in dem sie gerettet würde, wäre sein Roman am Ende angekommen. Er müsste jetzt also das exakt passende Maß an weiteren Spannungselementen finden. Eine Schaffenspause könnte hilfreich sein.

Die Sonne stand hoch am Himmel, es war fast Punkt zwölf Uhr. Trotz des üppigen Frühstücks verspürte er schon wieder ein leichtes Hungergefühl. Mal sehen, was der Kühlschrank hergab.

Dem Jahrhundertsommer schien auch zu dieser fortgeschrittenen Jahreszeit noch immer nicht die Puste auszugehen. Es war schon wieder unangenehm heiß. Seinem Körper fehlten Flüssigkeit und Salz, das stand für ihn außer Frage. Im Gemüsefach fand er zwei schon leicht schrumpelige Möhren, eine Zucchini und eine Stange Lauch.

Karl schmunzelte, weil er an seinen Romanhelden denken musste. Wie sehr hatte der gute Arthur zu Beginn des Heilfastens darunter leiden müssen, mit der faden Gemüsebrühe abgespeist zu werden. Das ging auch anders. Gesund, aber mit richtig viel Geschmack.

Er schnibbelte alles in kleine Würfel und schmorte das Gemüse in seinem größten Topf kurz an. Dann füllte er mit rund zwei Litern Bouillon auf; nicht nur für solche Fälle hatte er seinen selbstgemachten Rindfleischextrakt immer im Gefrierschrank. Zum Abschluss pürierte er alles und verfeinerte seine Gemüsesuppe mit einem kräftigen Schuss Sahne.

Schon die erste Tasse war eine wahre Gaumenfreude. Dank des kräftigen Fleischextrakts musste er kein bisschen nachwürzen. Dieses gehaltvolle und schmackhafte Getränk, mit dem Arthur überglücklich gewesen wäre, würde ihn selbst durch den Nachmittag begleiten.

Wie ließe sich bei dieser Hitze am besten entspannen? Karl sagte am meisten die Idee zu, sich in eine mit lauwarmem Wasser gefüllte Badewanne zu legen. Welche leichte Lektüre sollte er wählen? Warum auch immer – ihm war nach Asterix. Mit geschlossenen Augen griff er in den Heftstapel, wie er es oft tat, um den Zufall entscheiden zu lassen, welcher Band es sein sollte. Kein schlechtes Ergebnis: Er würde mit den Galliern auf große Überfahrt gehen und mit Asterix und Obelix Amerika entdecken.

Es war Karl Dernauer klar, dass er wie immer beim Lesen in der Wanne einschlafen würde. Diesmal übermannte ihn die Müdigkeit, als er nach knapp der Hälfte der Geschichte an seiner Lieblingsstelle angekommen war. Asterix ist offensichtlich entführt worden und Obelix „verhört" auf seine typischschlagkräftige Art einen Indianer, wo sein bester Freund sei. Der Indianer kommt aber nicht dazu, zu antworten, weil er das Bewusstsein verliert. Es folgt ein hübsches Paradoxon, wie es nur einem Obelix einfallen kann: „Asterix würde ihn zum Reden bringen – also muss ich Asterix finden."

Im folgenden Tagtraum baute Karl Dernauer diesen Gag zwangsläufig in seine Romanhandlung ein. Arthur verstrickte sich bei der Suche nach seiner geliebten Eva in eine ebensolche Unlogik. Als Karl Dernauer eine halbe Stunde später erwachte, erinnerte er sich allerdings nur ganz kurz an diese Parallele. Er fühlte sich sehr erfrischt und konnte sich nun, mit einer auch kalt sehr gut schmeckenden Tasse seiner Gemüsesuppe, wieder an die Arbeit machen.

Kapitel 46

Arthur Bernstein war erleichtert, dass er jetzt die beiden erfahrenen Kripobeamten bei der Suche nach Eva an seiner Seite wusste. Zu dritt verließen sie das Büro von Rainer Göbel, der zeitgleich zum Telefonhörer griff. Beim Hinausgehen hörte Arthur noch, wie der Hoteldirektor seine Stellvertreterin anrief und sie bat, möglichst umgehend zur Arbeit zu erscheinen, obwohl sie eigentlich Spätschicht hatte. Aber der Betrieb musste ja weiterlaufen, dafür hatte Arthur Bernstein Verständnis. Zuerst ein Mord und dann noch eine Entführung – schwere Zeiten für das Management eines Wellness-Hotels.

Inka Mathijsen, Eike Hund und Arthur Bernstein setzten sich an einen Tisch am Rand der Hotelterrasse, an dem sie sich ungestört unterhalten konnten. Bis zu diesem Zeitpunkt hatte Arthur nach der ersten Verzweiflung erstaunlich gut die Fassung gewahrt, aber jetzt brach es aus ihm heraus. Er begann hemmungslos zu weinen. Die beiden Kriminalisten warteten einfühlsam ab, bis er sich wieder gefangen hatte.

„Meinen Sie, Sie könnten uns jetzt erzählen, was passiert ist?", fragte Inka Mathijsen. „Am besten, Sie beginnen an dem Punkt, als wir zum letzten Mal Kontakt hatten. Alles was danach passiert ist, kann wichtig sein."

Arthur sammelte sich kurz und schilderte dann ruhig und präzise, wie Eva und er zunächst ihre Ermittlungsgespräche mit den Mitgliedern der Fastengruppe geführt hatten. Er gab auch die Einschätzungen preis, die Eva und er selbst gewonnen hatten – dass sie also auf keine wirklich heiße Spur gestoßen seien. Dann berichtete er vom Abendessen und davon, dass Eva danach noch allein ein paar Minuten spazieren gehen wollte, was für seine Frau nicht ungewöhnlich sei. Und wie er selbst sofort zu Bett gegangen und eingeschlafen sei und sich dann am nächsten Morgen ein wenig gewundert habe, dass Eva noch nicht auf ihrem Balkon saß, als er selbst aufwachte. Die Zusammenfassung schloss mit seinem gewaltsamen Eindringen in Evas

Zimmer und dem Auffinden des Entführerschreibens, das Eike Hund inzwischen glattgestrichen hatte.

Inka Mathijsen hatte sich während des Berichts von Arthur Bernstein immer wieder Notizen in einem kleinen Block gemacht. Jetzt legte sie ihn beiseite und schaute die beiden Männer mit leicht gerunzelter Stirn abwechselnd an.

Dann sprach sie leise, aber mit Nachdruck in der Stimme. „Bevor wir den gesamten Fall – und ich bin sicher, es handelt sich nur um einen Fall – noch einmal durchgehen: Was mir überhaupt nicht in den Kopf will: Was bezweckt der Mörder, oder auch die Mörderin, mit der Entführung Ihrer Frau, Herr Bernstein? Das ergibt doch überhaupt keinen Sinn."

Sie legte eine kurze Pause ein und sprach dann mit unverändertem Tonfall weiter. „Ich meine, wenn wir davon ausgehen, dass Ihre Frau dem Täter auf die Spur gekommen ist – verzeihen Sie mir bitte, dass ich den folgenden Gedanken so ungeschminkt formuliere, Herr Bernstein: Dann wäre ein weiterer Mord nachvollziehbar. Aber eine Entführung? Was soll ihm das bringen?"

Arthur Bernstein reagierte sehr gefasst. „Sie haben völlig recht. Und machen Sie sich bitte keine Gedanken darüber, ob Sie mich mit einer Formulierung vielleicht verletzen: Jetzt braucht es klaren Verstand und klare Logik. Wir werden Eva nicht dadurch retten, dass Sie meine Gefühle schonen."

Er atmete einmal tief durch und verengte dann seine Augen zu schmalen Schlitzen, was ein Zeichen für angestrengtes Nachdenken war.

„Genau diese Unlogik ist mir auch schon durch den Kopf gegangen – und ich habe dafür ebenso wenig eine schlüssige Erklärung wie Sie. Die einzige Erklärung, die mir ansatzweise einleuchtet, wäre, dass er dringend Geld braucht, um sich abzusetzen, weil er – wenn ich von er spreche, kann das immer auch eine Frau sein – die Befürchtung hat, dass man ihm schon bald auf die Schliche kommen wird. Allerdings sind bei mir keine Millionen zu holen, sondern maximal ein paar Hunderttausend, wenn ich alles zusammenkratze und auch noch unser Eigenheim bis ans Limit belaste."

Eike Hund schaltete sich jetzt erstmals ein. „Ich schlage vor, dass wir zweigleisig fahren. Variante eins wäre die von Ihnen beschriebene, Herr Bernstein. Dann würden alle Verdächtigen, die über ausreichende Geldmittel verfügen, vom Verdacht befreit. In diese Richtung müssen wir allerdings erst dann weiterdenken, wenn es eine Lösegeldforderung gibt. Variante zwei: Es geht nicht um Geld. Mir fällt dann zwar auch nichts ein, warum der Mörder Ihre Frau entführt und nicht ebenfalls getötet hat, aber dann wären immer noch alle gleichermaßen verdächtig. Und zunächst würde ich mich gerne auf Variante zwei konzentrieren."

Inka Mathijsen nickte zustimmend und nahm ihren kleinen Block zur Hand. Sie blätterte ein wenig und sah Arthur Bernstein dann fest in die Augen.

„Den gestrigen Nachmittag haben Ihre Frau und Sie damit verbracht, Antoinette Kempfer und Volker Robesch zu befragen. Beim Abendessen hat Ihre Frau Ihnen gegenüber aber nichts erwähnt, was darauf hindeutet, dass sie wichtige neue Erkenntnisse gewonnen hat. Im Gegenteil: Sie hat Frau Kempfer eher von ihrer persönlichen Verdächtigenliste gestrichen. Was aber, wenn das Gespräch von Frau Kempfer völlig anders wahrgenommen wurde? Wenn sie das Gefühl hatte, dass Ihre Frau sie nur geschickt aushorchen wollte? Und dass sie deshalb die Befürchtung hatte, bald als Mörderin überführt zu werden?"

Arthur Bernstein behagte der Gedanke gar nicht, dass die sympathische Antoinette urplötzlich zur Hauptverdächtigen werden sollte. Aber er zwang sich, diesen Gedanken zuzulassen, denn es ging schließlich um seine Eva. Sie mussten schnell sein bei ihren Ermittlungen, jede Minute konnte wichtig sein, um Eva zu retten. Und so griff er die Argumentation auf.

„Auf Antoinette scheint alles zu passen. Sie war die Person, die von Eva als letzte befragt wurde. Und für sie könnte eventuell auch Geld, das sie durch eine Entführung bekäme, eine entscheidende Rolle spielen."

Eike Hund holte sein Telefon aus der Tasche und wählte eine einprogrammierte Nummer. Dann gab er kurze und sehr präzise Anweisungen. Antoinette Kempfer würde ab jetzt von Polizeibeamten beschattet.

Danach lehnte er sich kurz zurück und richtete sich wieder auf. „Ich denke, Frau Mathijsen und ich sollten uns jetzt zügig noch einmal alle Verdächtigen vornehmen. Wir können Sie doch alleine lassen, Herr Bernstein?"

Arthur nickte kurz. „Ja, natürlich. Machen Sie sich an die Arbeit. Ich werde mir ein wenig die Beine vertreten und dann zurück auf mein Zimmer gehen, damit ich für den Entführer erreichbar bin – meine Mobilnummer hat er ja nicht."

Die beiden Kripobeamten verließen die Terrasse. Beide waren beeindruckt davon, wie gefasst Arthur Bernstein mit der Situation umging – wobei es in diesem ganz anders aussah, als seine Souveränität vermittelte. Er hatte unbeschreibliche Sorge um seine geliebte Eva.

Der Weg zum Strand war ihm zu weit – er wollte möglichst bald zurück auf sein Zimmer. So schlenderte er ziellos durch den gepflegten Park direkt am Hotel, doch er fühlte sich schon nach wenigen Metern sehr erschöpft. Die aufreibenden letzten Stunden hatten ihre Spuren hinterlassen.

Er nahm auf einer kleinen Bank Platz, die an der Rückwand eines Raucherpavillons stand. Von hier hatte man einen schönen Blick aufs Meer, der den Rauchern im Pavillon verwehrt blieb. Ob dahinter die Überlegung steckte, die Nikotinsüchtigen für ihr Laster zu bestrafen? Arthur schüttelte den Kopf über diese belanglose Frage, die ihm da durch den Kopf ging. Er versuchte, ein wenig neue Kraft zu tanken.

Dann hörte er Schritte und zwei leise Frauenstimmen, die sich dem Pavillon näherten. Die Unterhaltung wurde immer noch leise geführt und fand jetzt eindeutig im Pavillon statt, aber Arthur konnte trotzdem jedes Wort verstehen, und eine der Stimmen erkannte er. Es war die stellvertretende Hotelchefin, die offenkundig mit einer Kollegin eine Rauchpause einlegte.

Es war überhaupt nicht Arthur Bernsteins Art, andere Menschen zu belauschen. Doch jetzt verhielt er sich instinktiv mucksmäuschenstill. Und was er zu hören bekam, verschlug ihm fast den Atem.

„Für den Chef sind das ganz schlimme Tage", hörte er die Stellvertreterin sagen. „Es kommt wirklich alles zusammen. Erst die Probleme mit dem Anbau, wo alle Arbeiten ruhen, weil die Baufirma pleite gegangen ist, dann der Mord und jetzt auch noch eine Entführung. Ich glaube, er hat eine Riesenangst, dass das unser Hotel in den Ruin treiben kann. Wer will schon Wellness-Urlaub an einem Ort machen, an dem er sich seines Lebens nicht sicher fühlt."

„So schlimm wird es schon nicht kommen", antwortete die Arthur unbekannte Frau – was Rainer Göbels Stellvertreterin offenkundig verärgerte.

„Ich glaube, da hast du einfach keine Ahnung von unserem Geschäft. In Zeiten der sozialen Netzwerke kann das rasend schnell gehen. Da postet einer was, der Nächste kommentiert es und dann zieht das Kreise, die gar nicht kontrollierbar sind. Ich habe das Gefühl, der Chef fürchtet sogar um den Fortbestand seines ganzen Unternehmens und nicht nur um unser Haus. Er macht jedenfalls einen sehr bedrückten Eindruck. Mir kann er nichts vormachen, auch wenn er sich nach außen immer ganz ruhig und sachlich gibt."

Die unbekannte Stimme klang ein wenig verschüchtert. „Meinst du wirklich, dass es so schlimm kommen kann? Müssen wir uns ernste Sorgen um unseren Arbeitsplatz machen?"

Eine Antwort auf diese Frage gab es offenbar nur in nonverbaler Form, durch einen Blick oder eine Geste. Jedenfalls sprach die Unbekannte weiter.

„Hast du eigentlich gewusst, dass der Chef sich mit dem Ermordeten gestritten haben soll? Die Rosa hat mir erzählt, dass sie so etwas mitbekommen hat."

„Ach was, das ist die übliche Wichtigtuerei von Zimmermädchen. Du kennst doch unseren Chef: Dem ist jeder Gast ein

König, auch der unverschämteste. Ich habe noch nie erlebt, dass er einem Gast gegenüber die Contenance verloren hätte."

„Die was?" Offenkundig gehörte der Ausdruck nicht zum Wortschatz der unbekannten Hotelbediensteten.

„Dass er sich aus der Ruhe bringen lässt, meinte ich. Komm, wir müssen zurück. Die Arbeit macht sich ja nicht von alleine."

Als die beiden Frauenstimmen außer Hörweite waren, griff Arthur Bernstein sofort zu seinem Telefon. Er informierte Eike Hund, dass offenkundig auch Rainer Göbel ein Motiv hatte, Gerd Golombeck aus dem Weg zu räumen.

Kapitel 47

Karl Dernauer gönnte sich nach fast fünf Stunden Schreibarbeit lediglich eine kurze Pause – und auch nur deshalb, weil Gabriella ihn überraschend anrief. Wie so oft kam sie ohne jede Vorrede zum Thema.

„Ich stöbere gerade ein bisschen im Internet, was es so an Irland-Angeboten gibt. Was hältst du denn davon, mit einem Hausboot rumzuschippern? Das stelle ich mir mit dir allein richtig schön vor."

Karl war von der Idee sofort sehr angetan. „Das hatte ich immer schon mal vor. Von mir aus: Leinen los!" Nach einer kurzen Pause fügte er hinzu. „Ich kann mich voll und ganz deiner Urlaubsplanung anpassen – mir reichen ein paar Tage Vorlauf, damit ich mir bei der Enkel-Betreuung frei nehmen kann. Aber das stellt kein Problem dar. Vorschlag: Du buchst – ich bezahle."

Gabriella lachte laut auf. „Das ist typisch Mann: Die Frau darf wählen und ist dann schuld, wenn nicht alles wie am Schnürchen klappt. Aber das nehme ich in diesem Fall gerne in Kauf. Und das mit dem Geld kriegen wir auch hin, da habe ich gar keine Bedenken. Gegenvorschlag: Ich buche, du zahlst die Reise und ich die Verpflegung."

Karl Dernauer versuchte kurz zu überschlagen, ob er mit einer solchen Regelung Gabriella nicht übervorteile. Da er aber zu dem Schluss kam, dass sie auf einem Hausboot sicherlich an vielen Tagen Selbstversorger wären, da sie beide gerne kochten, erschien ihm die Rechnung eher zu Gabriellas Gunsten auszufallen. „Das klingt gut", antwortete er und wollte noch ergänzen, dass er sich sehr auf den gemeinsamen Urlaub speziell und auf Gabriella überhaupt freue, als die geliebte Frau ihm ins Wort fiel.

„Alles klar, du hörst wieder von mir, wenn ich gebucht habe. Ich küsse dich. Einmal, zwei Mal, drei Mal." Und wieder einmal hatte Gabriella das Gespräch ohne Vorwarnung beendet.

Kapitel 48

Arthur Bernsteins Zustand konnte man mit Niedergeschlagenheit nur unzureichend beschreiben. Die vermeintliche heiße Spur hatte sich innerhalb von nur einer Stunde in Luft aufgelöst.

Eike Hund hatte gerade die erneute Vernehmung von Volker Robesch ohne jede neue Erkenntnis beendet, als Arthurs Anruf ihn erreichte. Sofort war er ins Hotel zurückgekehrt. Dort hatte er die stellvertretende Direktorin allein im Büro hinter der Rezeption angetroffen. Ohne Umschweife hatte er sie mit der Behauptung konfrontiert, dass ihr Chef einen Streit mit Golombeck kurz vor dessen Tod gehabt habe.

Nur ganz kurz war eine Überraschung und Verunsicherung bei ihr zu spüren. Sie lenkte zunächst ab mit dem Verweis auf Zimmermädchen-Geschwätz, bevor sich ihr Gesicht dann aufhellte und sie zu einem Aktenschrank ging. Fast triumphierend zog sie ein Online-Bahnticket aus einem der Ordner und streckte es dem Kommissar entgegen.

„Wie gut, dass Herr Göbel ein so ordnungsliebender Mensch ist und für die Steuer immer alle Belege aufbewahrt. Er war doch an dem Morgen überhaupt nicht auf Sylt, sondern mit dem Zug in Richtung Stuttgart unterwegs. Hier ist der Beweis."

Der Zeitstempel belegte eindeutig, dass Rainer Göbel zur Tatzeit nicht auf der Insel war, sondern kurz vor Hamburg im Zug saß.

Eike Hund hatte nach diesem Gespräch Arthur Bernstein in seinem Zimmer aufgesucht und entsprechend informiert. Arthur versuchte es nach der enttäuschenden Nachricht noch mit dem Einwand, dass ja auch jemand anderes anstelle von Göbel die Bahn genutzt haben könnte. Diese Theorie quittierte der Hauptkommissar mit einem leicht gequälten Lächeln.

„Sie meinen also, ein Komplize? Das wäre erstens sehr riskant und zweitens deutet wirklich nichts darauf hin. Aber selbstverständlich werden wir weiter ermitteln und nachforschen, ob sich jemand vom Zugpersonal an Herrn Göbel erinnern kann. Versprechen Sie sich aber bitte nicht zu viel davon. Ich halte es für effektiver, wenn wir uns zunächst auf andere mögliche Täter konzentrieren."

Arthur Bernstein versank ins Grübeln, wobei seine Überlegungen nicht sonderlich strukturiert waren. Nur mit halbem Ohr hörte er, wie Eike Hund weitersprach.

„Wir werden Herrn Göbel natürlich befragen, worum es bei dem noch gar nicht mal bewiesenen Streit mit Golombeck denn ging. Und das Zimmermädchen Rosa vernehmen wir natürlich auch. Aber das ist zunächst einmal reine Pflicht-Routine, mehr nicht."

Arthur konnte jetzt wieder konzentrierter nachdenken. „Jaja, das mit dem Komplizen macht es wirklich unwahrscheinlich, zumal keiner der anderen Verdächtigen ein wirkliches Alibi hat. Die könnten es alle sogar ohne Mittäter gewesen sein."

„So sehe ich das auch", bestätigte Eike Hund. „Bei Antoinette Kempfer gibt es übrigens noch keine Auffälligkeit; sie hat sich bislang in ihrem Zimmer aufgehalten und war nur mal kurz allein am Strand spazieren. Aber wir bleiben dran."

Als der Kripobeamte gegangen war, sank Arthur in seinem Sessel zusammen. Schiere Verzweiflung überkam ihn. Wie ging es seiner Eva? Der Entführer hatte sich noch immer nicht gemeldet. Was konnte er tun, um seine geliebte Frau zu retten?

Einfach nur herumsitzen und nachdenken war kaum die Lösung, er war schließlich kein Hercule Poirot. Lebte Eva überhaupt noch? Seine Gedanken drehten sich im Kreis.

Kapitel 49

Karl Dernauer war extrem aufgewühlt. Mehrere Stunden lang hatte er fast ekstatisch vor sich hin geschrieben, er fühlte sich jetzt wie ein Getriebener. Was hatte ihn dazu veranlasst, seinem Roman diese neue Wendung zu geben? Nachgedacht hatte er über die Entwicklung der Handlung jedenfalls weder am Nachmittag noch in den frühen Abendstunden nach der erfreulichen Störung durch Gabriella. Die letzten Seiten hatten sich wie von selbst geschrieben.

Er trank die letzte Tasse seiner Gemüsesuppe und setzte sich dann auf die Terrasse. Bei einer Zigarette würde er vielleicht ein wenig Abstand von seinem Krimi gewinnen.

Schlagartig wurde ihm klar, dass wieder einmal das passiert war, was er auch schon bei seinen beiden ersten Romanen phasenweise erlebt hatte. Die Realität hatte sich klammheimlich in seinen erdachten Fall geschlichen.

Offenkundig waren all die Spekulationen um Maskenmann und Komplizenschaft im Mordfall Susan Dickens die Triebfeder für das literarische Eigenleben, das von ihm Besitz ergriffen hatte.

Aber nichts war schlimm daran, er hatte diese Verquickungen immer als befruchtend empfunden. Und es konnte natürlich auch umgekehrt den Weg in Richtung Lösung weisen, auch damit hatte er seine Erfahrungen.

Hier unterbrach er seine Gedankenkette und wählte Günther Kellers Nummer. Der Hauptkommissar klang ungewohnt müde, als er sich meldete. Offenbar hatte die Arbeit des langen Tages keine weiteren Erkenntnisse gebracht.

Karls aufgeräumte Stimme passte so gar nicht zu Günther Kellers Stimmungslage.

„Hallo Günther, seid ihr heute ein bisschen weitergekommen?"

Das fast ein wenig barsche „Nein, kein bisschen" bremste Karls Elan überhaupt nicht.

„Ich weiß, dass ich dir jetzt keine neue Erkenntnis vermittle und frag mich auch bitte nicht warum. Aber ich bin mir jetzt ganz sicher, dass wir die Lösung im Fall Dickens nur über die Alibis finden können. Und ich habe das bestimmte Gefühl, dass wir irgendwie ganz nah dran sind."

Günther Keller konnte mit dieser wenig präzisen Unterstützung durch seinen ansonsten hochgeschätzten Freund in diesem Moment rein gar nichts anfangen – und jetzt war in der Tat sogar eine Prise Aggression in seiner Stimme.

„Mein lieber Karl, du erwischst mich leider auf dem völlig falschen Fuß. Hinter mir liegt ein deprimierender, langer Tag, der uns keinen winzigen Schritt weitergebracht hat. Tu mir einen Gefallen: Geh ins Bett, bestimmt erscheint dir der Mörder dann im Traum. Gute Nacht." Und damit beendete der Hauptkommissar das Gespräch.

Karl Dernauer blickte auf die Uhr. Es war schon kurz vor neun. Er war Günther Keller kein bisschen böse. Der Kripobeamte hatte ja recht: Er ackerte den lieben langen Tag lang erfolglos vor sich hin, und sein Freund Karl kam dann mit einem Tipp daher, der einfach nur schwammig war. Günther hatte mit Sicherheit den ganzen Tag lang nichts anderes versucht, als die Alibis auszuhebeln.

Aber ins Bett zu gehen, das kam noch nicht infrage. Erstens hatte Karl wahnsinnigen Hunger und zweitens hatte er auch am Schreibtisch noch zwingend etwas vor.

Ihm war nach Risotto. Beim Rühren am Herd käme ihm vielleicht der entscheidende Kick – zumindest in einem der beiden Fälle. Denn er kannte im Moment weder den Mörder von Susan Dickens noch den von Gerd Golombeck.

Womit sollte er den Reis anreichern? Steinpilze oder Meeresfrüchte gingen immer. Komisch, über Tag war er auf dem Gemüsetrip gewesen – und jetzt hatte er Appetit auf scharfe Chorizo. Ein solches Risotto hatte Andrea ihm mal aufgetischt.

Zum Ablöschen brauchte er einen Schuss Weißwein. Gut, dass er wie immer mehrere Flaschen im Kühlschrank hatte. Er öffnete einen „Blanc de noir" und leerte während des Kochens zwei Gläser, wobei das Risotto nur ein halbes Glas abbekam. Den Rest der Flasche würde er sich später in einem Kühler mit an den Schreibtisch nehmen.

Ein Kapitel musste es an diesem Abend unbedingt noch sein. Denn die Leser hatten ein Recht darauf zu erfahren, wie es Arthur Bernsteins geliebter Frau ging.

Kapitel 50

Eva Bernstein hatte keinerlei Gefühl dafür, wie lange sie jetzt schon in diesem fensterlosen Badezimmer festsaß. Es waren Stunden, das stand fest. Aber ob es zwei, vier oder sechs waren, das hätte sie nicht mit Gewissheit sagen können.

Es wurde stickig, was wohl daran lag, dass der Lüfter nicht mehr lief. Eva ging zum Lichtschalter und drückte darauf, woraufhin es stockdunkel wurde. Nicht einmal ein kleiner Spalt war unter der Tür, der einen Lichtschein hereingelassen hätte. Sie drückte den runden Knopf erneut, mit dem erhofften Effekt: Es wurde wieder hell und gleichzeitig sprang die Belüftung an.

Sie war in einem Badezimmer, so weit, so klar. Aber wo? In der Stadt oder irgendwo auf dem Land? War sie überhaupt noch auf der Insel oder auf dem Festland? Sie war entführt worden, auch das stand fest. Zunächst niedergeschlagen, dann offenbar mit einer Art Äther betäubt und dann verschleppt worden.

Evas Denkvermögen war nicht in Mitleidenschaft gezogen worden, trotz des Schlags auf den Hinterkopf. Sie dachte angestrengt nach. Welche Chancen gab es, dass sie freikam? Durfte sie auf Hilfe hoffen? Oder musste sie sich selbst helfen? Letzteres erschien ihr nach einigem Abwägen die einzig realistische Möglichkeit.

Konnte sie irgendetwas aus diesem Badezimmer zu einer Waffe umfunktionieren? Aber was sollte das bringen? Sie konnte sich nirgendwo verstecken, um einen Überraschungseffekt auszunutzen, wenn die Tür geöffnet würde. Und wenn sie sich in die Wanne legte und sich schlafend stellte? Das brachte sie auch nicht weiter.

Sollte sie um Hilfe schreien? Ob überhaupt jemand sie hören könnte? Wohl kaum, dann wäre sie nicht hier versteckt worden. Sie wäre bestimmt mit noch mehr von dem widerlichen Betäubungsmittel vollgepumpt worden, damit sie nicht zu früh aufwachte.

Eva Bernstein dachte an ihren Mann, an ihre Kinder und Enkel, was ihr die Tränen in die Augen trieb. Sie weinte lange, wurde dann aber immer ruhiger.

Arthur würde die Kinder bestimmt noch nicht informiert haben. Er war also ganz allein mit der tiefen Sorge um seine Frau. Und er würde alles erdenklich Mögliche tun, um sie zu retten.

Plötzlich wusste sie, was sie in den nächsten ungewissen Minuten, Stunden oder vielleicht sogar Tagen tun wollte. Sie würde versuchen, die Morde und die Entführung zu verstehen – um so wenigstens in dem Bewusstsein zu sterben, einen weiteren kniffligen Kriminalfall gelöst zu haben. Eva war selbst überrascht davon, dass dieser Gedanke ihr neue Kraft verlieh.

Kapitel 51

Karl Dernauer erinnerte sich nur kurz an die wirren Träume, die ihn in der Nacht heimgesucht hatten. Es hatte sich alles um Alibis gedreht, wobei die handelnden Personen sich willkürlich mischten. So hatte sein sehr realer Freund Günther Keller in einem Strandlokal Arthur Bernstein verhört und wissen wollen, wo dieser gewesen sei, als seine Frau Eva ermordet wurde. Und Inka Mathijsen war gemeinsam mit Doktor Hubertus von Steenberg der Frage nachgegangen, wer von den Verdächtigen alles in dem Straßencafé gesessen habe, als Susan Dickens von einem Zug überrollt wurde.

Die haarsträubenden Verquickungen verschwanden jedoch wie sich rasch auflösende Nebelschwaden. Was blieb, war ein

Gedanke: Hub. Wie ging es dem Oberstaatsanwalt? Karl spürte die Verpflichtung und das Bedürfnis, sich nach dem Wohlergehen seines besten Freundes zu erkundigen.

Der Roman konnte nach dem höchst produktiven Vortag ein wenig warten. Karl würde den Tag ganz langsam angehen lassen. Beim Frühstück wollte er sich endlich mal wieder eine ausgedehnte Zeitungslektüre gönnen, doch die Wochenendausgabe hielt nicht, was er sich davon versprochen hatte. Auch der Aufmacher im Lokalteil, in dem es um den spektakulären Mord mit einem Kleinlaster als Tatwaffe ging, war enttäuschend. Der Ex-Kollege, den er an sich sehr schätzte, kam über Chronistenpflicht nicht hinaus. Kein Wunder: Es gab ja auch nichts wirklich Neues.

Das Telefon klingelte. Auf dem Display sah Karl, dass Hub ihm bei der Kontaktaufnahme zuvorgekommen war. Eine kleine Bosheit schoss ihm in den Kopf, bevor er sich meldete.

„Städtisches Beratungszentrum für artgerechte Fütterung von Raubtieren, Karl Dernauer am Apparat. Was kann ich für Sie tun?"

Karl hätte ziemlich viel auf die Reaktion „Blödmann" gewettet, aber er hatte nicht an die neue Heinz-Erhardt-Marotte gedacht.

„Seien Sie nicht so kindisch, Albermann!" Hubs Schlagfertigkeit beeindruckte ihn. Und sie war ein Anzeichen dafür, dass es seinem Freund offenbar ganz gut ging.

Was sich auch bestätigte, als Hub gut gelaunt weitersprach. „Das Angebot nehme ich gerne an, wobei mir egal ist, ob du mich bekochst oder ob wir essen gehen. Aber ein großes Stück Fleisch sollte in der Tat dabei sein. Und was das Füttern angeht: Ich brauche zwar noch Hilfe, aber mit der einen Hand kann ich sogar schon wieder eine Gabel ganz zweckmäßig bedienen, auch wenn sie mir ab und zu noch durch die Finger gleitet."

Elegant, wie Hub sich gerade selbst zum Essen eingeladen hatte, dachte Karl Dernauer. Aber das passte zu seinen Planungen für den Tag. Er musste heute nicht an seinem Roman arbeiten, weil er gestern das Pensum für zwei Tage erledigt hatte. Also hatte er Zeit, sich länger an den Herd zu stellen.

„Was hältst du davon, wenn ich koche und auch Günther und Gabriella einlade? Erstens wird es Zeit, dass die beiden sich kennenlernen, und zweitens habe ich bei Günther noch ein bisschen was gutzumachen. Ich glaube, ich habe ihn gestern ein wenig verärgert, natürlich ohne es zu wollen."

„Das ist eine ausgezeichnete Idee. Ich hatte nämlich ohnehin einen Anschlag auf dich vor. Jürgen hätte heute am späten Nachmittag bis morgen Mittag gerne frei. Auch wenn es mit dem selbstständigen Essen schon ein bisschen besser klappt – was andere Dinge des täglichen Lebens angeht, bin ich noch sehr auf Hilfe angewiesen. Du weißt schon, was ich meine. Und dein Gästezimmer ist doch frei, nehme ich an."

Karl wurde jetzt bewusst, dass er bei seinem Angebot im Hinterkopf gehabt hatte, dass Gabriella nach einem netten Abend vielleicht erstmals bei ihm übernachten würde. Diese Illusion war jetzt zwar zerstört, aber die Aussicht auf die baldige Hausboot-Tour milderte seine Enttäuschung ab.

„Alles klar. Du bist im Laufe des Nachmittags herzlich willkommen – wann immer es bei dir passt."

Danach telefonierte Karl mit Günther und Gabriella. Der Hauptkommissar trug ihm selbstverständlich nichts nach und zeigte sich hocherfreut über die Einladung, wobei er darauf hinwies, dass es bei ihm ein wenig später werden könne, weil er noch in Frankfurt mit Befragungen und anderen Ermittlungen beschäftigt sei.

Gabriella sprang ebenfalls sofort auf den Vorschlag an. „Lass uns gemeinsam kochen, auch das macht mir viel Spaß mit dir. Kauf irgendetwas ein, was du magst – uns beiden fällt schon ein hübsches Menü ein. Ich bin zwischen vier und fünf bei dir. Ein Dutzend Küsse bis dahin." Überflüssig zu erwähnen, dass ihm Gabriella keine Chance auf eine Erwiderung gab.

Es war erst kurz nach zehn am Morgen. Karl Dernauer überschlug kurz, wie viel Zeit er für einen Einkauf brauchte. Nicht mal eine Stunde, das war klar. Er hatte also noch Zeit, ein bisschen zur Aufklärung der Sylt-Morde beizutragen.

Kapitel 52

Arthur Bernstein war in seinem Sessel eingenickt. Hatte er lange geschlafen? Nein, ein Blick auf seine Uhr verriet ihm, dass es nicht einmal eine halbe Stunde gewesen war. Es war jetzt fast Punkt ein Uhr.

Was war das? Unter seiner Zimmertür hatte jemand ein Stück Papier durchgeschoben. Er sprang auf und nahm das DIN-A4-Blatt zitternd in die Hand. In derselben ungelenken Schrift wie beim ersten Entführerschreiben war darauf gekritzelt: *200 000 Euro. Heute Abend. Keine Polizei.*

Arthur rief sofort Eike Hund an, der sich im Hotel aufhielt und schon nach wenigen Minuten bei ihm war. Der Kripobeamte musterte das Schriftstück schweigend. Dann steckte er es in einen Plastikbeutel und legte diesen auf die Anrichte.

Es arbeitete auf Hochtouren in seinem Kriminalistenhirn, das spürte Arthur. Dennoch wurde er ungeduldig.

„Das ist doch ein gutes Zeichen – oder? Eva lebt noch."

Eike Hund brauchte noch einen Moment, bis er eine angemessene Antwort parat hatte.

„Ja, eher schon. Aber es ist natürlich kein eindeutiges Lebenszeichen von Ihrer Frau. Dieses Schreiben wirft neue Fragen auf, aber es gibt auch Antworten."

Arthur drängte den Hauptkommissar zu klärenden Worten. „Welche Fragen – welche Antworten?"

Eike Hund wählte seine folgenden Aussagen mit äußerster Sorgfalt. Er sprach ruhig, mit mehreren kurzen Pausen zwischen den Sätzen. „Der Hinweis auf keine Polizei ist absurd. So ziemlich jeder hier im Hotel weiß, dass es nur so von Polizisten wimmelt, und auch Ihre Gewaltaktion mit der kaputten Zimmertür von heute Morgen haben viele mitbekommen. Die Entführung hat sich also herumgesprochen. Es ist eine der neuen Fragen, was diese Forderung soll. Vielleicht ein plumpes Ablenkungsmanöver …"

Arthur Bernsteins Ungeduld wuchs. „Und was weiter? Was sagt Ihnen der Zettel noch?"

„Unser Entführer kann offenbar gut einschätzen, wie viel Geld Sie locker machen können. Also kennt er Sie ganz gut. Zweihunderttausend ist außerdem eine Summe, die nicht bis ans Ende des Lebens reicht. Also braucht der Täter dringend Geld. Und zwar sehr schnell. Womit wir wieder beim Untertauchen wären, weil er das Gefühl hat, dass wir ihm sehr dicht auf den Fersen sind. Es stützt die Theorie, dass es sich nicht um einen der wohlhabenden Verdächtigen handelt."

Eike Hund griff zum Telefon. Er bat zunächst einen uniformierten Polizisten zu sich, dem er den Plastikbeutel mit dem Entführerschreiben übergab. Dann telefonierte er mit Inka Mathijsen und klärte sie in knappen Worten über die neue Entwicklung auf. Als er sich gerade von Arthur Bernstein verabschieden wollte, vibrierte sein Smartphone.

Der Kripobeamte beschränkte sich auf kurze Nachfragen und sah während des Gesprächs zweimal zu Arthur Bernstein hinüber. Nach nicht einmal einer Minute steckte er sein Telefon wieder in die Tasche.

„Das war ein Kollege vom Festland. Die Zugbegleiterin hat Rainer Göbel eindeutig erkannt und ist sich absolut sicher, dass sie ihn kurz vor Hamburg kontrolliert hat. Erstens kennt sie ihn vom Sehen von mehreren Zugfahrten und zweitens sei er wie immer außergewöhnlich charmant und höflich gewesen. Dieses Alibi steht also – ganz im Gegensatz zu allen anderen: Auch in unseren neuen Befragungen konnte sich bisher keiner der anderen wirklich entlasten."

Auf dem Weg zur Zimmertür drehte Eike Hund sich noch einmal um. Ein freundliches Lächeln umspielte seine Mundwinkel. „Kopf hoch, Herr Bernstein. Wir werden Ihre Frau finden – und zwar lebend. Der Entführer muss noch mindestens einmal mit Ihnen Kontakt aufnehmen – und das wird er bestimmt nicht durch einen weiteren Zettel tun, den er unter der Zimmertür durchschiebt, weil wir einen Beamten auf dem Flur postiert haben. Ich tippe eher aufs Telefon. Und wir haben natürlich eine Überwachung Ihres Anschlusses veranlasst. Der Täter – oder die

Täterin – ist kein Profi, so viel steht fest. Und er oder sie kennt unsere heutigen Möglichkeiten nicht, ihn sehr schnell zu orten, wenn er sich meldet. Dann haben wir ihn."

Arthur Bernstein war dem Kripobeamten dankbar für die aufmunternden Worte, doch es war ihm klar, dass es sich auch um gespielten Optimismus handelte. Es war ja nicht einmal gesichert, dass Eva überhaupt noch lebte.

Kapitel 53

Karl Dernauer hatte nur eine knappe Stunde für seine Einkaufstour gebraucht, obwohl er vier Geschäfte besuchen musste. Das Sortiment, das er im Asia-Laden, beim Gemüse- und beim Fischhändler sowie beim Metzger zusammengestellt hatte, ließ viel Spielraum bei der Zusammenstellung eines Menüs – und Gabriella konnte ihre Kreativität in der Küche einbringen. Er selbst hatte Lust auf irgendetwas aus dem Wok – was genau, das wusste er jetzt noch nicht.

Was er aber wusste, das war, wie er die Lösung in seinem Rätselkrimi gestalten würde. Zwischen Auberginen und Paprika war ihm beim „Türken seines Vertrauens" schlagartig alles klar geworden: Wer, wie und warum – das alles hatte er jetzt ganz klar vor Augen.

Es zog ihn magisch an seinen Schreibtisch. Gut, dass er noch mindestens zwei Stunden Zeit hatte, um Inka Mathijsen, Eike Hund und Arthur Bernstein auf die richtige Spur zu führen. Offen war einzig und allein, wen von den dreien er die entscheidenden Schlüsse ziehen ließ. Bisher war das Evas Privileg, aber seine moderne Miss Marple schied diesmal für diese Rolle aus nachvollziehbaren Gründen aus.

Kapitel 54

Arthur Bernstein konnte es immer schwerer ertragen, zur Untätigkeit verdammt zu sein. Jetzt war schon mehr als eine Stunde vergangen, seit Eike Hund ihn in seinem Zimmer allein zurückgelassen hatte. Er musste zwingend erreichbar sein, damit der Plan mit der Fangschaltung klappen konnte. Immer wieder starrte er auf sein Telefon, als könne er einen Anruf mit telepathischen Kräften erzwingen.

Keine Form der Ablenkung funktionierte. Er lief in seinem Zimmer auf und ab, setzte sich auf den Sessel, legte sich aufs Bett, schaltete den Fernseher ein und wieder aus. Dann ging er auf den Balkon und starrte aufs Meer, um nur wenige Sekunden später wieder durch sein Zimmer zu tigern. Die Angst um Eva beherrschte sein Denken und seine Gefühle.

Wie würde seine geliebte Frau mit dieser Situation umgehen, wenn er selbst das Entführungsopfer wäre? Natürlich wäre auch sie in größter Sorge. Aber Eva würde sich nicht tatenlos in ihr Schicksal ergeben. Sie würde irgendetwas tun, um ihn zu retten, was auch immer.

Der Mord und die Entführung hingen zusammen, da konnte es keine zwei Meinungen geben. Wenn er wüsste, wer den Mord begangen hatte, dann gäbe es auch eine Chance, Eva zu retten. Arthur setzte sich an den kleinen Schreibtisch und schob den Block mit dem Logo des Hotels gerade. Dann nahm er den danebenliegenden Kugelschreiber zur Hand.

Er tat sich schwer, die nötige Konzentration aufzubringen. Vielleicht half ein Espresso? Am besten gleich ein doppelter. Zwei Kapseln lagen noch neben der kleinen Maschine auf dem Sideboard. Während er an der Tasse nippte, wurde er sich klar, wie er vorgehen musste.

In seinen langen Jahren als Richter, vor allem aber auch beim Verfassen seiner Doktorarbeit, die sein bevorzugtes Ruhestandsvergnügen darstellte, hatte er immer von seiner Fähigkeit profitiert, komplexe Sachverhalte analytisch sauber in Details aufzusplitten.

Arthur setzte sich wieder an den Schreibtisch und unterteilte das Blatt durch zwei senkrechte Linien in drei Spalten. Über die erste schrieb er *Name*, über die zweite *Motiv* und über die dritte *Alibi*. Zunächst füllte er Spalte eins, indem er die Namen von sechs Verdächtigen untereinanderschrieb:

Martina Jäger, Loni Brandstetter, Sepp Brandstetter, Antoinette Kempfer, Lothar Frisch, Volker Robesch. Dann sprang er zur dritten Spalte und trug unter *Alibi* jeweils einen Schrägstrich ein. Ihm wurde klar, dass er sich diese Kategorie eigentlich schenken konnte, da keiner ein Alibi hatte.

Er trennte das Blatt vom Block, zerknüllte es und warf es in den Papierkorb unter dem Schreibtisch. Jetzt wiederholte er die erste Prozedur, ersetzte aber *Alibi* durch *Gelegenheit*. Vielleicht gab es hier ja Unterschiede, was die Wahrscheinlichkeit anging. Wie viel Zeit hatten die einzelnen Verdächtigen zur Verfügung gehabt, um Gerd Golombeck zu ermorden? Welche Möglichkeit hatten sie, in die Suite zu gelangen?

Arthur Bernstein trommelte mit den Fingern der linken Hand auf die Schreibtischplatte und dachte angestrengt nach. Einem Impuls folgend schrieb er jetzt noch den Namen von Rainer Göbel in Spalte eins. Unter Gelegenheit notierte er: *Im Zug, braucht einen Komplizen (Auftragskiller), besitzt Codekarte*. Jetzt sprang er auf der Seite zurück nach oben und trug bei Martina Jäger in Spalte drei ein: *Hat Codekarte*. Dann hüpfte er wieder zum Fuß der Seite und trug bei Rainer Göbel in Spalte zwei ein: *Streit mit Golombeck (unbewiesen)*.

Er brauchte noch mehr Koffein. Arthur rief den Zimmerservice an und bestellte einen Cappuccino. Jetzt machte er sich daran, die Spalte mit den Motiven zu füllen.

Mit der ersten Zeile tat er sich leicht. Golombecks Frau hatte gleich doppelten Grund, ihren Mann zu beseitigen: Sie war ein Ekelpaket losgeworden und wahrscheinlich eine reiche Erbin.

Ehepaar Brandstetter übersprang er zunächst, weil ihm die jeweiligen Motive nicht klar genug waren. Bei Antoinette Kempfer schrieb er *Erpressung* und in Klammern dahinter *(Mord oder Totschlag)*, bei Lothar Frisch *dito (Kindesmissbrauch als früherer Priester)*, bei Volker Robesch *dito (betrügerischer Bankrott, saß im Gefängnis)*. Bei dem Ernährungsberater ging er jetzt zu Spalte drei über: *Kommt als Hotelangestellter leichter an Codekarte.*

Fehlten beim Motiv noch die Brandstetters. Es klopfte an der Zimmertür und Arthur nahm seinen Cappuccino entgegen. Noch im Stehen schlürfte er einen Schluck und stellte die Tasse dann auf dem Schreibtisch ab. Er tat sich immer noch schwer mit der Formulierung der Motive.

Hatte Golombeck irgendetwas gegen Sepp Brandstetter in der Hand? Die beiden kannten sich lange und gut – das sprach dafür. Andererseits hatte Golombeck die Unterwürfigkeit von Brandstetter sehr genossen. Warum sollte er durch eine Erpressung auf dieses Anhimmeln verzichten? Oder war es andersherum? Wollte Brandstetter sich von seinem Idol, seinem „Über-Ich" befreien? Psychologie gehörte eher nicht zu Arthur Bernsteins Stärken.

Er entschloss sich zu einem schwammigen *Erpressung denkbar (eher unwahrscheinlich)* und ergänzte dies durch das noch wolkigere *Befreiung?* Zufrieden war er damit nicht, aber er wollte und musste ja weiterkommen. Noch war zu viel Weißraum auf dem Blatt Papier.

Bei Loni Brandstetter hatte er zunächst eine regelrechte Blockade. Arthur trank die Tasse leer und entschloss sich dann zu einem Für und Wider.

Hinter *Pro* schrieb er: *Gut befreundet mit Martina Jäger, wollte sie von ihrem Peiniger erlösen.* Eine Zeile darunter folgte: *War angewidert von Golombecks Einfluss auf ihren Mann.*

Zu *Contra*: fiel ihm ein: *Hass musste schon extrem groß sein. Hätte sie das wirklich ihrem Mann oder ihrer Freundin angetan?* Damit war Arthur gar nicht zufrieden. Er schrieb eine weitere Zeile: *Lohnt dafür ein kaltblütiger Mord?*

Die konzentrierte Arbeit hatte Arthur Bernstein ermüdet. Er setzte sich auf den Balkon und starrte aufs Meer. Dann schloss er die Augen und versuchte, ein Zwischenfazit zu ziehen.

Die Brandstetters hatten eher konstruierte Motive. Zumindest nach seinem bisherigen Kenntnisstand. Bei allen anderen gab es gute Gründe – sogar beim Hoteldirektor, wenn der Streit zwischen Göbel und Golombeck denn wirklich stattgefunden hatte. Allerdings hatte Göbel ein wasserdichtes Alibi. War es wirklich denkbar, dass er einen Mörder gedungen hatte?

Jetzt beschäftigten Volker Robesch und Antoinette Kempfer seine Gedanken. Ließ er sich allzu sehr von Sympathie leiten, wenn er die beiden als Täter ausschließen wollte? Der Ernährungsberater hatte behauptet, dass der Hoteldirektor von seiner Vorstrafe wusste. Wenn das stimmte, war er damit kaum erpressbar. Das ließe sich doch leicht überprüfen.

Fast mechanisch ging Arthur Bernsteins Hand in Richtung des Telefons, das auf dem Tisch stand. Er könnte doch einfach den Hoteldirektor fragen. Doch dann hielt er inne. Er sollte ja die Leitung freihalten, falls Evas Entführer sich meldete. Außerdem gehörte Göbel trotz seines wasserdichten Alibis ja zu den Verdächtigen. Arthur wählte Eike Hunds Nummer auf dem Smartphone. Der Hauptkommissar hatte doch bestimmt die Aussage von Robesch überprüft, dass sein Arbeitgeber von seinem Vorleben wusste.

Eike Hund meldete sich nach wenigen Sekunden. Er reagierte ungewohnt schroff. „Herr Bernstein, Sie sollten doch ihr Telefon freihalten, falls der Entführer sich meldet. Was gibt es denn?"

Arthur war irritiert. „Das tue ich ja, deshalb rufe ich doch nicht vom Zimmerapparat aus an."

„Wir schließen auch einen Anruf auf ihrem Handy nicht aus und kontrollieren das auch. Schließlich haben Sie doch zu Beginn der Kur Ihre Mobilnummer freiwillig in der Teilnehmerliste eingetragen, die dann jeder bekommen hat. Diese Nummer ist damit also auch allen derzeit Verdächtigen bekannt."

Arthur Bernstein schämte sich seiner Naivität. „Sie haben völlig recht, das mit der Liste hatte ich ganz vergessen. Ich habe auch nur eine Frage. Hat Rainer Göbel eigentlich bestätigt, dass er von der Vorstrafe von Volker Robesch wusste?"

Der Hauptkommissar wechselte wieder in den bekannt freundlichen Ton. „Ja, das hat er. Ihr neuer Freund hat damit kaum noch ein Mordmotiv, da er nicht wirklich erpressbar war. Kann ich Ihnen sonst noch irgendwie helfen?"

„Nein danke. Das war's schon." Arthur Bernstein verspürte für einen Moment Erleichterung, dass Volker Robesch weitgehend entlastet war. Doch diese wich ganz schnell seiner immer dominanter werdenden Sorge um seine Frau. Er musste weiter konzentriert arbeiten, um einen Beitrag zu Evas Rettung zu leisten – und war die Chance auch noch so klein.

In der Spalte *Gelegenheit* gab es noch einiges zu tun. Bevor er sich daran machte, malte er ein Kreuz vor den Namen des Ernährungsberaters. Er wollte nach dem Ausschlussprinzip vorgehen – und Volker Robesch war nicht der Täter. Zumindest so lange nicht, bis eventuell ein neues Motiv auftauchte.

Bei den Brandstetters konnte er die identischen Formulierungen benutzen: *Kein Alibi, aber keine Codekarte.* Nach einigem Nachdenken schrieb er dasselbe hinter Antoinette Kempfer und Lothar Frisch.

Arthur Bernstein starrte mit leerem Blick auf das Blatt. Diese Tabelle war kaum das Papier wert, auf dem sie stand. Die einzige Erkenntnis, die er gewonnen hatte, war, dass Volker Robesch als Täter eher nicht infrage kam. Auf der Suche nach dem Mörder – und damit auf der noch viel wichtigeren Suche nach Eva – brachte ihn das kaum weiter.

Jetzt nahm er den Bleistift mit extrem dünner Mine in die Hand, den das Hotel auf dem Schreibtisch platziert hatte. In ganz dünner Schrift ergänzte er bei Loni Brandstetter und Lothar Frisch: *Körperlich zu schwach für den Mord.* Entsprechend markierte er die Namen auch mit einem kaum lesbaren Bleistift-Kreuz. Antoinette Kempfer als Kampfsportlerin und der kräftige

Sepp Brandstetter hätten wohl die nötige Konstitution. Wie sah es bei Martina Jäger aus? War diese eher zarte Person in einer Ausnahmesituation stark genug, um Golombeck zu ermorden?

Jäh wurde er aus diesen nur bedingt zielführenden Überlegungen gerissen. Sein Telefon klingelte.

Kapitel 55

Karl Dernauer hatte Zeit und Raum vergessen. Er blickte ebenso leer auf seinen Bildschirm wie kurz zuvor noch sein Romanheld auf das Blatt Papier. Als ihm diese Parallele bewusst wurde, schmunzelte er. Und dann wollte er einen neuen Anlauf nehmen, seinen Krimi entscheidend voranzubringen. Doch in diesem Moment hörte er eine Stimme aus dem Garten. Gleichzeitig klingelte es an seiner Haustür.

Die Uhr auf seinem Computer verriet ihm, dass es kurz nach vier am Nachmittag war. Hatten Hub und Gabriella sich verabredet, zu welchem Zeitpunkt sie bei Karl eintreffen wollten? Nein, das war bestimmt reiner Zufall.

Während er zur Haustür ging, hatte Hub die Küche durchquert und trat schon in den Flur, als Karl öffnete. Gabriella stand in voller Schönheit vor ihm, mit dem gewohnt strahlenden Lächeln. Ihr Blick fiel jedoch sofort auf den Oberstaatsanwalt.

„Wie geht es unserem armen Patienten? Hast du Schmerzen? Kannst du schon wieder ein paar Finger bewegen?"

Karl war einen Moment lang enttäuscht, dass Gabriella Hub mehr Aufmerksamkeit schenkte als ihm. Doch als sie ihm dann im Vorbeigehen einen Kuss auf die Lippen drückte, war das vergessen. Hub sparte sich viele Worte. Er streckte der Ärztin nur mit Stolz seine nicht eingegipste Hand entgegen und ließ Zeige- bis Ringfinger, die aus dem Verband herausragten, ein wenig auf- und abtanzen. Strahlend antwortete er: „Eine Gabel kann ich schon wieder halten. Zumindest kurze Zeit. Und sogar ein Weinglas, wenn es nicht zu voll ist."

Alle drei gingen gemeinsam in die Küche. Gabriella sprühte nur so vor guter Laune. Sie steuerte sofort den Kühlschrank an, checkte mit geübtem Blick Karls Vorräte und zog eine Flasche Winzersekt heraus. „Die zügige Genesung schreit ja förmlich danach, dass wir darauf anstoßen." Jetzt zog sie eine Flasche Limoncello aus ihrer großen Handtasche. „Der ist aus meiner Heimat. Ein kräftiger Schuss davon macht den Sekt zu einem herrlichen Aperitif."

Hub stellte sich in der Tat sehr geschickt dabei an, das Glas allein zum Mund zu führen. Er achtete dabei darauf, dass er es nicht zu weit vom Tisch abheben musste, was zu einer hübsch anzuschauenden Verrenkung seines Oberkörpers führte.

Gabriella war sehr zufrieden mit diesem Anblick. „Du bist ja wirklich auf einem guten Weg zurück zum Selbstversorger. Also kannst du dir aussuchen, ob du lieber auf der Terrasse sitzt oder hier bei uns am Küchentisch, während wir das Essen vorbereiten. Das eine hätte den Vorteil, dass du ein Überraschungsmenü bekommst, das andere, dass wir uns beim Kochen unterhalten können. Was ist dir lieber?"

Die beiden Männer schauten sich belustigt an. Gabriellas Energie schien den ganzen Raum auszufüllen.

Karl hat es wirklich super getroffen, dachte Hub.

Mein Gott, wie sehr liebe ich diese Frau, dachte Karl.

Hub entschied sich für eine Mischform. „Überraschung ist mir nicht so wichtig, ich werde euch gerne beim Kochen Gesellschaft leisten. Aber zunächst einmal setze ich mich wirklich mit meinem Aperitif auf die Terrasse. Da kann ich ein wenig üben, mein Glas zu beherrschen."

Karl lachte laut auf und sah dann zu Gabriella hinüber. „Ist dieser Patient nicht der verkörperte Traum einer Ärztin? Wie er mit aller Kraft versucht, an seiner Genesung zu arbeiten …"

Gabriella beließ es bei einem knappen Kommentar: „Wirklich vorbildlich." Dann trug sie Hubs halb gefülltes Glas zum Terrassentisch und wartete, bis er sich gesetzt hatte. „Wenn du für deine Übungen neues Material brauchst, rufst du einfach."

Zurück in der Küche gab sie Karl einen weiteren innigen Kuss. Dann löste sie sich aus seiner Umarmung und lächelte ihn an. „Gib mir bitte mal einen kleinen Überblick, was du so alles gekauft hast und wie deine Planungen fürs Menü aussehen. Dann überlege ich, welche Ergänzungen mir dazu einfallen."

„Meine Überlegungen sind noch nicht sehr konkret. Ich habe Lust auf was Asiatisches aus dem Wok. Das hätte auch den Vorteil, dass es für Hub leicht zu essen ist, weil man nichts schneiden muss. Aber im Prinzip bin ich für alles offen: Gemüse, Obst, Fleisch und Fisch – es ist alles da."

„Wok klingt gut. Und es bringt mich auf die Idee, dass wir für den Übergang erst einmal eine kleine Tapas-Weltreise starten könnten. Fingerfood gibt es ja nicht nur in der spanischen Küche. Dann kann Hub noch intensiver an seiner Fitness arbeiten."

„Endlich mal eine Frau, die mich versteht. Fingerfood ist genau das, was ich jetzt brauche." Hub stand grinsend in der Terrassentür, weil er sich noch eine weitere Trainingseinheit abholen wollte. Sein Glas hatte er sich mit dem Gipsarm vor den Bauch geklemmt. Es war leer und er selbst offensichtlich nicht bekleckert.

Karl füllte nach und Hub ging wieder nach draußen. Aus dem Augenwinkel konnte sein Freund amüsiert verfolgen, wie Hub seinen Bauch gegen den Tisch drückte und dann das Glas erfolgreich abstellte.

Gabriella hatte inzwischen klare Vorstellungen entwickelt, welche Snacks in welcher Reihenfolge gefertigt werden sollten. „Hast du Blätterteig im Gefrierschrank? Dazu hätte ich ein paar Ideen, aber das dauert natürlich einen Moment. Ich heize jedenfalls schon mal den Ofen vor. Und du könntest eine Kleinigkeit für den ersten kleinen Hunger zaubern."

„Erster Hunger stimmt, aber klein ist der bei Hub nie." Karl war von Gabriellas Elan angesteckt und holte eine Reihe von Zutaten aus Gefrier- und Kühlschrank, unter anderem den gewünschten Blätterteig. Er legte alles, was er verarbeiten wollte, auf den Tisch. „Dann mal los."

Hub war bekanntlich sehr pflegeleicht, wenn man ihn mit Leckereien versorgen wollte. Ihm schmeckte alles, was Karl zubereitete, aber dennoch hatte er einige Favoriten. Zum Aperitif knabberte er gerne etwas und Karl Dernauer machte es sich ziemlich leicht: Er schnitt drei Scheiben Graubrot in längliche Sticks und röstete sie kurz in Olivenöl an. In einer zweiten Pfanne schwenkte er Pankow-Mehl in heißem Öl und gab dann Chili-Flocken dazu.

Nach kürzester Zeit stellte er dem Oberstaatsanwalt zwei Schälchen auf den Tisch, eins mit Sticks und eins mit Frischkäse, den er mit den scharfen Bröseln vermischt hatte. Hub strahlte über das ganze Gesicht: *„Ich könnte manchmal vor Glück eine ganze Allee von Purzelbäumen schlagen."*

„Heinz Erhardt lebt weiter", antwortete Karl. „Sonst noch einen Wunsch, der Herr?"

„Ja, mein Glas ist leer." Und schon hatte Hub einen ersten Brotstick zwischen zwei Finger geklemmt, ihn durch den Dip gezogen und in den Mund gesteckt. Erstaunlich, wie seine Feinmotorik Fortschritte machte. Man muss halt nur die richtigen Anreize schaffen, dachte Karl Dernauer.

Als er zurück in die Küche kam, empfing Gabriella ihn mit vorwurfsvollem Ton. „Das ist unverantwortlich von dir, so etwas einfach auf den Tisch zu stellen. Damit kann man einfach nicht aufhören, wenn man erst einmal angefangen hat." Sie schob sich einen Stick in den Mund, der dick mit der Creme aus Frischkäse und scharfen Bröseln überzogen war. „Das ist schon mein dritter. Rette mich – und stell den Rest erst mal weg, am besten ganz hinten in den Kühlschrank. Sonst bin ich schon satt, bevor wir überhaupt mit dem Kochen begonnen haben."

Die Arbeitsteilung lief perfekt. Gabriella hatte vorgeschlagen, dass sie für das Fingerfood und den Nachtisch zuständig sei. Karl sollte sich um einen Fisch- und einen Fleischgang kümmern, also beides nach seinem Gusto marinieren, damit es später im Wok zubereitet werden könnte. Sie selbst fertigte kunstvoll winzig kleine Blätterteigpasteten mit acht verschiedenen Gemüsefüllungen, die jeweils anders gewürzt waren. Mal asiatisch angehaucht, mal mit mediterraner Note. Außerdem hatte sie hauchdünne Baguette-Scheiben angeröstet, die sie dann auf Fingerfood-Größe zerteilte und ebenfalls mit den unterschiedlichen Cremes bestrich, die zuvor als Füllungen gedient hatten. Am Ende stellte sie zwei riesige Platten, eine mit den Pastetchen und eine mit den Brotstücken, auf den Terrassentisch.

Karl war fast zeitgleich mit den Vorbereitungen für die Hauptgänge fertiggeworden. Jetzt saßen alle drei auf der Terrasse, Hub hatte seine Schälchen natürlich komplett geleert. Sie wollten auf Günther warten, der inzwischen mitgeteilt hatte, dass er doch schon kurz vor sieben Uhr da sein könnte.

Unvermittelt kam Gabriella auf den Kriminalfall zu sprechen. „Habt ihr eigentlich was Neues herausgefunden? Macht die Suche nach dem Mörder ähnliche Fortschritte wie deine Genesung?"

Hub schüttelte den Kopf, während er sich ein Brotstückchen in den Mund schob. „Mmmhh – superlecker. Nein, Günther nimmt das übrigens deutlich mehr mit als mich. Wir drehen uns im Kreis. Ich kann mich an keinen vergleichbaren Fall erinnern. Motive und Alibis im Überfluss – das ist wirklich einzigartig."

Karl Dernauer erinnerte sich daran, wie er Arthur zur Lösung des Mordes auf Sylt eine Tabelle mit Verdächtigen, Motiven und Alibis erstellen ließ. Er ging zurück ins Haus und kam mit Block und Kugelschreiber zurück.

„Was haltet ihr davon, wenn wir die Zeit, bis Günther da ist, dazu nutzen, uns noch einmal einen kompakten Überblick zu verschaffen?" Er blickte Gabriella an und sprach weiter.

„Du hast wirklich viel mit meiner Romanheldin gemeinsam. Vielleicht schlüpfst du in Evas Rolle und bringst uns mit kriminalistischem Instinkt auf die richtige Spur."

Gabriella lachte. „Ich weiß zwar nicht, ob ich diesen Ansprüchen gerecht werde, aber versuchen können wir es ja. Unterhaltsam wird es bestimmt – vielleicht sogar erfolgreich."

Hub nickte nur. Er konzentrierte sich darauf, seine Fingerübungen fortzusetzen und knabberte jetzt wieder an einem

Pastetchen. Karl war immer wieder fasziniert davon, welche Unmengen sein Freund vertilgen konnte, ohne auch nur ein Gramm Fett anzusetzen. Sein einziger Kommentar zur vorgeschlagenen Methode – alles andere hätte Karl Dernauer auch überrascht – war ein Heinz-Erhardt-Spruch: „*Am besten ist, man macht sich häufig einen Knoten ins Notizbuch.*"

Karl zeichnete mehrere Linien auf das oberste Blatt des Blocks und legte los. Zunächst teilte er die drei Spalten wieder in *Verdächtiger*, *Motiv* und *Gelegenheit* ein. Dann füllte er Spalte eins mit den Namen.

„Die Zahl unserer Verdächtigen ist ja sehr übersichtlich. Da sind einmal die Harper-Zwillinge, dann Christian Herzog, der Ex-Freund des Opfers. Und dessen Ex-Freundin Susi Flach. Mit Stephan Zwick, dem Kollegen, wären wir bei fünf. Und dann hätten wir noch Mister X, falls es den großen Unbekannten – oder auch den Maskenmann – wirklich geben sollte."

Gabriella wollte schon einhaken, aber Karl blieb seiner Linie treu. „Lass uns schnell noch die Motive eintragen, bevor wir bei den möglichen Tätern ins Detail gehen. Auch das ist relativ leicht. Bei Jim Harper ginge es um Geld, bei John natürlich ebenfalls. Beide müssten irgendwie zusammengearbeitet haben, eine Differenz ergibt sich hier also nur bei der Gelegenheit. Bei Christian Herzog ginge es um Eifersucht, bei Susi Flach ebenfalls, allerdings ein wenig um die Ecke. Und bei Stephan Zwick wäre Neid das Motiv. Mister X wäre ein Auftragskiller. Er macht aber nur Sinn, wenn wir ihn mit den Harper-Brüdern in Verbindung sehen."

„Warum das?" Gabriella war mit Feuereifer bei der Sache, ganz so, als ginge es darum, bei einem Gesellschaftsspiel zu gewinnen. „Die drei anderen hätten doch damit auch ihr Ziel erreicht: ein perfektes Alibi. Und sie könnten dadurch zusätzlich John Harper schaden, weil sie ihn zum Mörder stempeln. Vielleicht wollte ihn zum Beispiel jemand als Konkurrenten ausschalten. Der hätte damit sogar ein doppeltes Motiv."

Karl wusste nicht so recht, ob er Gabriellas Einwand als hilfreich oder als zu weit hergeholt einstufen sollte. Dann ergänzte er jedoch bei allen drei das Motiv um *Wollte Harper schaden?* Das Fragezeichen machte ja zur Genüge deutlich, dass es sich um einen Nebenaspekt handelte. Ungezügelte Fantasie konnte kaum schaden, wenn sie auf die Lösung des Falles kommen wollten. Vielleicht brauchte es ja gerade das.

Hub trug weiterhin nichts zu den Überlegungen bei, sondern merkte an, dass man jetzt eigentlich vom Aperitif zum Wein übergehen könne. Gabriella übernahm wie selbstverständlich die Pflichten einer Gastgeberin und ging in die Küche. Sie kam mit drei Gläsern, einer Flasche Wein und einem Kühler zurück. Nachdem alle versorgt waren, schaute sie sinnierend in den Abendhimmel und ließ dann alle an ihren Überlegungen teilhaben.

„Also Geld ist ja bestimmt ein starkes Motiv, aber ich fände Eifersucht doch romantischer. Weil sie auch immer mit einer gewissen Leidenschaft gepaart ist. Versteht ihr, was ich meine?"

Hub ging darauf überhaupt nicht ein. Das halbvolle Weinglas stellte für ihn eine neue Herausforderung dar, der er sich mit voller Konzentration widmete.

Karl Dernauer wiegte zweifelnd den Kopf hin und her. „Romantisch würde mir dazu als Attribut zwar nicht einfallen, aber ausschließen kann man das natürlich nicht. Was mir gerade durch den Kopf geht, ist deine Bemerkung zum doppelten Motiv. Bei Stephan Zwick wären es ja auch deshalb zwei, weil Karriere meistens auch mit mehr Geld verbunden ist. Und wenn er John Harper nicht leiden konnte, hätte er sogar drei mehr oder weniger gute Gründe, wenn er der Auftraggeber des Maskenmannes wäre."

Karl schwieg jetzt. Hatte er sich von Gabriellas Argumentation dazu verführen lassen, in Fantastereien abzugleiten? Na wenn schon: Querdenkerei – und mochte sie auch noch so absurd erscheinen – konnte kaum schaden.

„Dann lasst uns jetzt mal zu den Gelegenheiten kommen. Wenn sich heute nicht noch etwas Entscheidendes ergeben hat, dann können wir in dieser Spalte ja wohl nur ein schlichtes *Nein* eintragen. Außer natürlich bei Mister X. In diesem Fall ginge es nur darum, die Verbindung zum Auftraggeber herzustellen."

Er kam nicht dazu, diesen Gedanken zu vertiefen, denn jetzt knarzte das Gartentörchen. Günther Keller erschien auf der Bildfläche – und er schien bestens gelaunt zu sein.

Erwartungsfroh überfiel ihn Karl Dernauer unmittelbar mit einem Wortschwall. „Du kommst genau zum richtigen Zeitpunkt, mein Lieber. Wir grübeln gerade über den Alibis. So wie du dreinschaust, hast du wichtige Neuigkeiten für uns Hobbykriminalisten. Oder sollte ich mich da irren?"

Der Hauptkommissar hatte bei seiner Antwort ein breites Grinsen auf dem Gesicht. „Du irrst dich sogar gewaltig. Ein ganzer Samstag voller Verhöre und Recherchen – und alle enden in einer Sackgasse. Meine positive Grundstimmung speist sich nicht aus der Arbeit, sondern aus der Aussicht auf einen schönen Abend mit leckerem Essen und gutem Wein. Tut mir also bitte den Gefallen und behelligt mich heute Abend nicht mit diesem unsäglich zähen Fall."

Hub hatte auf Karls Spitze, dass er als Oberstaatsanwalt zu den Hobbykriminalisten gehöre, überhaupt nicht reagiert – was auch daran liegen mochte, dass der Umgang mit dem Weinglas immer noch seine volle Aufmerksamkeit beanspruchte. Günther Kellers Blick fiel jetzt auf Gabriella und er übertraf sich an Charme.

„Wobei ich zu meiner Überraschung gestehen muss, dass die erwartbaren kulinarischen Genüsse hinter den optischen ganz klar zurückstehen." Galant begrüßte er Karls offenkundig neue Liebe mit einem Handkuss.

Gabriella reagierte entzückt. „Ich muss Karl scharf rügen, dass er mir diese Bekanntschaft bislang vorenthalten hat."

„Nun is' aber mal gut", schaltete sich Karl Dernauer in gespielter Empörung ein. „Setz dich hin, ich hole dir ein Glas. Und du darfst schon mal von Gabriellas leckeren Kleinigkeiten naschen. Das heißt: Von dem bisschen, das Hub dir übrig gelassen hat."

Karl Dernauer erstickte einen möglichen Protest von Hub dadurch im Keim, dass er dessen Weinglas wieder halb füllte. Er sah Günther an und sagte dann: „Macht unser Patient nicht sagenhafte Fortschritte? Er ist schon wieder fast autark bei seinen wichtigsten Tätigkeiten."

Als Hub auch diese Bemerkung unkommentiert ließ, sprach er weiter. „Natürlich werden wir dich heute Abend nicht mehr mit dem Fall behelligen." Er prostete Günther Keller zu und machte sich dann auf den Weg in die Küche. Im Gehen ergänzte er: „Ich muss mich jetzt um den zweiten Gang kümmern."

In der Tat war der Mordfall Susan Dickens in den folgenden Stunden kein Thema mehr. Hub ging ganz in seinem Trainingsprogramm auf. Er entwickelte eine ungeheure Fingerfertigkeit, schon bald schien es selbstverständlich, dass er sich allein versorgte. Wobei er natürlich jeden neuen Gang mit einem passenden Erhardt-Spruch bedachte.

Als Karl den marinierten Fisch auftischte, den er im Wok zubereitet hatte, fiel dem Oberstaatsanwalt dazu ein Schüttelreim ein: *„Im Juli gibt es heiße Nächte, dann fängt man in der Neiße Hechte."* Karls Hinweis, dass dieser Spruch rund zwei Monate zu spät komme, beeindruckte ihn nicht.

Als der Fleisch-Gang vor ihm stand, hatte er das nächste Zitat parat: *„Was ist paradox? Wenn man ein eingefleischter Vegetarier ist."*

Und als Gabriella zum Abschluss das erfrischende Grapefruit-Sorbet servierte, konnte er seinen jüngsten Spleen ebenfalls einsetzen: *„Von der Muse geküsst? Von der Pampelmuse."*

Erst beim Espresso mit Digestif gingen Hub die Heinz-Erhardt-Sprüche aus. Es war rund eine Stunde vor Mitternacht, als Gabriella nach Karls Geschmack reichlich unvermittelt erklärte, dass sie jetzt nach Hause müsse. Günther Keller bot sich an, sie auf dem Heimweg zu begleiten.

Karl Dernauer komplementierte den leicht beschwipsten Hub in dessen Bett im Gästezimmer und brachte dann noch schnell Terrasse und Küche in Ordnung. Hub war ein Langschläfer, wenn man ihn ließ. Er selbst würde die frühen Morgenstunden nutzen, um Arthur Bernstein beizustehen.

Kapitel 56

Arthur Bernstein war für einige Sekunden wie gelähmt. Seine Hände zitterten, als er den Telefonhörer des Festnetzapparates in die Hand nahm, sein Mund war so trocken, dass man seinen Namen, den er in die Sprechmuschel hustete, kaum verstehen konnte.

Eine eigentümlich knarzige Piepsstimme war zu hören: „Haben Sie das Geld? Heute neunzehn Uhr. Ort folgt. Keine Polizei." Dann war das Gespräch beendet, noch ehe es begonnen hatte.

Arthur starrte den Telefonhörer an, als könne er dem Gerät weitere Informationen entlocken. Er brauchte einen Moment, bis er sich sortiert hatte. Dann legte er den Hörer wieder auf.

Die Stimme hatte eigenartig geklungen, irgendwie künstlich. Die Sätze waren abgehackt gesprochen worden. Kam die Ansage von einem Band?

Jetzt klingelte sein Smartphone. Eike Hund meldete sich. „Bleiben Sie in Ihrem Zimmer, ich bin in ein paar Sekunden bei Ihnen." Auch diesmal blieb ihm keine Zeit für eine Antwort.

Rund zwei Minuten später klopfte es an der Zimmertür. Der Hauptkommissar wirkte sehr geschäftig und konzentriert, als er eintrat, vermittelte keinerlei Hektik, was eine beruhigende Wirkung auf Arthur Bernstein hatte. Gemeinsam mit Inka Mathijsen und vier Beamten, die Arthur unbekannt waren, betrat er das Zimmer.

„Wir werden jetzt Ihr Zimmer und das Ihrer Frau zu unserer Einsatzzentrale machen. Das ist Ihnen doch recht – oder?" Ohne eine Antwort abzuwarten, ging er in Richtung Schreibtisch und deutete dann den Beamten durch Kopfbewegungen an, in welche Richtungen sie sich bewegen sollten. Es kam Arthur Bernstein vor, als läge für die folgenden Aktionen ein detailliertes Drehbuch vor, so selbstverständlich wirkte alles, was die Kripomenschen taten. Einer ging zu Arthurs Balkon und holte den Tisch und beide Stühle rein, ein anderer ging zur Zwischentür und schloss sie auf, um dann mit zwei Kollegen Evas Zimmer zu betreten. Die Zwischentür blieb weit geöffnet. Arthur sah und hörte, wie im Nebenraum ebenfalls Mobiliar verschoben wurde.

Inka Mathijsen klärte den verdutzten Arthur Bernstein auf. „Wir sind hier einfach näher dran, wenn der Entführer beim nächsten Mal Kontakt aufnimmt. Und wir sind genauso gut erreichbar wie in der Dienststelle – einer der Vorteile der vernetzten Welt."

In Windeseile wurden Laptops und weiteres elektronisches Gerät, dessen Charakter der pensionierte Richter nicht identifizieren konnte, mit geübten Handgriffen betriebsbereit gemacht.

Arthur setzte sich auf sein Bett und schaute dem Treiben wie teilnahmslos zu – ein Eindruck, der nicht falscher hätte sein können. Sein Verstand arbeitete auf Hochtouren.

Der Entführer verfügte offenbar über technisches Knowhow. Er hatte mit einem Bandgerät gearbeitet, vielleicht auch mit einer Zeitschaltuhr? Das hieße, er wäre örtlich unabhängig vom Standort des Telefons. Die Stimme war nicht nur verstellt, sondern elektronisch verfremdet worden. Leider hatte er keine Ahnung, ob man sich die dafür nötige Ausrüstung leicht beschaffen konnte.

Interessant war der erneute absurde Hinweis „Keine Polizei". Es handelte sich um ein eindeutiges Indiz, dass die Ansage schon vor Stunden aufgenommen war.

Es war offenbar nicht gelungen, den Entführer über die kurze Kontaktaufnahme zu ermitteln, sonst müsste jetzt nicht ein solcher Aufwand betrieben werden. Eva schwebte also weiter in höchster Lebensgefahr. Wenn sie überhaupt noch lebte. Diesen Gedanken wollte er gar nicht zulassen und er glaubte, dafür auch ein gutes Argument zu haben. Warum sollte der Entführer überhaupt das Risiko eingehen, sich zu melden, wenn er Eva schon getötet hatte?

Dann kamen ihm Zweifel. Wenn die ganze Entführung ein geplantes Ablenkungsmanöver war, dann ging es gar nicht darum, Geld zu erpressen. Und dann konnte Eva auch schon tot sein.

Seine Überlegungen mündeten in einer eher banalen Frage: Warum kommt die Polizei erst jetzt auf die Idee, ihren Einsatz von unseren Zimmern aus zu koordinieren?

Es schien, als hätte Eike Hund seine Gedanken erraten. Er zog sich einen Stuhl heran und setzte sich Arthur gegenüber. Dann beugte er den Kopf vor und sprach fast im Flüsterton.

„Bis jetzt konnten wir nicht absolut ausschließen, dass der Entführer Sie persönlich in Ihrem Zimmer aufsucht. Diese zugegeben sehr vage Möglichkeit, ihn zu schnappen, wollten wir nicht aufs Spiel setzen. Aber jetzt ist zu hundert Prozent klar, dass der weitere Kontakt telefonisch läuft."

Arthur war immer noch nicht in der Lage, seine Gedanken in Worte zu fassen. Und so sprach der Hauptkommissar weiter.

„Auch wenn das für Sie bislang nicht offensichtlich sein konnte: Wir arbeiten seit der Entführung Ihrer Frau mit einer starken Soko von rund dreißig Leuten. Das sind alles Top-Leute vom LKA, und Inka ist eine sehr erfahrene Einsatzleiterin. Es wird also alles getan, damit wir Ihre Frau rechtzeitig finden und retten können. Ich bin überzeugt, dass uns das gelingen wird."

Inka Mathijsen, die an Arthurs Schreibtisch vor einem Computer saß, drehte sich kurz zu ihm um und untermauerte mit ihrem Lächeln diesen Optimismus. Dann konzentrierte sie sich wieder auf den Bildschirm, auf dem offenbar immer wieder neue Meldungen eingingen.

Eike Hund schloss seine Erläuterungen ab. „Alle Verdächtigen sind seit heute Morgen keine Sekunde unbeobachtet, nicht nur Antoinette Kempfer wird pausenlos beschattet. Sie dürfen sicher sein, dass keiner der Überwachten etwas davon mitbekommt. Wie gesagt, das sind alles sehr erfahrene Beamte. Und bei Frau Mathijsen laufen alle Infos, wer gerade was tut, zentral zusammen. Genauso werden alle Mobilgeräte der Verdächtigen kontrolliert, wir wissen immer, wer in welcher Funkzelle ist und welches Gerät gerade mit wem Kontakt aufnimmt. Der Entführer ist für uns also nicht so unsichtbar, wie er glaubt."

Jetzt stand er auf, drückte mit der rechten Hand Arthurs linke Schulter und setzte sich dann neben die Einsatzleiterin. Inka Mathijsen machte sich pausenlos Notizen, mehrere Male deutete sie mit einem Finger auf den Bildschirm. In ruhigem Ton tauschte sie sich mit ihrem Kollegen aus.

Rund zehn Minuten vergingen, bis Arthur Bernstein sich endlich wieder gefangen hatte. Er streckte seinen Oberkörper wie vor einer Morgengymnastik und blickte dann den beiden geschäftigen Kripobeamten über die Schulter. Endlich konnte er wieder mit fester Stimme reden.

„Ich lasse Sie sofort wieder Ihre Arbeit machen. Aber beantworten Sie mir bitte zwei Fragen. Erstens: Konnten Sie den Anruf zurückverfolgen? Zweitens: Haben die Beschattungen der Verdächtigen schon irgendetwas ergeben? Ich brauche keine Details, sondern nur die Info, ob wir wenigstens jemanden als Täter ausschließen können. Ich werde noch verrückt, wenn ich keinen einzigen konkreten Schritt zur Aufklärung sehe."

Inka Mathijsen drehte sich zu ihm um und hatte wieder dieses Lächeln im Blick, das einerseits Gelassenheit und andererseits Mitgefühl ausdrückte. Sie griff dabei nach einer Thermoskanne, die auf dem Schreibtisch stand und füllte drei Tassen, von denen sie eine Ihrem Kollegen und eine Arthur Bernstein reichte. „Pfefferminztee. Mir hilft der beim Denken. Und er beruhigt", sagte sie zu Arthur.

„Frage eins ist schnell beantwortet – und sie bestätigt uns in der Vermutung, dass wir es mit einem Täter zu tun haben, der sehr planvoll vorgeht. Der Anruf kam von einem Smartphone, das hinter einer großen Pflanze in einem abgelegenen Flur des Hotels platziert war, verbunden mit einem Gerät, das die Ansage zu einer festgelegten Zeit automatisch abspielte. Der Ort war allgemein zugänglich, das bringt uns also erst mal nicht weiter. Unsere Experten sind aber dran, mehr zu den Gerätschaften herauszufinden."

Sie nahm einen Schluck Tee und sprach dann weiter. „Wir verfolgen bei unseren Ermittlungen einen ähnlichen Ansatz, wie Sie ihn haben. Wenn wir den Entführer schon nicht auf frischer Tat ertappen können, dann wollen wir versuchen, einzelne Verdächtige auszuschließen. Dabei hat uns der Fund des Smartphones noch nicht entscheidend weitergebracht, denn das Equipment hätte jeder da deponieren können. Auf den ersten Blick lässt das nötige Technik-Wissen eher auf einen Mann als Täter schließen, aber eine Frau kann natürlich ebenso ein Faible dafür haben. Wir überprüfen alle entsprechend."

Die Kompetenz der Einsatzleiterin tat Arthur gut. Er hakte nach.

„Und Frage zwei? Was haben die Überwachungen bisher erbracht. Kommen wir damit weiter?"

Inka Mathijsen signalisierte, dass sie sich wieder ihrem Computer zuwenden wollte. Ehe sie sich umdrehte, antwortete sie aber in gleichbleibend freundlichen Ton. „Wir werden die ganze Zeit über in allen Details darüber informiert, wer gerade was tut." Sie deutete jetzt mit dem Zeigefinger ihrer linken Hand auf den Bildschirm. „Sehen Sie hier, Frau Kempfer hat gerade einen Cappuccino in einem Café getrunken und geht jetzt Richtung Strand. Wir kennen auch jeden ihrer früheren Schritte, genauso wie alle Aktivitäten des Ehepaars Brandstetter, die schon früh am Morgen mit dem Bus nach Kampen gefahren sind und sich seitdem ständig gemeinsam dort aufhalten. Herr Robesch absolviert ein ziemlich heftiges Sportprogramm, er war zuerst schwimmen, ist dann mit dem Rad gefahren und joggt jetzt am Strand. Er scheint für einen Triathlon zu trainieren. Herr Göbel war bisher den ganzen Tag in seinem Büro, er hat nur um die Mittagszeit im Hotel-Restaurant gegessen. Vor ein paar Minuten ist er zu Fuß in Richtung Innenstadt gegangen, er hat an der Rezeption Bescheid gesagt, dass er sich ein wenig die Füße vertreten will. Frau Jäger ist allein in ihrer Villa, hat dort zwischendurch nacheinander Besuch von zwei Freundinnen gehabt. Herr Frisch war durchgehend in seinem Zimmer, hat zwei Mal kurz telefoniert, aber völlig unverfänglich."

Jetzt konzentrierte die LKA-Beamtin sich wieder ganz auf die Meldungen, die von den Überwachungsteams einliefen. Arthur Bernstein konnte mitlesen. So erfuhr er, dass das Ehepaar Brandstetter einen Bus bestieg und offenbar auf dem Rückweg Richtung Hotel war. Volker Robesch hatte seinen Lauf beendet oder zumindest unterbrochen und machte jetzt Dehnübungen. Sepp Brandstetter telefonierte kurz. Rainer Göbel war jetzt in der Fußgängerzone, Lothar Frisch verließ sein Hotelzimmer, Martina Jäger bekam Besuch von einer weiteren Freundin. Arthur Bernstein registrierte, dass die Beschattungen wirklich lückenlos dokumentiert wurden. Allerdings waren die bisherigen Ergebnisse für ihn ohne jede Aussagekraft, nichts führte auf die Spur des Täters.

Plötzlich schien Inka Mathijsens Aufmerksamkeit jedoch durch eine Meldung gesteigert, die Arthur eher belanglos erschien.

„Das ist ja interessant", entfuhr es ihr mit ungewohnt lauter Stimme. „Ich glaube, wir haben endlich eine heiße Spur. Und außerdem, mein lieber Herr Bernstein, habe ich jetzt ein sehr gutes Gefühl, dass Ihre Frau noch lebt."

Diese heiße Spur hatte fast zur selben Zeit auch Eva Bernstein gefunden. Nein, mehr als nur eine Spur: Ihr war jetzt alles klar, jedes Mosaiksteinchen passte zusammen. Eingesperrt in ihrem Badezimmer war ihr das Warum des Mordes klar geworden, vor allem aber auch das Wie. Und damit wusste sie außerdem, warum sie noch am Leben war. Aus diesen Erkenntnissen schöpfte sie neue Hoffnung.

Der widerliche Geschmack in ihrem Mund war weg, denn sie hatte oft genug mit Wasser aus dem Hahn gespült und auch reichlich getrunken. Wenn da nur nicht dieses unbändige Hungergefühl wäre. Ihr Magen knurrte laut.

Kapitel 57

Karl Dernauer hatte schon kurz nach sechs am Schreibtisch gesessen. Nachdem er das Kapitel abgeschlossen hatte, begann er, das Frühstück vorzubereiten. Mit sicherem Instinkt erschien

Hub genau in dem Moment auf der Terrasse, als der Tisch fertig gedeckt war.

Hub hatte großen Hunger, aber zunächst bat er seinen Freund um die erforderliche Hilfe bei der Morgentoilette. Zurück auf der Terrasse benötigte er wieder Unterstützung, denn eine schwere Kaffeetasse konnte er im Gegensatz zu einem Sekt- oder Weinglas noch nicht alleine heben. Das Essen bereitete hingegen keinerlei Probleme, denn es gab wieder eine Art Fingerfood. Karl schnitt die belegten Brotscheiben in kleine mundgerechte Stücke. „Vögelchen" nannten das seine Enkel, den Ausdruck hatten sie von ihrer Mutter übernommen, denn Karl hatte schon für seine Tochter im Kleinkindalter diesen Service geleistet. Wie es zu dem Namen für die kleinen Broteckchen gekommen war, wusste Karl Dernauer nicht mehr. Hatte er – oder seine Tochter – diesen Begriff selbst erfunden oder hatten sie ihn von jemand anderem übernommen? Egal: Die Kleinen liebten diese Art der Nahrungsaufnahme ebenso sehr, wie Hub sie jetzt schätzte.

Geduldig führte Karl dem gehandicapten Hub immer wieder die Kaffeetasse zum Mund. Sein Appetit war enorm und so dauerte das Frühstück insgesamt rund anderthalb Stunden. Dabei kamen sie auch auf die am Vorabend nicht fertiggestellte Tabelle zu den Verdächtigen im Mordfall Susan Dickens zu sprechen.

Der Oberstaatsanwalt hatte gerade seine fünfte kleingestückelte Scheibe Brot vertilgt, als er sich zufrieden zurücklehnte.

„Du weißt ja, dass ich dein kriminalistisches Naturtalent sehr schätze. Aber in meinem aktuellen Fall hilft es uns offenkundig nicht weiter. Ich finde keinen Ansatz, wie ich eines der Alibis erschüttern soll. Und du bist ja der festen Überzeugung, dass der Fall nur über die Alibis zu knacken ist."

Karl Dernauer war leicht irritiert, dass Hub von „seinem Fall" sprach, zu dessen Aufklärung er bislang ja so gut wie gar nichts beigetragen hatte, während der arme Günther sich wie ein Hamster im Laufrad abstrampelte. Er ging darauf jedoch nicht ein, da er wusste, dass Hub das eher aus Gewohnheit gesagt hatte, da es ja in der Tat ein Fall in seiner Zuständigkeit war, und nicht, um sich mit fremden Federn zu schmücken.

„Ich muss eingestehen, dass ich bei den Alibis zurzeit auch keinen Ansatzpunkt sehe. Vielleicht hast du ja recht, dass wir uns noch einmal mit den Motiven beschäftigen sollten. Wobei mir die romantischen Beweggründe, wie Gabriella sie genannt hat, deutlich weniger wahrscheinlich erscheinen als die handfesten wie Geld oder Karriere."

„Da bin ich absolut bei dir. *Wenn schon Nietzsche sagt, dass zum Leben drei Dinge gehören, nämlich Geld, Geld und Geld, so möchte ich diesen klugen Satz dahin erweitern, dass zum Leben vier Dinge gehören, nämlich Geld, Geld, Geld und Geld.*"

Karl Dernauer lachte lauthals auf. „Von all deinen Marotten der letzten Jahre sind mir die Heinz-Erhardt-Zitate wirklich die liebsten. Und ich muss dir attestieren, dass du dir einen enormen Fundus angeeignet hast, den du sogar sehr treffsicher nutzt. Allerdings ist das jetzt nur eine Bestätigung für meine Einschätzung, die uns immer noch nicht voranbringt."

Kurz vor Mittag machte sich Hub auf den Heimweg und Karl konnte sich wieder mit seinem Roman befassen. Es drängte ihn, den Mörder von Gerd Golombeck zu benennen und die arme Eva aus den Klauen des Entführers zu befreien.

Kapitel 58

Eva Bernstein hatte sich in die Badewanne gelegt, nachdem sie die Lösung im Mordfall Golombeck gefunden hatte. Eine unglaubliche innere Ruhe hatte sie empfunden – jetzt, da sie wusste, wer es war. Vor allem aber, weil sie absolut sicher war, dass sie gerettet würde. Und obwohl es sehr unbequem war in der harten Wanne trotz aller Decken und Kissen, war sie ganz schnell eingeschlafen.

Als sie erwachte, taten ihr alle Glieder weh. Sie schaute auf ihre Uhr und rechnete kurz nach, fast anderthalb Stunden hatte sie geschlafen.

Sie ging zum Waschbecken und spülte sich den Mund aus. Da war es wieder, dieses nagende Hungergefühl. Sie hätte in diesem Moment alles gegessen, sogar Sachen, die sie verabscheute. Es war ein netter Zeitvertreib, dass sie sich jetzt Speisen vorstellte, die sie gar nicht leiden konnte: ein Würstchen mit viel Kümmel oder einen Salat aus Sellerie, Fenchel und Roter Bete – die einzigen drei Gemüsesorten, die sie nicht mochte. Oder besser gesagt: die sie verabscheute. Jetzt aber dekorierte sie den Salat in Gedanken sogar mit kleinen Kümmelwurst-Würfeln. Das Ganze übergoss sie dann aber mit einer kräftigen Vinaigrette, die die ungeliebten Aromen übertönte. Reichlich Chiliflocken und Ras el Hanout streute sie in die Salatsoße. Sie rührte alles in der riesigen schwarzen Salatschüssel, die sie vor sich sah, langsam und lange um. Und dann schloss sie die Augen und führte eine große Gabel voll in Richtung Mund. In diesem Moment hörte sie etwas vor der Tür.

Eva Bernstein hielt den Atem an. Leise Schritte näherten sich der Badezimmertür, ein Schlüssel wurde ins Schloss gesteckt. Der Schlüssel wurde offenkundig umgedreht, die Klinke bewegte sich fast im Zeitlupentempo nach unten.

In der nervenaufreibenden Stille konnte Eva ihr Herz bis zur Halsschlagader schlagen hören. Ein unglaublicher Drang stieg in ihr hoch, lauthals zu schreien, aber sie brachte keinen Ton heraus. Die Tür ging einen Spaltbreit auf – und dann brach ein völlig unerwarteter Tumult los.

Eva hörte laute Stimmen, die wild durcheinanderschrien. Sie hörte stampfende Schritte, jetzt klang es wie ein kurzer heftiger Kampf, als werde jemand überwältigt. Und dann war plötzlich alles ruhig, geradezu totenstill.

Die Tür wurde mit einem Schlag weit aufgerissen – und Eva spürte nur noch grenzenlose Erleichterung. Aus dem Rahmen strahlte sie das freundliche Gesicht von Inka Mathijsen an.

Kapitel 59

Karl Dernauer hatte seine Schreibeinheit nach Evas Rettung abrupt unterbrochen. Er war verwirrt. Wieso hörte er an dieser Stelle auf? Er hatte doch ganz klar die Lösung im Kopf und war so heiß darauf gewesen, sie zu Papier zu bringen.

Er musste diese Blockade akzeptieren. Eine kleine Pause auf der Terrasse würde ihm guttun. Und so brühte er sich einen schönen großen Milchkaffee auf, ging nach draußen und stopfte sich eine Pfeife. Vielleicht hatte er ja nach einem Viertelstündchen neuen Antrieb, um seinen Roman dem Ende näherzubringen.

Karl paffte langsam vor sich hin. Er dachte darüber nach, wer die Lösung präsentieren sollte. Eva? Inka? Oder beide gemeinsam? Jede dieser Varianten hatte ihre Vor- und Nachteile. Aber wirklich konzentriert befasste er sich nicht mit dieser wichtigen Frage. Irgendetwas lenkte ihn von seiner Romanhandlung ab – ärgerlich, so kurz vor dem Finale.

Die Sonne stand schon relativ tief. Er dürfte sich um diese Zeit auch einen Schluck Wein erlauben. Nein, nach einem Campari Orange stand ihm jetzt der Sinn, den hatte er sich lange nicht mehr gegönnt. Ungewöhnlich war das, denn er liebte diesen Drink an heißen Sommertagen.

Nachdenklich rührte er mit seinem blauen Glas-Strohhalm – ein hübsches Geschenk seiner Tochter, die ihm ein ganzes Set der bunten Stangen mitgebracht hatte – in dem hohen Glas mit den beiden Flüssigkeiten, die sich zu einem hellen Rot vereinten. Dann sprang er so plötzlich auf, dass er die Hälfte des Getränks verschüttete. Na klar, das war der Grund, warum er sich nicht länger mit seinem Krimi befassen konnte: Das wahre Leben hatte ihn eingeholt.

Wahrscheinlich hatte die Lösung des Mordfalls Susan Dickens in ihm geschlummert und hatte sich langsam den Weg durch seine Gehirnwindungen gebahnt. Und dabei hatte sie alle anderen kriminalistischen Überlegungen zunächst verdrängt und dann sogar blockiert. Karl Dernauer sah endlich klar. Und wem hatte er das zu verdanken? Natürlich Hub. Hub ganz allein.

Er nahm sein Telefon in die Hand und wählte die Nummer des Oberstaatsanwalts. Sein bester Freund sollte die Ehre haben, die Ermittlungen in die entscheidende Richtung zu lenken.

Als Doktor Hubertus von Steenberg sich meldete, wurde er von einer sich fast überschlagenden Stimme begrüßt.

„Du bist und bleibst einfach ein Genie, mein alter Freund. Wie du es immer wieder intuitiv schaffst, die wichtigste Fährte in einem Mordfall zu finden, das ist fantastisch."

Hub war völlig überrumpelt und er hatte keine Ahnung, was Karl damit meinte: „*Das Schlimmste an den Rednern ist, dass sie nicht sagen, worüber sie sprechen.*" Die Antwort hatte einen ungewohnten Klang, denn Hub telefonierte über Lautsprecher, weil er das Smartphone nicht gut am Ohr halten konnte.

„Genau das meine ich. Heinz Erhardt meine ich. Das ist die Lösung. Und du hast mich so lange in die richtige Richtung geschubst, bis ich drüber stolpern musste."

Hub schwieg. Was hatte der hochgeschätzte Komiker denn bitte schön mit dem Mord an Susan Dickens zu tun? Doch nachdem Karl Dernauer es ihm in wenigen Sätzen erklärt hatte, lachte er schallend los.

„Das ist in der Tat eine wunderhübsche Idee von dir – und ich kann mir nur allzu gut vorstellen, dass sie sogar des Pudels Kern trifft. Ich informiere sofort Günther, damit er alles Nötige in die Wege leiten kann. Du hörst von mir."

Endlich hatte Karl Dernauer den Kopf wieder frei, um sich an die Auflösung seiner Krimihandlung zu machen.

Kapitel 60

Eva Bernstein war einer Ohnmacht nahe. Überglücklich sank sie in Inka Mathijsens Arme. Ihr schossen Tränen in die Augen, aber dann erholte sie sich schlagartig und löste sich aus der mitfühlenden Umarmung. Mit großen Augen sah sie die Kriminalbeamtin an.

„Wie sind Sie ihm denn auf die Spur gekommen? Das müssen Sie mir bitte haarklein erzählen – aber nicht sofort." Eva hatte ihre Prioritäten schnell sortiert. „Jetzt muss ich zu Arthur – und dann brauche ich was zu essen." Ihr Blick fiel auf eine Plastiktüte, die auf den Boden gefallen war.

„Ist da das drin, was ich vermute?", fragte sie ihre verdutzte Lebensretterin. „Wenn ja, dann ändere ich die Reihenfolge und nehme auf dem Weg zu meinem Mann im Laufschritt einen Imbiss. Wo ist Arthur überhaupt?"

Während sie diese Fragen stellte, hatte Eva Bernstein die Tüte aufgehoben und darin gekramt. „Ein Döner to go – das passt jetzt, obwohl ich Döner eigentlich gar nicht mag. Und eine Flasche Mineralwasser. Perfekt."

Sie öffnete die Flasche, nahm einen großen Schluck und biss dann so herzhaft in das Fladenbrot, dass Soße heraustropfte und ein paar Stücke Fleisch auf den Boden fielen. Mit noch nicht ganz leerem Mund fragte sie weiter: „Also noch mal: Wo ist mein lieber Mann?"

Inka Mathijsen war belustigt. „Freut mich, dass es Ihnen schon wieder so gut geht. Ihr Mann wartet in der Hotelhalle."

Und schon stürmte Eva an der Kriminalbeamtin vorbei und nahm im Laufen einen weiteren Bissen. Wieder quoll dabei Soße aus dem Döner hervor. Diesmal wurde daraus ein großer Fleck auf ihrer Bluse, was Eva aber nicht weiter störte.

In der Halle ließ sie hektisch ihren Blick schweifen. Schnell hatte sie Arthur entdeckt, der nervös auf der Lehne eines schweren Ledersessels hockte und mit den Beinen wippte. Sie rannte ihm entgegen und Arthur sprang auf, als er sie sah. Den folgenden Sprint hätte Eva ihrem Mann kaum zugetraut. Als sie sich trafen, nahm Arthur Bernsteins seine Frau in die Arme und schleuderte sie einmal komplett um sich herum. Auch diese Kraft war Eva fremd bei ihrem Mann. Die folgenden innigen Küsse kannte sie allerdings sehr gut.

Dann schob Arthur seine Frau einige Zentimeter von sich weg, sah ihr tief in die Augen und Eva registrierte ein paar Tränen, die ihm über die Wangen liefen. „Was machst du für Sachen? Das war definitiv dein letzter Spaziergang, den du in der Nacht alleine machst." Arthur Bernstein bemühte sich um einen leicht vorwurfsvollen Ton, doch was rüberkam, war schieres Glück.

„Versprochen." Eva antwortete nur mit einem einzigen Wort. Dann zog sie ihren Mann wieder an sich und küsste ihn erneut.

Als sie sich das zweite Mal aus der Umklammerung lösten, wurde es lauter in der Halle. Ein unverständliches Gemurmel erfüllte den Raum, in dem sich inzwischen mehr als zwanzig neugierige Hotelgäste eingefunden hatten. Eva und Arthur Bernstein blickten gleichzeitig zur Seite und sahen, wie Rainer Göbel, die Hände auf dem Rücken gefesselt, von zwei Polizisten durch die Halle geführt wurde. Arthur starrte den Wellness-Unternehmer völlig überrascht an.

„Er war's? Aber wie denn? Das ist doch gar nicht möglich – er hat doch ein wasserdichtes Alibi."

„Eben nicht." Eva strahlte ihren Mann mit wissendem Lächeln an. „Das erkläre ich dir aber gerne alles bei einem ausgezeichneten und vor allem reichhaltigen Abendessen. Ich habe nämlich einen Mordshunger." Und dabei biss sie erneut in den inzwischen pampigen Döner, den sie noch immer in ihrer Hand hielt.

„Du isst Fastfood? Was habe ich denn da verpasst?" Arthurs Blick verriet maßloses Erstaunen.

„Besser als Fliegen. Und die Not war schon wirklich groß." Eva nahm einen letzten Mund voll, ehe sie den so sehr ersehnten Imbiss zur Seite legte.

Jetzt betraten auch Eike Hund und Inka Mathijsen die Lobby. Sie kamen zielstrebig auf das Ehepaar zu. Ehe sie etwas sagen konnten, sprudelte Arthur Bernstein schon los.

„Mir ist klar, dass Sie jetzt noch was zu tun haben. Aber heute Abend müssen Sie beide sich für uns frei machen. Herr Hund, Sie haben doch so gute Kontakte. Wir brauchen für heute Abend einen Tisch für vier Personen im allerbesten Restaurant auf der Insel.

Sie beide sind unsere Gäste – das ist ja wohl das Mindeste, was ich als Dank für die Rettung meines Lebensglücks zeigen darf."

Eike Hund runzelte leicht die Stirn. „Wir haben ja reichlich Sterne-Gastronomie auf unserer Insel. Aber an einem Freitag kurz nach siebzehn Uhr noch einen Tisch für denselben Abend zu bekommen – das ist ja fast eine größere Herausforderung als die Lösung dieses Falles."

Noch ehe Arthur einhaken konnte, um seinem Wunsch Nachdruck zu verleihen, hellte sich das Gesicht des Hauptkommissars auf.

„Naja, ich habe da vielleicht eine Idee. Unter diesen besonderen Umständen und bei diesem tollen Wetter lässt sich eventuell doch was machen."

Eva Bernstein strahlte die beiden Kripobeamten an. „Prima. Sie holen uns ab? So gegen halb acht? Ich muss jetzt nämlich erst einmal aufs Zimmer. Duschen und Zähneputzen."

Sie ergriff Arthurs Hand und zog ihn mit sich. Auf dem Weg zu ihren Zimmern flüsterte sie ihm ins Ohr.

„Und nach der Körperpflege ergibt sich auf jeden Fall noch das nötige Zeitfenster, damit wir unser Wiedersehen ganz privat feiern können."

Kapitel 61

Karl Dernauer war ein wenig neidisch, als er seinen Rechner für diesen Abend zugeklappt hatte. Wann würden Gabriella und er endlich auch solche zärtlichen privaten Momente miteinander genießen dürfen, wie er sie Eva und Arthur Bernstein wieder einmal gönnte? Musste er wirklich warten, bis sie ihren gemeinsamen Hausboot-Urlaub in Irland verbringen würden?

Der altmodische Gong seiner Haustürglocke riss ihn unvermittelt aus dieser melancholischen Phase. Er schaute auf die Uhr: Es war kurz nach sieben, an einem Sonntagabend. Wer konnte das um diese Zeit sein? Ihm fiel niemand ein.

Als Karl die Haustür öffnete, wäre er fast umgekippt. Vor ihm stand Gabriella – mit ihrem bekannt betörenden Lächeln.

„Ich hoffe du hast in den kommenden zwölf Stunden nichts Besseres vor. Ich jedenfalls nicht."

Sie schob ihn in den Flur und warf mit einem Absatzkick die Tür hinter sich zu. Schon hielt Gabriella ihn eng umschlungen und küsste ihn leidenschaftlich.

Seine intimsten Träume würden wahr. Heute Abend und heute Nacht. Karl war berauscht.

Gabriellas Augen funkelten ihn an. „Was hältst du von einem Aperitivo? Wobei ich danach nichts essen muss."

Karl fing sich langsam, obwohl seine Gefühle in gleichbleibend hoher Wallung blieben.

„Da passt ja nur ein Kir Royal, meinst du nicht auch?"

„Passt." Gabriella zog ihn an der Hand in Richtung Küche, wobei sie auf den wenigen Metern drei Mal stehen blieb, um Karl mehrere Küsse auf alle Gesichtspartien zu drücken.

In der Küche wiederholte sich alles, bis Gabriella schließlich Karl losließ und zum Kühlschrank ging. Sie nahm einen eiskalten Winzersekt heraus und öffnete die Flasche mit lautem Knall. Der Sekt sprudelte heraus.

Karl hielt ihr zwei Gläser entgegen, die Gabriella füllte. Dann gab er einen kräftigen Schuss Cassis hinzu. Beide schauten sich tief in die Augen und prosteten sich zu. Nach dem ersten Schluck wollte Karl gerade seine Geliebte an sich heranziehen, um sie zu küssen, als das Telefon klingelte. Unschlüssig hielt er inne.

„Geh ran. Wer weiß, wer dran ist. Wenn du es klingeln lässt, werden wir heute Abend vielleicht noch öfter gestört."

Die pragmatische Seite gehörte zu Gabriella genauso wie ihre leidenschaftliche. Und Karl schätzte auch diese an der geliebten Frau. Er ging zu seinem Schreibtisch und nahm das Gespräch an. Seine Tochter war dran. Clarissa klang leicht verzweifelt.

„Oh Paps! Toll, dass du da bist. Die Kinder haben eine Bindehautentzündung und damit dürfen sie auf keinen Fall in die Kita. Gaspard und ich müssen morgen beide sehr früh zur Arbeit.

Könnte ich die beiden heute Abend zu dir bringen, damit sie bei dir übernachten? Du würdest uns damit ganz doll helfen."

Was war das? Das Ende der Welt?

Karl war mit einer Entscheidung völlig überfordert. Noch nie hatte er Clarissa hängen lassen, wenn es um die Kinderbetreuung ging. Aber in diesem lang ersehnten Moment – das konnte doch einfach nicht wahr sein.

„Moment mal", murmelte er verstört ins Telefon. Dann wandte er sich an Gabriella.

„Die Zwerge sind krank und können morgen nicht in die Kita. Clarissa fragt, ob sie hier übernachten können …"

Gabriella reagierte sehr gelassen. „Natürlich können sie. Was gibt es denn da zu überlegen?"

Karl führte das Telefon wieder an den Mund und sprach mit tonloser Stimme. „Klar. Du kannst sie bringen. Bis gleich. Küsseken."

Gabriella zog ihn energisch an sich und küsste ihn. Dann trat sie einen Schritt zurück und strahlte ihn an. „Du entkommst mir nicht. Morgen starte ich einen neuen Versuch. Und wenn deine Enkel dann immer noch deine Betreuung brauchen, dann eben übermorgen."

Sie küsste Karl nochmals und wandte sich dann Richtung Haustür. Im Gehen blickte sie zurück über die Schulter und lächelte strahlend beim Abschiedssatz: „Übrigens: Ich liebe dich." Sekunden später hatte sie die Haustür hinter sich zugezogen, und Karl stand verloren im Flur herum.

Wie in Trance ging er in die Küche und begann zu kochen. Mechanisch setzte er Nudelwasser auf und rührte eine Tomatensauce an. Die Zwerge würden bestimmt noch einen Happen essen wollen, ehe er sie zu Bett brachte – aber auch wenn nicht: Er selbst hatte ganz schön Hunger.

Als Carl und Betty dann ins Haus stürmten, war seine tiefe Enttäuschung verflogen. Sie verbrachten noch mehr als zwei schöne Stunden miteinander, denn die Kleinen mussten nicht so früh ins Bett, weil sie am nächsten Tag ja ausschlafen konnten.

Nach einer ziemlich kleckrigen Nudel-Orgie rannten Carl und Betty in den Garten und spielten im Baumhaus, während Karl mit einer Pfeife und einem Glas Wein auf der Terrasse saß. Seine Gedanken sprangen dabei zwischen beiden Mordfällen – dem realen und dem in seinem Roman hin und her.

War es nicht verrückt, welche Parallelen es gab? Eigentlich hätte er eher auf die Lösung im Mordfall Dickens kommen müssen. Spätestens in dem Moment, in dem er die Konstellation in seinem Krimi fertig im Kopf hatte. Da hatte er wirklich Tomaten auf den Augen gehabt.

Er nahm sich eine halbe Stunde Zeit, um Carl und Betty vor dem Schlafengehen Geschichten vorzulesen. Normalerweise durfte sich jeder ein Buch aussuchen – heute jeder zwei. Es war kurz vor zehn, als die Kinder ihn todmüde aus dem Zimmer schickten. Er war noch nicht an der Tür, als beide gleichzeitig sanft entschlummert waren.

Karl Dernauer war viel zu aufgewühlt, um jetzt auch ins Bett zu gehen. Er fuhr seinen Rechner noch einmal hoch.

Kapitel 62

Arthur Bernstein war überwältigt. Wie hatte Eike Hund das nur hingekriegt? Sie saßen zu viert an einem Tisch, ganz allein im Garten – im besten Restaurant der Insel. Der Zwei-Sterne-Koch, den er bislang nur aus dem Fernsehen kannte, begrüßte sie höchstpersönlich.

„Sie haben also den Mordfall gelöst, von dem seit Tagen ganz Sylt spricht? Da ist es mir doch eine Ehre, für Sie ein ganz besonderes Arrangement zu kreieren. Da wir komplett ausgebucht sind, habe ich Ihnen einen Tisch in den Garten stellen lassen. Aber natürlich dürfen Sie sicher sein, dass der Service auch hier auf demselben Niveau wie drinnen laufen wird. Darf ich Ihnen als Aperitif einen ganz besonderen Portwein bringen lassen? Selbstverständlich auf unsere Kosten …"

Das Ambiente war einfach unfassbar schön – und so exklusiv, wie es zuvor wohl kaum ein anderer Gast genießen durfte. Aber schließlich war auch der Anlass einzigartig. Und so empfand Arthur Bernstein den Rahmen als absolut angemessen.

Als jedem der vier Gäste ein heller *Tawny Port* kredenzt wurde, nippte Arthur nur ganz vorsichtig und fast ehrfürchtig an dem edlen Getränk. Dann strahlte er in die Runde und streckte sein Glas in die Höhe. „Zunächst einmal: Ab jetzt sind alle Formalitäten unpassend. Was wir miteinander erlebt haben, schreit förmlich nach einem Du. Ich heiße Arthur."

Er nahm nach der Verbrüderung und Verschwesterung einen deutlich kräftigeren Schluck und ergriff dann erneut das Wort. „Ich denke, wir sind mit dem Menü bestens beraten. Stellt sich nur die Frage, ob fünf, sieben oder neun Gänge. Und dazu die Wein-Weltreise. Also ich persönlich tendiere zu den neun Gängen – wie sieht es bei euch aus?"

Eva Bernstein lachte herzhaft auf. „So ist mein Arthur. Er schwankt immer zwischen Gourmet und Gourmand, wobei im Zweifelsfall der Gourmand gewinnt. Aber du hast ja recht: Heute ist sogar mir nach dem vollen Programm. Ich muss den Döner final aus meinem Geschmacksgedächtnis streichen."

Eike Hund schloss sich an, nur Inka Mathijsen ging ihren eigenen Weg. „Ich denke, sieben Gänge reichen mir völlig. Und auch da ist ja schon eine große Wein-Weltreise dabei."

Dann sah sie Eva an und ihr Gesichtsausdruck war undefinierbar irgendwo zwischen Erheiterung und Ernsthaftigkeit angesiedelt. „Döner ist übrigens ein sehr gutes Stichwort – oder besser: die Antwort – wenn du dich an die erste Frage erinnerst, die du mir nach deiner Befreiung gestellt hast."

„Da musst du mir helfen. Ich kann mich beim besten Willen nicht erinnern, was ich als Erstes gefragt habe."

„Du wolltest wissen, wie wir ihm auf die Spur gekommen sind. Die Antwort ist: durch den Döner."

Eike Hund schmunzelte in sich hinein. Er wusste ja, warum seine Kollegin die richtige Fährte aufgenommen hatte. Jetzt stand ihr großer Auftritt an – und den wollte er nicht durch irgendeine Bemerkung beeinflussen. Die Ehre, Eva Bernsteins Lebensretterin gewesen zu sein, gebührte ausschließlich Inka Mathijsen. Außerdem amüsierten ihn die verständnislosen Blicke von Eva und Arthur Bernstein.

Bevor Eva nachfragen konnte, gab es eine angenehme Unterbrechung. Vor dem eigentlichen Menü wurde jedem ein Teller mit eingelegtem Trüffel serviert. Dazu gab es Kartoffelbrot und Sauerrahmbutter, wie sich die vier Gäste im Garten erklären ließen. Diese erste Probe der Zwei-Sterne-Küche machte allen klar, dass es ein Abend der perfekten Genusserlebnisse werden würde. Arthur übermittelte die Menüwünsche und antwortete dann an Evas Stelle.

„Das mit dem Döner musst du erklären, wobei es bei einem solchen Menü eigentlich ein Unwort sein sollte. Kannst du stattdessen vielleicht X sagen? Oder Ypsilon?"

Inka Mathijsen lachte. „Ich werde es versuchen. Aber bevor ich weiter über Ypsilon rede, habe ich eine Frage an Eva. Mir schien, du wusstest, warum Rainer Göbel dich entführt hat. Hat er es dir gesagt oder bist du allein durch Nachdenken darauf gekommen? Das würde mich brennend interessieren. Er selbst hat nämlich zu den Morden nichts gesagt. Er hat nur zugegeben, dass er der Täter ist. Und wir werden ihn erst morgen weiter verhören."

Arthur Bernstein war völlig irritiert. „Wieso Morden? Gab es denn noch ein Opfer? Davon weiß ich ja gar nichts. Du, Eva? Wusstest du von einem zweiten Opfer?"

Eva leerte ihr Portweinglas, denn jetzt wurde Wein gebracht. Dann atmete sie einmal tief durch. „Also zunächst zu dir, mein lieber Mann. Natürlich wusste ich vom zweiten Mord. Ich war sogar Augenzeugin. Aber das erkläre ich dir gleich. Und nun zu deiner Frage, Inka. Nein, wir haben gar nicht miteinander gesprochen. Göbel hat mich niedergeschlagen, dann betäubt – und dann habe ich ihn erst wieder gesehen, als ihr mich befreit habt. Aber ich hatte in dem unbequemen Badezimmer ja viel Zeit zum Nachdenken. Und dabei wurde mir dann schließlich alles klar. Wie bei einem Puzzle, wenn man das vorletzte Teil eingesetzt hat."

Sie trank einen kräftigen Schluck Wein. „Endlich sind meine Geschmacksnerven wieder im grünen Bereich. Der Nachgeschmack des Chloroforms – oder was immer das war, womit er mich betäubt hat – hat sich wirklich schrecklich lange gehalten. Wo habt ihr eigentlich den toten Piloten gefunden? War es ein Flugzeug oder ein Hubschrauber? Ich tippe ja eher auf den Helikopter."

Arthur verstand nur noch Bahnhof. „Welcher Pilot? Könntet ihr vielleicht für einen Deppen wie mich das alles ein bisschen klarer strukturieren? Zum Beispiel ganz schlicht chronologisch."

Eva strich ihm zärtlich über den Unterarm. „Aber natürlich, mein allerliebster Lieblingsmann. Fange ich also da an, als wir uns getrennt haben, weil ich noch ein wenig durch die Dünen spazieren wollte."

Der erste Gang wurde aufgetragen: Spargel, mit Holunderblüte und Fichtensprossen aromatisiert. „Ein Traum. Einfach nur ein Traum", kommentierte Arthur nach dem ersten Bissen. Eva setzte die Schilderung der Ereignisse aus ihrer Sicht fort.

„Ich war halt zur falschen Zeit am falschen Ort. In den Dünen bekam ich den Streit und den Kampf zwischen Göbel und dem Mann mit der Fliegerjacke mit. Er hat ihn erdrosselt, extrem abgebrüht wirkte er. Mir war natürlich sofort klar, dass er auch der Mörder von Gerd Golombeck war. Als ich dann flüchten wollte, hat er mich bemerkt und ist mir nachgekommen. Er hat mich von hinten niedergeschlagen und ich habe das Bewusstsein verloren. Erst Stunden später bin ich im Badezimmer aufgewacht, weil er mich zusätzlich betäubt hat."

Eva leerte ihren Teller fein säuberlich und sprach dann weiter. „Als ich wieder so richtig zu mir gekommen war, habe ich dann über den Fall nachgedacht. Ich musste mir ja irgendwie die Zeit vertreiben. Den Mörder kannte ich – und auch das Warum war mir schnell klar. Golombeck wusste etwas von Göbel. Womit er ihn erpressen konnte. Es muss irgendwas mit seiner Hotelkette zu tun haben, denn die ist sein Lebenswerk. Vielleicht Steuerhinterziehung im ganz großen Stil. Oder Korruption. Jedenfalls irgendetwas, was Göbel verbergen wollte und musste."

Nach einer kurzen Pause, in der niemand ihre Erzählung unterbrach, sprach Eva Bernstein weiter. „Was mir lange Zeit nicht einleuchten wollte, war, wie Göbel es angestellt hatte, denn er saß ja zur Tatzeit angeblich im Zug Richtung Stuttgart. Aber dann hat mich die Fliegerjacke des zweiten Opfers auf die Lösung gebracht: Göbel hatte einen Piloten angeheuert, der ihn nach dem Mord in der Nähe der Bahnstrecke abgesetzt hat, damit er sich ein perfektes Alibi verschaffen konnte."

Eva nippte erneut an ihrem Weinglas. „Das Problem an diesem Alibi war natürlich, dass es einen Mitwisser gab. Und der Pilot hat wohl seine Schlüsse aus den Gerüchten über den Mord auf der Insel gezogen und Rainer Göbel zur Rede gestellt. Wahrscheinlich wollte er Geld von ihm, denn sonst macht das nächtliche Treffen ja keinen Sinn. Reichlich naiv, findet ihr nicht? Er musste doch wissen, dass Göbel auch vor einem zweiten Mord nicht zurückschrecken würde."

Sie blickte in die Runde und registrierte zustimmende Blicke. Aber keiner sagte etwas. Alle lauschten ihr gespannt.

„So weit passte dann alles zusammen. Ich wusste nur noch nicht, warum Göbel mich nicht einfach umgebracht hat. Aber dann dämmerte es mir. Er wollte sich ein zweites Mal auf irgendeine Weise ein Alibi besorgen. Sowohl für den zweiten Mord als auch für den dritten. Denn dass er mich später umbringen wollte, war sicher. Er brauchte dafür aber Zeit – und daraus habe ich dann neue Hoffnung geschöpft. Ich habe fest darauf gebaut, dass man ihm auf die Spur kommt, je länger er für die Konstruktion seines neuen Alibis brauchte."

Die beiden Kriminalbeamten waren von Evas messerscharfen Kombinationen sehr beeindruckt. Eike Hund klopfte drei Mal leicht mit der Faust auf den Tisch.

„Chapeau, Madame. Diese Analyse klingt wie von Hercule Poirot. Das erleichtert auch unsere weiteren Vernehmungen, denn wir können Göbel mit diesem Wissen ganz anders unter Druck setzen. Du erlaubst doch, dass wir das alles als unsere eigenen Erkenntnisse ausgeben?"

„Aber gerne doch. Ich möchte, dass die schlimmen Stunden heute für mich ganz schnell Geschichte werden. Und ihr wäret ja auch selbst auf die Lösung gekommen. Schließlich habt ihr auch ohne meine Hilfe Rainer Göbel als Mörder enttarnt."

„Nicht wir. Das war allein Inka. Und zwar mit ihrem brillanten kriminalistischen Verstand. Und nicht mit weiblicher Intuition, wie ich es zunächst genannt habe, als sie mir erklärte, warum Göbel der Täter sei. Das hat ihr nämlich gar nicht gefallen."

Eike Hund begleitete den letzten Satz mit einem breiten Grinsen. Er hatte damit bei seiner Kollegin die richtige Taste gedrückt.

„Dass Intuition weiblich ist, ist genauso blödsinnig wie die Behauptung, dass Männer kein Multitasking können. Beides ist geschlechtsunabhängig. Und mit Intuition hatte das gar nichts zu tun, sondern nur mit Beobachtungsgabe und der Fähigkeit, daraus die richtigen Schlüsse zu ziehen. Polizeiroutine eben."

„Womit wir jetzt wohl beim …", Eva hielt gerade noch rechtzeitig inne und lächelte ihren Mann und dann Inka an, „… beim Ypsilon wären. Es ist absolut überfällig, dass du mir erklärst, wie du dem Mörder auf die Schliche gekommen bist."

Inka Mathijsen genoss diesen Augenblick sichtlich, und sie war kein bisschen böse darüber, dass die Spannung noch ein wenig aufrechterhalten wurde, weil jetzt Saibling mit einem ausgefallenen Arrangement aus Kohlrabi, Ziegenfrischkäse, Meerrettich und Apfel von der ebenso kompetenten wie liebenswerten Servicekraft aufgetischt wurde. Schließlich erbarmte sie sich, das Ehepaar aufzuklären, wie es zu Evas Rettung kam.

„Wir haben ja alle Verdächtigen pausenlos beschattet – übrigens mit einer großen Truppe bestens geschulter Kollegen vom Festland. Keiner hat auch nur das Geringste gemerkt. Auch Rainer Göbel nicht, der war sich seiner Sache wohl sehr sicher. Erst recht, als er mitbekommen hat, dass wir sein vermeintlich lückenloses Alibi überprüft hatten. Aber wie so oft kam uns auch ein bisschen Kommissar Zufall zu Hilfe. Ich hatte Göbel nämlich mittags gesehen, wie er auf der Hotelterrasse ein üppiges Mahl zu sich genommen hat. Außerdem hatte er mal beiläufig erwähnt, dass er Fastfood verabscheue. Und als er dann nur kurze Zeit später einen Dö... – halt stopp – ein Ypsilon gekauft hat, da war mir klar, dass er damit jemand anderen versorgen wollte: sein Entführungsopfer. Was mich sehr erleichtert hat, weil es auch ein ganz klares Signal dafür war, dass du noch lebtest, liebe Eva."

Inka Mathijsen prostete Eva zu. Alle tranken von dem Wein, der als Begleitung zum zweiten Gang eingeschenkt worden war.

„Naja. Der Rest war dann nur noch klassische Polizeiarbeit. Wir sind Göbel auf den Fersen geblieben, natürlich so, dass er sich weiter unbeobachtet fühlte. Als er dann den Anbau ansteuerte, in dem seit Tagen die Bauarbeiten ruhen, da war ich mir endlich total sicher, dass wir auf der richtigen Spur waren. Hier gab es das perfekte Versteck für ein Entführungsopfer."

Es herrschte Schweigen am Tisch. Alle ließen die Informationen der beiden Frauen bezüglich der Lösung der Mordfälle ein wenig sacken.

Die nette Kellnerin brachte jetzt den dritten Gang. „Dänischer Hummer, mit Gurke, Emmer und Joghurt", erläuterte sie. „Ich wünsche Guten Appetit."

„Was bitteschön ist Emmer?", wollte Arthur wissen. Er kannte ja viele Köstlichkeiten, aber dieser Begriff war ihm neu.

„Eine uralte Getreidesorte. Lecker und bekömmlich", war die freundliche Antwort.

„Habt ihr den toten Piloten – so es denn einer war – auch gefunden?", wollte Arthur jetzt wissen.

„Ja, haben wir", antwortete Eike Hund. „Es handelte sich um eine Suite, in der wir dich gefunden haben, Eva. Und zu der gehörte noch ein weiteres Badezimmer. Dort lag er in der Wanne, die mit Wasser gefüllt war, wahrscheinlich mit sehr heißem, weil Göbel uns so wohl über die Körpertemperatur täuschen wollte, was den Todeszeitpunkt angeht, wenn wir denn die weiteren Leichen gefunden hätten."

Arthur Bernstein lief ein Schauer über den Rücken, denn mit einer der Leichen war natürlich seine geliebte Eva gemeint. Er sagte aber nichts, sondern ließ Eike Hund weitersprechen.

„Das passt alles zu Evas Theorie, dass er sich wieder ein perfektes Alibi verschaffen wollte. Die Identität des zweiten Toten wird sich übrigens ganz schnell klären lassen, da wir jetzt ja wissen, dass wir nach einem Flieger suchen müssen."

Arthur Bernstein hatte bei den letzten Worten des Hauptkommissars schon ein wenig die Aufmerksamkeit verloren.

„Jetzt soll es genug sein mit Mord und Totschlag. Meine Eva ist wieder bei mir, der Bösewicht hinter Gittern. Ich schlage vor, dass wir von nun an diesem exzellenten Menü die Aufmerksamkeit widmen, die es verdient."

„Das finde ich auch", antwortete Inka Mathijsen. „Zumal uns ein sehr arbeitsreiches Wochenende bevorsteht. Deshalb sollten wir diese traumhafte Auszeit doppelt genießen."

Eva und Arthur Bernstein waren schon häufiger in Sterne-Restaurants zu Gast gewesen. Dennoch hatten sie das Gefühl, dass sie noch nie so gut gegessen hatten. Was wohl an der Kombination aus exquisiter Küche und Evas Rettung lag.

Mehr als drei Stunden und sechs wunderbare Gänge später bestellte Arthur das Taxi nach Westerland – allerdings nur für Eva und sich. Eike Hund brauchte keines.

„Wir gehen zu Fuß. Inka übernachtet ja wieder bei uns – und wir wohnen hier in Keitum."

Kapitel 63

Karl Dernauer war erst gegen vier Uhr in der Nacht ins Bett gegangen. Das bereute er ein wenig, als ihn seine Enkel am nächsten Morgen schon kurz nach acht weckten. Aber dann war er doch froh, dass er die Auflösung der Morde auf Sylt zu Ende gebracht hatte. Jetzt fehlte seinem Roman nur noch die inhaltliche Abrundung. Aber das war vor allem schreiberisches

Handwerk, was ihm entsprechend leicht fallen und damit recht zügig gehen würde.

Als er mit den Zwergen beim Frühstück saß, rief Clarissa an. Seine Tochter erkundigte sich nach dem Wohlergehen ihrer Sprösslinge.

„Mama fragt, ob es euch gut geht?"

Mit lautem Gegröle bejahten das Carl und Betty. Die Kleine ergänzte altklug: „Wir haben jetzt aber leider keine Zeit für die Dame, weil wir dringend ins Baumhaus müssen."

Dabei sprang sie auf und hüpfte von der Terrasse. Carl lieferte sich ein Wettrennen mit ihr, wer als Erster das Baumhaus erreichte, aber Betty hatte zu viel Vorsprung.

„Ich kann dich leider nicht durchstellen, weil dein Nachwuchs dringende Verpflichtungen in Sachen Freizeitgestaltung hat", teilte Karl seiner Tochter belustigt mit.

„Dann ist bei euch ja alles prima und ich brauche kein schlechtes Gewissen zu haben, dass wir dich mit der Kinderbetreuung so überrumpelt haben."

„Natürlich nicht. Immer wieder gern, das weißt du doch", log Karl, während er an die entgangene Nacht mit Gabriella dachte.

„Gaspard kann morgen übrigens freimachen. Er holt die Kinder dann heute Nachmittag so zwischen vier und fünf bei dir ab. Noch einmal ganz, ganz lieben Dank, Paps. Was würden wir nur ohne dich machen?"

Karl schmunzelte in sich hinein. Das klang ja vielversprechend, dass die Zwerge nicht noch eine weitere Nacht bei ihm verbringen sollten – hatte doch Gabriella angekündigt, gleich am heutigen Abend einen neuen Versuch zu starten, die beiden Königskinder zusammenzubringen.

Die nächsten Stunden verliefen so abwechslungsreich, dass Karl keinen einzigen Gedanken an irgendwelche Morde verschwenden konnte – weder an ausgedachte noch an ganz reale. Er hatte es sich zur Aufgabe gemacht, seine Enkel behutsam an gutes Essen heranzuführen, wobei er auch schon kleine Erfolge verzeichnen konnte – wenngleich Spagetthi mit Tomatensauce immer noch der Topfavorit war. Aber immerhin: Seine selbstgemachte Sauce zogen sie geschmacksverstärkter Fertigware auf jeden Fall vor.

Es klappte in der Regel gut, die Kinder in die Essenszubereitung einzubinden, und schon die vierjährige Betty konnte ganz allein Kartoffeln schälen. Für heute hatte er sich aber eine größere Herausforderung ausgedacht.

Die Zwerge durften aus Gemüse allerlei kleine Kunstwerke schnitzen – und die würden dann später gemeinsam verspeist. Der kleine Carl versuchte sich unter anderem mit ziemlichem Geschick daran, aus einer Zucchini ein Auto zu modellieren. Bettys Pferd aus einer dicken Karotte war allerdings nur mit ausgeprägter Fantasie zu erkennen.

Sie hatten einen Heidenspaß bei diesem kreativen Zeitvertreib, doch Karls pädagogischer Ansatz, einen ganz bewussten Umgang mit Lebensmitteln einzuüben, kam nur bedingt zum Tragen. Essen wollten die Zwerge ihre Kreationen nämlich auf keinen Fall, sondern sie wollten sie nur stolz ihren Eltern präsentieren. Dann hätten wir auch Knete nehmen können, dachte der leicht enttäuschte Opa bei sich. Er beschloss, das Experiment noch einmal zu wiederholen, wenn die Kinder ein bisschen älter waren.

Gegen drei Uhr warf er einen kurzen Blick auf sein Smartphone. Gabriella hatte ihm eine Nachricht geschickt.

„Bleiben deine Enkel noch eine Nacht? Wenn nicht, wäre ich gegen halb acht bei dir."

Karl kam nur zu einer ganz kurzen Antwort. „Bin frei für dich und freue mich." In diesem Moment kam eine heulende Betty ins Haus. Carl hatte sie bei einer Zankerei im Baumhaus wohl etwas zu hart angefasst. Trösten funktionierte immer am besten, wenn Karl dem Mädchen ein Buch vorlas – auch diesmal. Als die Kleine sich auf der Couch an ihn gekuschelt hatte, waren die Tränen schnell getrocknet. Nur zwei Minuten später ließ sich ein schuldbewusster großer Bruder sehen. Karl nahm auch ihn in den Arm und dann vertieften sie sich nacheinander in sieben Bücher, bis Gaspard die Kinder Punkt vier abholte.

Als sein Schwiegersohn rund eine halbe Stunde später mit den Zwergen das Haus verließ, warf Karl erneut einen Blick aufs Handy. Diesmal waren es zwei Nachrichten.

Gabriella schrieb: „Perfekt. Kochst du was für mich? Ich werde großen Hunger haben, weil ich nicht vor sieben aus dem Krankenhaus komme."

„Mit dem größten Vergnügen", antwortete Karl. Dann las er die zweite Mitteilung. Sie stammte von Günther und war sehr knapp gehalten.

„Volltreffer. Später mehr."

Karl Dernauer hatte zwei sehr positive Gefühle in sich: Stolz und Vorfreude. Stolz, dass er offenbar einen komplizierten Mordfall gelöst hatte. Und Vorfreude auf eine erste gemeinsame Nacht mit Gabriella. Wobei das zweite Gefühl deutlich intensiver war als das erste.

Er setzte sich mit einem Glas Weißwein auf die Terrasse und zündete sich eine Zigarette an. Dann dachte er darüber nach, womit er Gabriella eine kulinarische Freude machen könnte. Bevor er sich konkret einem Gericht widmete, fasste er den Entschluss, gleich für zwei Tage zu kochen. Dann könnte er nämlich morgen den ganzen Tag am Schreibtisch verbringen, um seinen Roman fertigzuschreiben.

Ein Blick auf die Küchenuhr verriet ihm, dass es noch nicht einmal fünf war. Er hatte also genügend Zeit, aufwändig zu kochen. Und im Prinzip hatte er alles im Haus, was er für ein leckeres Mahl brauchte.

Wie wäre es mit klassischer deutscher Hausmannskost? Ein Rinderbraten und dazu ein Kartoffelgratin, ein wenig verfeinert mit Birne und Lauch – war das nicht zu schwere Kost? Nein, man musste ja keine Unmengen davon essen.

Und als Vorspeise? Einfach ein paar Garnelen, mit ein bisschen Obst und einer scharfen Sauce? Und vielleicht noch einen Zwischengang – das passte ja super: Er hatte doch noch eine große Plastikdose mit der *Mulligatawny*-Suppe im Gefrierschrank, der britischen Spezialität aus *Dinner for one*. Die hatte er vor ein paar Wochen mal für Clarissa, Gaspard und die Zwerge gekocht. Allen hatte es sehr gut geschmeckt, aber dennoch war viel übrig geblieben, weil es als Hauptgericht geplant war, dann aber nur zu einer Vorspeise wurde.

Für dieses Menü fehlte nur das Rindfleisch, aber das bekam er beim Metzger seines Vertrauens in Top-Qualität. Und mit dem Fahrrad brauchte er hin und zurück nicht länger als eine Viertelstunde.

Gedacht, getan. Kaum eine halbe Stunde nach der Planungsphase stand Karl am Herd. Er liebte es zwar, zunächst alle Zutaten vorzubereiten und dann erst mit dem Kochen zu beginnen, aber diesmal war Zeitmanagement gefragt. Die Reihenfolge der Arbeitsschritte war wichtig, manches musste auch parallel getan werden. Dank seiner Routine lief alles stressfrei: Ofen vorheizen, seinen selbstgemachten Rinderfonds aus dem Gefrierschrank holen – ach ja: die Suppe und die Garnelen gleich auch noch mit raus – das Fleisch würzen und anbraten, gleichzeitig Zwiebeln und Knoblauch schälen und kleinhacken, zum Fleisch in den Bräter, dann ablöschen mit gutem Rotwein und mit seiner inzwischen aufgetauten Haus-Brühe, jetzt die Kartoffeln schälen und Schnibbelei fürs Gratin, das ziemlich genau halb so lange wie der Braten im Backofen benötigen würde. Und zwischendurch natürlich immer mal ein Schluck Wein für den Koch. Gut eine Stunde war vergangen, bis Karl den Braten wendete und das Gratin zusätzlich in den Ofen schob. Erst jetzt hatte er Zeit für eine kurze Pause, in der er sich eine kleine Auszeit auf der Terrasse gönnte.

Nach einer Zigarette ging er zurück in die Küche. Birnenscheiben hatte er schon fertig, weil er einfach ein paar mehr geschnitten hatte, als er fürs Gratin brauchte. Jetzt noch ein paar Apfelringe. Das Obst würde er mit Honig karamelisieren, das harmonierte bestimmt mit einer Chili-Sauce zu den Garnelen, deren Zubereitung er aber noch einen Moment zurückstellte. Zunächst musste die Suppe auf den Herd, damit sie auf ganz kleiner Flamme erwärmt werden konnte.

Ein Blick zur Uhr: Es war kurz nach sieben. Jetzt die Sauce für die Meeresfrüchte – und dann wäre alles perfekt in der Zeit fertig, wenn Gabriella käme.

Dann ein Aperitif, dann die fruchtigen Garnelen, dann die Suppe, das Hauptgericht – und dann ...

Eine plötzliche böse Vorahnung ließ ihn in sein Arbeitszimmer stürzen, denn sein Smartphone lag wie so oft auf seinem Schreibtisch. Das Icon auf dem Display zeigte an, dass eine Nachricht eingegangen war. Sie war von Hub.

„Mörder gefasst. Das muss gefeiert werden. Günther und ich sind gegen acht bei dir. Passt doch – oder? PS.: Wir bringen Wein mit, Essen können wir uns ja von Andrea bringen lassen."

Das durfte doch einfach nicht wahr sein. Nichts war's mit dem Candlelight-Dinner.

Kapitel 64

Karl Dernauer stand wie versteinert in seinem Arbeitszimmer. Hatte er noch eine Chance, den ungebetenen Besuch zu verhindern? Hub und Günther waren ihm sonst immer willkommen – aber heute Abend nun wirklich nicht.

Er dachte fieberhaft nach, doch er sah keine Chance. Sowohl Günther als auch Hub pflegten ihr Smartphone auf lautlos gestellt bei sich zu tragen. Und sie waren mit Sicherheit schon zu ihm unterwegs. Hubs Mobiltelefon konnte auch gut irgendwo in seiner Wohnung liegen – er hatte ja eh zurzeit wegen seines Handicaps keine wirkliche Chance, es allein zu bedienen. Und Günther saß bestimmt im Auto, auf dem Rückweg aus Frankfurt.

Aber selbst wenn er einen seiner beiden Freunde noch erreicht hätte – was hätte er denn sagen sollen? Die Wahrheit? Dass er mit Gabriella einen intimen Abend plane? Das wäre ihm irgendwie peinlich. Er könnte vorgeben, dass er gar nicht zu Hause sei – auch blöd. Oder krank – auch nicht besser.

Schließlich ergab er sich in sein Schicksal. Er tröstete sich damit, dass Gabriella ja angekündigt hatte, das Ziel der ersten gemeinsamen Nacht hartnäckig weiterzuverfolgen. Wenn nicht heute, dann morgen. Und wer sagte überhaupt, dass es heute nicht dazu kommen würde – trotz der Überraschungsgäste.

Und wenn er ganz ehrlich war: Er musste sich auch eingestehen, dass er bei aller Enttäuschung ganz schön neugierig darauf war, die Details der Aufklärung zum Dickens-Mord zu erfahren. Noch während er diesen Gedanken nachhing, klingelte es an der Haustür.

Gabriella war kaum im Flur, da fiel sie ihm schon um den Hals. Der Kuss war fast noch leidenschaftlicher als die bisherigen, doch dann schob sie ihn von sich und strahlte ihn an, bevor sie sich an ihm vorbei den Weg zur Küche bahnte.

„Oh, wie das duftet. Ich habe einen Mordshunger. Was hältst du davon, wenn wir heute mal nicht auf der Terrasse essen, sondern bei Kerzenschein? Ich habe da was mitgebracht."

Und schon zog sie aus ihrer überdimensionalen Handtasche einen fünfarmigen Kerzenhalter und fünf Kerzen.

Karl Dernauer grinste leicht verlegen. Doch dann hatte er sich schnell gefasst und lächelte Gabriella an.

„Prima Idee – ganz in meinem Sinne. Sie passt nur leider nicht zum Abend."

Gabriella sah völlig verständnislos drein, und Karl erlebte etwas völlig Neues an der geliebten Frau. Ihr fehlten die Worte. Sie sah ihn mit großen Augen an und stammelte nur vor sich hin. „Wie? Was? Passe ich dir nicht? Oder die Kerzen? Findest du Romantik albern? Nur heute? Oder überhaupt?"

Karl nahm sie in den Arm und drückte sie fest an sich. Dann küsste er sie und lächelte sie strahlend an.

„Du passt mir. Kerzen passen auch. Aber die Welt hat sich gegen unser Glück verschworen. Hub und Günther kommen gleich – ich habe ihre Nachricht zu spät gesehen, um das noch verhindern zu können."

Gabriella lachte schallend auf. „Wir sind wirklich zwei Königskinder. Aber in einem darfst du sicher sein: Ich bin wild entschlossen, diese Geschichte für uns umzuschreiben."

Dann schlang sie ihre Arme um seinen Hals und den Kuss schien sie gar nicht enden lassen zu wollen.

Beendet wurde er dann doch – durch ein lautes „Good evening", das aus dem Garten zu hören war. Hub war eingetroffen. Auf der Terrasse beschleunigte er seinen Schritt und reckte dabei schnüffelnd seine Nase in die Luft.

„Das wäre doch nicht nötig gewesen, dass du extra für uns kochst. Ah, wie schön – Gabriella, du bist auch da. Das trifft sich ja wirklich gut, denn du hast ja auch zum Erfolg unserer Mördersuche beigetragen."

Gabriella war sofort mit Feuereifer bei der Sache. „Das heißt, ihr habt den Mörder gefunden? Und wieso habe ich dazu beigetragen? War es vielleicht wirklich ein Maskenmann?"

Hub grinste breit und gab sich sehr geheimnisvoll. „Naja, ganz so ist es nicht. Aber mit dem Aussehen wie die Harper-Zwillinge hat es schon zu tun."

„Das musst du mir alles ganz genau erzählen – ich finde es ungeheuer spannend. Du hast also den Mörder der armen jungen Frau gefasst." Und schon hakte sie Hub unter und wollte mit ihm auf die Terrasse schlendern.

Der Oberstaatsanwalt bremste Gabriella jedoch.

„Ich war nur ausführendes Organ." Er machte eine Kopfbewegung in Richtung Karl. „Gelöst hat den Fall ein anderer. Allerdings nach seiner eigenen Aussage ein kleines bisschen auch durch mich."

Karl Dernauer lächelte generös. „Jeder hat seinen Teil dazu beigetragen. Gabriella, weil sie mich mit ihrem Maskenmann an den Harper-Zwillingen festhalten ließ, und du mit deiner neuesten Marotte. Und der unvergleichliche Heinz Erhardt natürlich auch."

Sein Blick ging in den Garten. „Und natürlich Günther, wie er uns gleich aus erster Hand berichten wird."

Der Kriminalhauptkommissar strahlte bis über beide Ohren, als er die Küche betrat. Er streckte eine Jutetasche in die Höhe, die Karl sofort identifizieren konnte. Sie hatte sechs Fächer, in denen Weinflaschen optimal transportiert werden konnten – inklusive Kühlung.

„Die allerbesten Tropfen aus meinem Keller. Wenn nicht heute – wann dann? Wir stoßen auf meinen letzten Fall an. Und darauf, dass ich nicht mit einer Pleite in Pension gehen muss."

Gabriella schüttelte energisch den Kopf. „Jetzt ist aber genug mit den Andeutungen. Wir müssen jetzt endlich zur Sache kommen. Günther kümmert sich um den Wein, Karl ums Essen und ich decke draußen den Tisch. Und Hub setzt sich dazu und macht ein schlaues Gesicht."

Karls Laune war wieder intakt. „Gute Rollenverteilung. Wobei Hub dabei eine schier unlösbare Aufgabe vor sich hat."

Der Oberstaatsanwalt ließ die Frechheit unkommentiert und wandte sich an den Kriminalbeamten. „Nur halbvoll mein Glas, bitte. Du weißt ja." Dabei bewegte er seine Arme auf und nieder wie beim Ententanz.

Karl Dernauer wich von seiner ursprünglich geplanten Speisenfolge ab, denn die Suppe war inzwischen heiß. „Da ihr ja alle bestimmt sehr hungrig seid, schlage ich vor, dass wir zunächst ein bisschen *Dinner for one* spielen." Mit diesem Vorschlag konnte inhaltlich zwar keiner etwas anfangen, aber die beiden Männer schlossen sich Gabriellas Antwort an.

„Wir haben vollstes Vertrauen zu unserem Koch."

Karl ließ seine Gäste Platz nehmen und füllte dann in der Küche die Teller. Natürlich bediente er Gabriella zuerst.

„Little drop of mulligatawny soup, Miss Sophie?"

Gabriella spielte Empörung. „Also wirklich! So alt sehe ich doch nun wirklich nicht aus – nicht mal nach einem langen Arbeitstag."

Als alle bedient waren, stellte Karl fest, dass die Suppe keine ganz so gute Idee war, wenn Hub mit am Tisch saß. Selbst schuld, dachte er: Er war ja auch gar nicht eingeplant. Dann setzte er sich aber doch neben seinen Freund und fütterte ihn fürsorglich.

Beim zweiten Gang war Hub dann mit seiner wiedergewonnenen Fingerfertigkeit schon wieder autark – beim Weinkonsum ebenso. Allerdings erforderte beides seine volle Aufmerksamkeit. Mit Rücksicht auf den gehandicapten Oberstaatsanwalt wurde das Thema des Abends erst angesprochen, als die Nahrungsaufnahme beendet war. Gabriella gab den Startschuss.

„Jetzt will ich aber endlich wissen, wer der Mörder ist – und wie ihr ihn überführt habt."

Günther Keller schaute in die Runde, um zu klären, ob er antworten sollte. Offenkundig war das der Fall.

„Den entscheidenden Tipp hat mir Hub gestern gegeben. Unsere guten Kontakte zu den Polizeibehörden in den USA haben uns dann ganz schnell zum Erfolg geführt – was kein Kunststück war, wenn man wusste, wonach man suchen musste. Das Problem war vorher nur, dass man danach nie gesucht hatte."

Gabriella verdrehte die Augen. „Geht es noch ein bisschen kryptischer? Ich verstehe rein gar nichts."

Jetzt schaltete sich Hub ein. „Ich muss zunächst noch einmal betonen, dass Karl es war, der den Fall gelöst hat." Nach einem Blick zu seinem Freund sprach er weiter:

„*Das Ei darf nicht klüger sein als Kolumbus.*"

Karl Dernauer konnte ein schallendes Lachen nicht unterdrücken. Ihm traten sogar Tränen in die Augen. Er brauchte ein paar Sekunden, bis er Gabriella aufklären konnte.

„Ist es nicht faszinierend, welchen Fundus an Heinz-Erhardt-Sprüchen Hub sich angeeignet hat? Ich habe die nur in meinem passiven Wissen, aber nicht im Kopf."

„Diese Fähigkeit habe ich im Jura-Studium entwickelt. Es hat mir sehr geholfen, dass ich vieles, was ich gelesen habe, dann langfristig im Wortlaut im Kopf hatte." Es sprach eindeutig auch ein wenig Stolz aus dieser Bemerkung.

Gabriella war im Begriff, erneut ihre Ungeduld kundzutun, als Karl endlich ein Einsehen hatte.

„Wir hatten ja das Problem, dass der Täter aussah wie die Harper-Zwillinge. Und die beiden hatten auch ein ausgezeichnetes Motiv, weil es für sie um Millionen ging. Aber keiner von beiden konnte es gewesen sein, weil beide ein unerschütterliches Alibi hatten. Und dann kamst du mit deiner Idee vom Maskenmann ins Spiel."

Da Karl einen Schluck Wein trank, konnte Gabriella einhaken. „Also doch der Berufskiller. Die Mafia ist ja auch in den USA sehr präsent. Wusste ich es doch."

„Nicht ganz", antwortete Karl mit einem liebevollen Lächeln. „Diese Lösung gefiel mir nicht, weil es einen Mitwisser gegeben hätte, der einen lebenslang erpressen könnte."

Er dachte jetzt kurz an seinen Roman, in dem sich ja genau das als Knackpunkt herausgestellt hatte. Wie schwach von ihm, dass ihn das nicht früher zur Lösung geführt hatte.

„Naja. Hub hat dann wieder mal ein Erhardt-Zitat benutzt – im Prinzip mit der Aussage, dass es nur einmal mehr war. Und da schoss mir dann der Film „Drillinge an Bord" in den Kopf, der nicht unbedingt zu Erhardts Meisterwerken gehört. Aber der Humor der späten Fünfzigerjahre war halt ein anderer. Als Kind habe ich sehr darüber gelacht."

Gabriella riss die Augen weit auf. „Das ist ja toll. Es handelt sich um drei Brüder, nicht nur um zwei."

„So ist es." Günther hatte sich wieder ins Gespräch eingeschaltet. „Es kostete mich einen einzigen Anruf bei den amerikanischen Kollegen. Sie kamen ganz schnell der Tatsache auf die Spur, dass die Harper-Zwillinge und ihr Bruder kurz nach der Geburt getrennt wurden. Erst vor ein paar Monaten hatten sie durch einen Zufall wechselseitig von ihrer Existenz erfahren. Und dann gemeinsam diesen kaltblütigen Mord geplant."

Karl Dernauer lehnte sich in seinem Stuhl zurück. Dann reckte er sich und sprach den Hauptkommissar an.

„Wer von den dreien war denn der Mörder? Der unbekannte Drilling, nehme ich an."

An Stelle von Günther Keller antwortete Hub. „Ja, er war es. Jack Michaels heißt er. Gottseidank hat er bereits der ersten Vernehmung nervlich nicht standgehalten. Es wäre juristisch ein ganz verzwickter Fall geworden, den Täter ohne das Geständnis zu ermitteln. Wenn also die Drillinge auch noch abgesprochen hätten, dass man jeweils eine andere Version auftischt. Also zum Beispiel, dass jeder die Rolle eines Bruders gespielt hätte, um diesem einen Gefallen zu tun – er aber nicht gewusst habe, was der Bruder in dieser Zeit tut. Dass er also nur ausgenutzt worden sei, um ein Alibi für einen Mord zu besorgen."

Jetzt war Karl überrascht. „Hoppla – diese Variante hatte ich gar nicht einkalkuliert. Aber ich kann mir die Schwierigkeiten in der Beweisführung ganz gut ausmalen."

Gabriella lenkte das Gespräch mit einer schrägen Bemerkung wieder auf eine entspanntere Ebene – weg von allen juristischen Spitzfindigkeiten. „Ist euch eigentlich aufgefallen, dass alle drei Vornamen mit Jot anfangen? John, Jim und Jack. Auf die Lösung mit den Drillingen hätte man also auch früher kommen können."

Diese Albernheit gab dem Abend einen neuen Charakter. Ab jetzt wurde nur noch viel gelacht und getrunken. Es war schon Mitternacht vorbei, als sich Hub und Günther verabschiedeten.

Karl Dernauer nahm freudig zur Kenntnis, dass Gabriella offenkundig bei ihm übernachten wollte.

„Räumst du ab?", fragte sie, nachdem sie ihm einen Kuss auf die Stirn gedrückt hatte. „Mir tut der Rücken weh, ich gehe schon mal rein und setze mich noch einen Moment auf die Couch."

Das Aufräumen war in knapp zehn Minuten erledigt. Karl Dernauer schloss die Tür zur Terrasse und ging dann mit zwei Gläsern Wein ins Wohnzimmer, um noch einmal mit Gabriella anzustoßen, bevor sie ihre erste gemeinsame Nacht verbringen würden.

Die geliebte Frau lag auf der Couch – und sie schlief tief und fest. Karl holte eine dünne Wolldecke und deckte Gabriella liebevoll zu. Dann ging er selbst zu Bett.

Als er am nächsten Morgen aufwachte, führte ihn sein erster Weg ins Wohnzimmer. Gabriella war nicht mehr da.

Auf dem Couchtisch lag ein Zettel: „Ich musste los, es wird ein langer Tag. Heute Abend bin ich zurück. Ich freue mich auf dich." Darunter war ein kräftiger Kussmund in leuchtendem Rot platziert, den Gabriella offenkundig mit ihren Lippen aufs Papier gedrückt hatte.

Karl Dernauer begnügte sich mit Zähneputzen und einer schnellen Dusche. Dann brühte er sich einen Milchkaffee auf und setzte sich an seinen Schreibtisch.

Kapitel 65

Eva Bernstein wollte sich gar nicht aus den Armen ihres Mannes lösen. Das Ehepaar war den ganzen Vormittag in Arthurs Bett geblieben, nachdem Eva ihren Mann am Morgen mit einem Kaffee geweckt hatte. Sie hatten sich ein üppiges Frühstück aufs Zimmer bringen lassen. Jetzt war es schon kurz nach Mittag. Ein energisches Klingeln des Telefons ließ Arthur dann aber doch aufstehen. Inka Mathijsen war am Apparat. Sie sprühte förmlich vor guter Laune.

„Ich habe gute Nachrichten – eigentlich sogar die besten, die denkbar sind. Rainer Göbel hat heute Morgen alles gestanden, mit allen Details. Es war im Prinzip genau so, wie Eva es gestern Abend geschildert hat."

Arthur Bernstein konzentrierte sich auf einen Aspekt. „Und womit genau hat Golombeck ihn erpresst?"

„Es war im Prinzip eine Mischung aus unseren Vermutungen. Göbel hat beim Aufbau seines Konzerns wirklich so gut wie nichts ausgelassen, Korruption, feindliche Übernahmen, Erpressung, Steuerhinterziehung. Seine Seriosität und sein freundliches Auftreten bildeten die perfekte Fassade, dahinter verbirgt sich ein knallharter Machtmensch. Kein Wunder, dass nur ein Typ desselben Kalibers ihm auf die Spur kommen konnte. Wobei

Golombeck sich von Göbel nur dadurch unterschied, dass er seinen wahren Charakter gar nicht zu verbergen suchte."

Arthur schlüpfte nach dem Telefonat wieder zu Eva unter die Bettdecke und erzählte seiner Frau, was die Kriminalbeamtin ihm mitgeteilt hatte.

„Ganz ehrlich, mein allerliebster Lieblingsmann: Wir sollten unseren nächsten Urlaub ein bisschen sorgfältiger planen. Ich meine, wir sollten irgendwo hinfahren, wo wir nicht wieder in ein Abenteuer stolpern können. So was ganz und gar Harmloses und Ungefährliches." Sie machte eine kurze Pause und fügte dann mit spitzbübischem Lächeln nur ein einziges Wort an.

„Obwohl …"

Arthur Bernstein lachte laut und lächelte dann leise. „Erstens weiß ich, dass du dich ganz in deinem Element fühlst, wenn wir in einen Kriminalfall verwickelt werden. Und zweitens glaube ich, wir haben wirklich keine Chance es zu vermeiden. Wir könnten uns sogar in unserer Wohnung einschließen. Meiner Miss Marple würde dann eine Leiche mit dem Paketdienst zugestellt."

„Ich denke, du hast recht. Ich würde die Annahme bestimmt nicht verweigern."

Dann kuschelte Eva sich ganz fest an Arthur. „Wir sollten aus der Tatsache, dass es fast vorbei gewesen wäre mit unserem Glück, die richtigen Schlüsse ziehen. Also vor allem, den Moment zu genießen. Jetzt zum Beispiel. Ich finde, wir haben eindeutig genug geredet."

Das fand Arthur Bernstein auch.

Kapitel 66

Karl Dernauer schickte seinen fertigen Roman auf den Drucker. Der Rest des Tages reichte gerade aus, um intensiv Korrektur zu lesen und eine ganze Reihe von kleinen Fehlern zu beseitigen. Auch inhaltlich ließ sich noch manches optimieren.

Als er in einer der Pausen am späten Nachmittag auf der Terrasse eine Pfeife rauchte, klingelte das Telefon. Es war Hub.

„Günther hat sich gemeldet. John und Jim Harper sind jetzt auch geständig. Sie haben hartnäckig geleugnet, aber als sie dann erfahren haben, dass ihr Bruder alles zugegeben hat, war damit Schluss. Sie hielten sich für besonders schlau, indem sie Wert darauf legten, erkannt zu werden. Und genau das ist ihnen jetzt zum Verhängnis geworden. Was wieder einmal beweist: *Dummheit ist auch eine natürliche Begabung.*"

„Aha – Heinz Erhardt war gestern, es lebe Wilhelm Busch. Den kann ich auch: *Glück entsteht oft durch Aufmerksamkeit in kleinen Dingen, Unglück oft durch Vernachlässigung kleiner Dinge.*"

„Und das heißt in diesem Fall?"

„Die drei haben einfach versäumt, sich juristisch beraten zu lassen für den Fall, dass man ihnen doch auf die Spur kommt – zum Beispiel durch einen Experten wie dich."

Hub konterte diese Spitze. „*Der Neid ist die aufrichtigste Form der Anerkennung.*"

Karl Dernauer lachte laut ins Telefon. „Ist ja gut – ich gebe mich geschlagen. War ja einfach größenwahnsinnig von mir, mich mit dir in deinen Marotten zu messen."

Zurück an seinem Schreibtisch beendete er die Korrekturarbeiten und schickte das Manuskript an seine Verlegerin. Und exakt in dem Moment, als er seinen Rechner zuklappte, klingelte es an der Haustür.

Gabriella stand draußen – mit einem großen Strauß roter Rosen. Karl Dernauer war sicher, dass er nicht bis zum Irland-Urlaub warten musste.

Vorsichtshalber schloss er trotzdem die Haustür ab, zog das Telefonkabel aus der Buchse und schaltete sein Smartphone aus.